Du monde entier

DAVE EGGERS

UN HOLOGRAMME POUR LE ROI

roman

Traduit de l'anglais (États-Unis)
par Emmanuelle et Philippe Aronson

nrf

GALLIMARD

Titre original :

A HOLOGRAM FOR THE KING

Pour Daniel McSweeney, Ron Hadley,
et Paul Vida, tous de grands hommes.

« Ce n'est pas tous les jours qu'on a besoin de nous. »

Samuel BECKETT

I

Alan Clay se réveilla à Djedda, en Arabie saoudite. Le 30 mai 2010. Il lui avait fallu deux jours d'avion pour arriver.

À Nairobi il avait rencontré une femme. Assis l'un à côté de l'autre, ils attendaient leurs vols respectifs. Elle était grande, plantureuse, et portait de minuscules boucles d'oreilles en or. Son teint était frais et sa voix mélodieuse. Elle plut à Alan plus que la plupart des gens qui faisaient partie de son existence, la plupart des gens qu'il côtoyait tous les jours. Elle vivait dans le nord de l'État de New York. Pas très loin de chez lui, dans la banlieue de Boston.

S'il avait eu le courage, il aurait trouvé le moyen de passer plus de temps avec elle. Mais il se contenta d'embarquer pour Riyad et, de là, prendre un vol pour Djedda. Un homme était venu le chercher à l'aéroport, et l'avait conduit au Hilton.

À 1 h 12 du matin, Alan avait pénétré dans sa chambre d'un clic. Il s'était préparé rapidement pour aller au lit. Il avait besoin de dormir. À sept heures, il devait partir vers le nord pour être à huit heures dans la ville économique du roi Abdallah. Là-bas, avec son équipe, il mettrait en place un système holographique de visioconférence pour le présenter au roi en personne. Si le projet le séduisait, Reliant obtiendrait le marché des technologies de l'information et de la communication de toute la ville, et la commission d'Alan, qui tournerait autour de cinq cent mille dollars, arrangerait tous ses problèmes.

Donc il fallait qu'il soit en forme. Il fallait qu'il se sente prêt. Mais il avait passé quatre heures à se retourner dans son lit sans fermer l'œil.

Il avait pensé à sa fille, Kit, qui était à la fac, une fac très bonne et très chère. Il n'avait pas l'argent pour régler ses frais de scolarité du premier semestre. Il ne pourrait pas payer parce qu'il avait pris une série de mauvaises décisions. Il ne s'était pas bien organisé. Il avait manqué de courage dans les moments décisifs.

Il n'avait vu qu'à court terme.
Ses pairs n'avaient vu qu'à court terme.
Chacun avait pris des décisions idiotes et malavisées.

Mais Alan n'en avait pas eu conscience sur le moment. Ni lui ni ses pairs n'avaient songé que leurs décisions les laisseraient, le laisserait — ce qu'il était à présent — virtuellement sans un sou, pratiquement au chômage, propriétaire unique d'une société de consulting qu'il dirigeait seul de chez lui.

Il était divorcé de Ruby, la mère de Kit. Depuis plus longtemps à présent que n'avait duré leur vie commune. Ruby était une vraie emmerdeuse qui vivait aujourd'hui en Californie, et n'aidait absolument pas Kit financièrement. La fac c'est *ta* partie, lui avait-elle lancé. Sois un homme, avait-elle ajouté.

Kit allait peut-être devoir laisser tomber l'université à la rentrée. Alan avait mis sa maison en vente mais n'avait pas encore trouvé acquéreur. Cela mis à part, il n'avait pas d'autre solution. Il devait de l'argent à tant de monde, y compris dix-huit mille dollars à deux concepteurs de vélos : ils lui avaient fabriqué le prototype d'une nouvelle bicyclette qu'il avait pensé produire dans la région de Boston. Cette idée lui avait valu de se faire traiter d'imbécile. Il devait de l'argent à Jim Wong, qui lui avait avancé quarante-cinq mille dollars pour payer les matériaux et la caution de l'entrepôt. Et soixante-cinq mille dollars environ à une demi-douzaine d'amis et partenaires potentiels.

Il était donc fauché. Et quand il avait compris qu'il ne pourrait payer les frais de scolarité de sa fille, il était déjà trop tard pour prétendre à tout autre solution. Trop tard pour changer de fac.

Était-ce si dramatique qu'une jeune fille en pleine forme comme Kit prenne un semestre sabbatique ? Non. La Terre ne s'arrêterait pas de tourner parce qu'une jeune fille intelligente et capable comme elle s'absentait six mois de l'université. Elle y survivrait. Il n'y avait là rien de dramatique. Absolument rien.

En revanche, tout le monde avait trouvé dramatique ce qui était arrivé à Charlie Fallon. Charlie Fallon était mort de froid dans le lac près de chez Alan. Le lac à côté de chez Alan.

Alan avait pensé à Charlie Fallon tandis qu'il se retournait dans son lit au Hilton de Djedda. Alan avait vu Charlie entrer dans le lac ce jour-là. Il était en voiture, en route pour la carrière. Cela lui avait paru étonnant, sans pour autant être extraordinaire, qu'un homme comme Charlie Fallon pénètre dans les eaux sombres et chatoyantes du lac en septembre.

Depuis un certain temps, Charlie Fallon envoyait des extraits de livres à Alan. Depuis deux ans en fait. Charlie avait découvert les transcendantalistes sur le tard, et se sentait proche d'eux. Il s'était aperçu que Brook Farm n'était pas située très loin de chez eux, et il y avait vu un signe. Il s'était mis en quête d'en savoir plus sur ses ancêtres, dans l'espoir de trouver un lien, mais en vain. Malgré tout, il envoyait des pages et des pages à Alan en surlignant certains passages.

Les rouages d'un esprit hors du commun, avait songé Alan. Arrête de m'envoyer ces trucs, lui avait-il dit. Mais Charlie avait souri et continué.

Ainsi, lorsque Alan avait vu Charlie marcher dans le lac à midi un samedi, il avait pensé que ce n'était qu'une conséquence logique de sa nouvelle passion pour la nature. Charlie avait de l'eau jusqu'aux chevilles quand Alan était passé en voiture ce jour-là.

II

Lorsque Alan se réveilla au Hilton de Djedda, il était déjà en retard. 8 h 15. Il s'était endormi vers six heures.

Il devait être dans la ville économique du roi Abdallah à huit heures. Et c'était au moins à une heure de là. Le temps de se doucher, de s'habiller et de se rendre en voiture sur place, il serait dix heures. Il aurait deux heures de retard pour le premier jour de sa mission ici. Quel idiot ! Il était de plus en plus idiot.

Il essaya de joindre Cayley sur son portable. Elle décrocha, de sa voix rauque. Dans une autre vie, si la roue avait tourné autrement, s'il avait été plus jeune et elle plus vieille, et s'ils avaient été tous deux suffisamment stupides pour tenter le coup, ils auraient eu une histoire torride.

— Bonjour Alan ! C'est magnifique ici. Enfin, peut-être pas magnifique. Mais qu'est-ce que vous faites ?

Alan s'expliqua. Sans mentir. Il ne parvenait plus à rassembler l'énergie créatrice que cela nécessitait.

— Bon, ne vous inquiétez pas, répondit-elle, avec un

petit rire — cette voix ouvrait le champ du possible, célébrait l'éventualité d'une sensualité débridée. On vient de commencer à installer le matériel. Mais il va falloir que vous vous débrouilliez pour venir. Quelqu'un sait comment Alan peut trouver un moyen de locomotion ?

Elle criait vraisemblablement à l'attention du reste de l'équipe. L'écho autour d'elle évoquait une grotte. Il se figura un endroit sombre, creux, et trois jeunes gens avec des bougies à la main, qui l'attendaient lui et sa lanterne pour qu'il les éclaire.

— Il ne peut pas louer de voiture, leur lança-t-elle.

Et à lui :

— Vous pouvez louer une voiture, Alan ?

— Je vais trouver une solution, dit-il.

Il téléphona à la réception.

— Bonjour. Alan Clay à l'appareil. Comment vous appelez-vous ?

Il demandait les noms. C'était une habitude qu'il avait prise avec Joe Trivole à l'époque où il travaillait pour Fuller Brush. Demande les noms, répète les noms. Si tu te souviens du nom des gens, ils se rappelleront le tien.

Le préposé répondit qu'il s'appelait Edward.

— Edward ?

— Oui, monsieur. Je m'appelle Edward. Que puis-je faire pour vous ?

— D'où venez-vous, Edward ?

— De Jakarta, en Indonésie, monsieur.

— Ah, Jakarta, répéta Alan.

Puis il comprit qu'il n'avait rien à dire de plus sur Jakarta. Il ne savait rien de cette ville.

— Edward, j'aimerais louer une voiture. Avez-vous un service de location de véhicules ?

— Avez-vous un permis international ?

— Non.

— Malheureusement, dans ce cas, vous ne pouvez pas louer de voiture.

Alan appela le concierge. Lui expliqua qu'il avait besoin d'un chauffeur pour l'emmener à la ville économique du roi Abdallah.

— Ça va prendre quelques minutes, répondit le concierge.

Il n'avait pas l'accent saoudien. Apparemment, les gens qui travaillaient dans cet hôtel n'étaient pas des autochtones. Alan n'en fut pas plus étonné que cela. Il avait entendu dire que rares étaient les Saoudiens qui travaillaient, quel que soit le secteur. Le pays importait sa main-d'œuvre.

— Il faut trouver la bonne personne, poursuivit le concierge.

— Vous ne pouvez pas tout simplement appeler un taxi ?

— Pas vraiment, monsieur.

Alan sentit la colère monter, mais il n'avait à s'en prendre qu'à lui-même. Il remercia l'homme et raccrocha. Il savait qu'on ne pouvait pas appeler un taxi comme ça à Djedda ou à Riyad — c'était du moins ce qui était précisé dans les guides, qui tous faisaient grand cas des dangers auxquels les voyageurs étrangers étaient exposés en Arabie saoudite. Selon le département d'État américain, la zone était très dangereuse. Il y avait des risques d'enlèvement. Alan pourrait être vendu à Al-Qaida, pour une rançon, et il serait transbahuté d'un pays à l'autre.

Mais il ne s'était jamais senti en danger, nulle part. Pourtant ses missions l'avaient emmené à Juárez dans les années quatre-vingt-dix, et au Guatemala dans les années quatre-vingt.

Le téléphone sonna.

— Nous vous avons trouvé votre chauffeur. À quelle heure souhaitez-vous partir ?

— Dès que possible.

— Il sera là dans douze minutes.

Alan se doucha et rasa sa peau couperosée. Il enfila un maillot de corps, une chemise blanche, un pantalon, des chaussettes beiges et des mocassins. La tenue de l'homme d'affaires américain, avait-il entendu dire. On racontait que des Occidentaux zélés portaient parfois des dishdashas ou des ghutras pour faire un effort, se fondre dans la masse. Mais cela n'était guère apprécié.

Ajustant le col de sa chemise, Alan sentit dans son cou la grosseur qu'il avait remarquée un mois plus tôt. C'était de la taille d'une balle de golf, au niveau de la colonne vertébrale, et au toucher on aurait dit du cartilage. Certains jours il supposait que c'était une excroissance vertébrale, car sinon de quoi pouvait-il s'agir ?

Une tumeur ?

Là sur la colonne, une grosseur pareille — c'était forcement invasif et mortel. Ces derniers temps, il avait pas mal trébuché, avait manqué de discernement ; il semblait donc affreusement évident que cette grosseur le grignotait de l'intérieur, lui sapait son énergie vitale, mettait à mal son acuité et sa volonté.

Il avait pensé aller consulter, mais n'en avait finalement rien fait. Un médecin ne pourrait certainement pas opérer ce genre de choses. Alan refuserait de faire de la chimio, il ne voulait pas se retrouver chauve. Non, il suffisait de la toucher de temps à autre, de rester attentif aux symptômes, de la palper encore. Rien d'autre.

En douze minutes Alan fut prêt.
Il appela Cayley.
— Je quitte l'hôtel maintenant.
— Entendu. Tout sera en place quand vous arriverez.

L'équipe aurait pu venir sans lui. Ils auraient très bien pu s'en sortir seuls. Alors qu'est-ce qu'il faisait là ? Les raisons étaient spécieuses. Ce qui ne l'empêchait pas d'être présent. D'abord, il était plus vieux que les autres membres de l'équipe, des gamins en fait, qui n'avaient pas plus de trente ans. Ensuite, Alan avait autrefois côtoyé le neveu du roi Abdallah lorsqu'il avait pris part au projet d'entreprise de production de matière plastique au milieu des années quatre-vingt-dix, et Eric Ingvall, le vice-président de Reliant à New York, avait eu le sentiment que ce lien serait susceptible d'attirer l'attention du roi. Ce ne serait probablement pas le cas, mais Alan avait préféré ne pas le contredire.

Alan était content d'avoir cette mission. Il en avait besoin. Les dix-huit mois précédant le coup de fil d'Ingvall avaient été plutôt humiliants. Déclarer aux impôts vingt-deux mille trois cent cinquante dollars de revenus annuels était une expérience qu'il n'avait jamais imaginé devoir vivre à son âge. Il avait créé sa boîte de consulting sept ans plus tôt, et depuis ses rentrées d'argent avaient constamment baissé. Plus personne ne dépensait. Ne serait-ce qu'il y a cinq ans, les affaires tournaient mieux ; les vieux amis lui filaient du travail, et il leur renvoyait l'ascenseur. Il les mettait en contact avec certains de ses fournisseurs, leur obtenait des avantages, concluait des marchés, faisait accélérer le processus. Il se sentait utile.

À présent il avait cinquante-quatre ans, et était aussi attrayant pour l'Amérique des affaires qu'un avion en terre cuite. Il ne trouvait pas de travail, pas de clients. Il était passé de Schwinn à Huffy, puis à Frontier Manufacturing Partners, et à Alan Clay Consulting, pour finir dans son canapé à regarder les DVD des Red Sox vainqueurs des World Series en 2004 et 2007. Le match où ils avaient frappé quatre *home runs* d'affilée contre les Yankees. Le 22 avril 2007. Il avait visionné ces quatre minutes trente une centaine de fois au moins, et il en avait toujours tiré une espèce de joie. Un sentiment de justesse, d'ordre. Cette victoire ne pourrait jamais être effacée.

Alan appela le concierge.

— Est-ce que la voiture est arrivée ?

— Je suis désolé, le chauffeur est en retard.

— Êtes-vous le jeune homme de Jakarta ?

— Oui.

— Edward.

— Absolument.

— Rebonjour, Edward. En retard de combien ?

— Vingt minutes. Voulez-vous que je vous fasse monter quelque chose à manger ?

Alan s'approcha de la fenêtre et regarda dehors. La mer Rouge était calme, quelconque vue de si haut. Une autoroute à six voies longeait la côte. Trois hommes vêtus de blanc pêchaient sur une digue.

Alan jeta un œil vers le balcon voisin. Il distingua son reflet dans le panneau de séparation en verre. Il avait l'air d'un homme normal. Rasé et habillé, il faisait sérieux. Mais quelque chose s'était obscurci sous ses sourcils. Ses yeux s'étaient creusés et les gens commençaient à le remarquer. Lors de la dernière réunion des anciens élèves de son lycée, un type, un ex-joueur de l'équipe de football qu'Alan méprisait à l'époque, avait déclaré : Alan, t'as le regard perdu dans le vide. Qu'est-ce qui t'est arrivé ?

Une rafale de vent souffla de la mer. Au large, un porte-conteneurs croisait. Ici et là, il y avait d'autres bateaux, miniatures, pareils à des jouets.

Durant le vol de Boston à Londres, Alan était assis à côté d'un homme qui buvait des gin-tonics et parlait sans arrêt.

C'était bien pendant un temps, non ? avait-il dit. Pendant quoi, une trentaine d'années ? Peut-être vingt, vingt-deux ? Mais c'était fini, c'était sûr ; maintenant il fallait se tenir prêt à entrer, comme l'Europe de l'Ouest, dans l'ère du tourisme et du petit commerce. N'était-ce pas la teneur des propos de cet homme dans l'avion ? N'avait-il pas exprimé quelque chose dans ce goût-là ?

Il ne se taisait jamais, et ne cessait de redemander à boire.

Nous sommes devenus une nation de chats d'intérieur,

avait-il poursuivi. Une nation d'indécis, d'inquiets, qui se posent trop de questions. Dieu merci, ceux qui avaient fondé l'Amérique étaient d'une autre trempe. Une race de coriaces ! Ils avaient traversé le pays dans des charrettes en bois ! Les gens crevaient en chemin, mais ça ne les arrêtait pas pour autant. À l'époque, vous enterriez les morts et poursuiviez votre route.

L'homme, qui était saoul et peut-être un peu fou aussi, avait, comme Alan, débuté dans l'industrie manufacturière pour se perdre par la suite dans des domaines n'ayant qu'un lien ténu avec la transformation de biens. Il se noya dans les gin-tonics jusqu'à se mettre minable. Il partait en France, prendre sa retraite près de Nice, dans une petite maison que son père avait construite après la Deuxième Guerre mondiale. Et c'était tout.

Alan s'était montré patient avec lui, ils avaient comparé leurs points de vue sur la Chine, la Corée, la confection au Vietnam, l'expansion et l'effondrement de l'industrie textile en Haïti, le prix d'une chambre digne de ce nom à Hyderabad. Alan avait travaillé pendant quelques décennies dans le vélo, avant de devenir consultant pour une douzaine de sociétés différentes qu'il aidait à rester compétitives malgré le rendement effréné, l'automatisation des productions et la chasse au gaspillage tous azimuts, ce genre de choses. Pourtant année après année, il y avait de moins en moins de boulot pour un gars comme lui. Les gens ne voulaient plus produire sur le sol américain. Que pouvait-on leur rétorquer quand cela coûtait cinq à dix fois plus cher qu'en Asie ? Et si les salaires asiatiques devenaient excessifs — mettons cinq dollars de l'heure —, il restait l'Afrique. Les Chinois fabriquaient déjà des tennis au Nigeria. Jack Welch affirmait que les usines devraient être embarquées sur des barges et parcourir le globe à la recherche des conditions de production les plus avantageuses, et il semblerait que l'économie mondiale l'ait pris au mot. L'homme dans l'avion s'était récrié : Mais non, les lieux de production devraient compter !

Cependant Alan ne voulait pas désespérer, il ne voulait pas se laisser abattre par le mal-être de son voisin de siège. Il était optimiste, pas vrai ? Du moins le proclama-t-il. *Mal-être*. Telle était l'expression que l'homme employait à tour de bras. L'humour noir, ça ne rate pas. Ah, les blagues ! s'exclama le type. Ça y allait en France, en Angleterre, en Espagne. Et en Russie ! Les gens qui se plaignent de l'incompétence de leurs gouvernants, du dysfonctionnement irrémédiable de leur pays. Et l'Italie ! L'aigreur constante, tout le monde qui crie au déclin. C'était partout, et maintenant c'est nous. Le cynisme. C'est ça qui tue, nom de Dieu ! C'est le signe qu'un pays est à genoux et ne peut plus se relever !

Alan l'avait déjà entendue, celle-là, et il en avait les oreilles rebattues. Il mit ses écouteurs et regarda des films le restant du vol.

Il quitta le balcon pour retrouver la pénombre fraîche de la chambre.

Il pensa à sa maison. Se demanda qui se trouvait chez lui en ce moment précis. Qui passait par là, tripotant ce qui lui tombait sous la main avant de repartir.

Sa maison était à vendre, et ce depuis quatre mois. C'est ça, le lac où le gars est mort de froid ?

L'unique chose qui avait intéressé Ruby quand elle avait téléphoné, c'était la maison. Était-elle vendue ? Elle avait besoin de l'argent, et pensait qu'Alan conclurait la vente sans l'en avertir. Tu le sauras quand elle le sera, lui avait-il répondu. Tu peux aussi vérifier sur Internet. Il avait raccroché alors qu'elle commençait à protester.

Une femme avait revalorisé la maison d'Alan. Il y a des gens dont c'est le métier. Ils viennent chez vous et rendent votre demeure plus attractive. Comme vous n'auriez jamais pu le faire. Ils éclaircissent l'obscurité dans laquelle votre pagaille humaine l'avait plongée.

Ensuite, jusqu'à la vente, vous vivez dans cette nouvelle version de votre intérieur, c'est-à-dire votre maison mais en mieux. Plus de jaune. Des fleurs, et des tables en bois recyclé. Vos propres affaires au garde-meuble.

Elle s'appelait Renee, et avait les cheveux remontés vers le haut façon barbe à papa. Vous devez d'abord éliminer l'inutile. Il va falloir mettre en carton quatre-vingt-dix pour cent de tout ça, avait-elle décrété en désignant d'un large geste ce qu'il avait accumulé depuis vingt ans.

Il avait rangé. Enlevé, et enlevé, ne laissant que les meubles. Mais lorsqu'elle était revenue elle s'était exclamée : Bon maintenant on va changer le mobilier. Vous voulez l'acheter ou le louer ?

Il avait déménagé aussi ses meubles. Il y avait deux canapés dans le salon ; il les avait donnés. Le premier à une copine de Kit. Le second à Chuy qui entretenait sa pelouse. Renee avait loué des tableaux. Des abstractions passe-partout, comme elle les appelait. Elle en avait accroché dans toutes les pièces, des toiles aux couleurs agréables et aux formes indéfinies, sans sens particulier.

C'était il y a quatre mois. Il avait continué de vivre chez lui, vidant les lieux quand un agent immobilier souhaitait faire visiter. Parfois il restait. Enfermé dans son bureau tandis que les acheteurs potentiels parcouraient sa maison en faisant des commentaires. C'est bas de plafond, se plaignaient-ils. Les chambres sont petites. C'est le sol d'origine ? Ça sent le moisi, non ? Ce sont des vieux, les propriétaires ?

Parfois Alan les observait entrer et sortir. Il les épiait par la fenêtre de son bureau comme un idiot. Une fois, un couple resta si longtemps qu'il dut pisser dans une tasse à café. Une autre fois, une visiteuse, une femme d'affaires vêtue d'un long manteau de cuir, l'avait surpris derrière le carreau tandis qu'elle descendait l'allée du garage pour partir. Se tournant vers l'agent immobilier, elle avait soufflé : Je crois que je viens de voir un fantôme.

Alan contemplait les vagues se briser sur le rivage. Qui savait que le littoral de l'Arabie saoudite était immense et intact ? Alan l'ignorait pour sa part. Son regard s'arrêta sur une douzaine de palmiers plantés en contrebas dans la cour de l'hôtel ou de celui d'à côté, puis il se perdit dans la mer Rouge au-delà. Alan songea à rester là. Il pourrait changer de nom. Laisser ses dettes derrière lui. Il se débrouillerait pour envoyer de l'argent à Kit, pour se libérer de l'étau oppressant de sa vie en Amérique. Il en était prisonnier depuis cinquante-quatre ans. N'était-ce pas suffisant ?

Mais non. Sa vie ne se résumait pas qu'à cela. Certains jours, elle était plus exaltante. Certains jours, il appréhendait le monde dans son ensemble. Il était visionnaire. Il gravissait les montagnes d'indifférence et observait l'étendue de son existence avec son avenir en ligne de mire : il en traçait la carte, la traversait, et atteignait ses objectifs. Tout ce qu'il rêvait de faire avait déjà été fait, alors pourquoi n'y arriverait-il pas, lui ? Il en était bien capable. Il suffisait qu'il fasse preuve de plus de régularité. Si seulement il établissait un plan et s'y tenait. Il arriverait à ses fins ! Il devait y croire. Bien sûr qu'il y croyait.

Ce contrat avec Abdallah semblait du tout cuit. Personne ne rivalisait avec la taille de Reliant et, en plus maintenant, ils avaient un putain d'hologramme. Alan bouclerait l'affaire, toucherait sa commission, réglerait toutes ses dettes à Boston et poursuivrait son chemin. Il ouvrirait une petite usine, commencerait avec un millier de vélos par an, et augmenterait la production à partir de là. Il paierait les frais de scolarité de Kit avec la menue monnaie. Il enverrait balader les agents immobiliers, finirait de rembourser le prêt de sa maison, traverserait le monde à grands pas, tel un colosse suffisamment riche pour dire *merde*, *merde*, et *remerde* à chacun.

Quelqu'un frappa à la porte. C'était son petit déjeuner. Des galettes de pommes de terre préparées et livrées dans sa chambre en cinq minutes. Impossible, sauf s'il s'agissait de la commande de quelqu'un d'autre. Il comprit que c'était le cas. Peu lui importait. Il laissa le serveur dresser la table devant lui, et avec panache signa la note, assis au balcon du onzième étage, clignant des yeux en raison du vent. L'espace d'un instant, il eut le sentiment que tout cela s'adressait bien à lui. Qu'il valait cet empressement. Le besoin d'adopter un air important, un air d'appartenance s'empara de lui. S'il était digne de manger les galettes de pommes de terre de quelqu'un d'autre, si l'hôtel voulait l'impressionner au point de lui servir le petit déjeuner d'autrui, peut-être alors était-il le genre d'homme capable d'obtenir une audience avec le roi ?

III

Le téléphone sonna.

— Nous avons eu un problème avec le premier chauffeur. Nous en avons appelé un second. Il est en route. Il devrait arriver d'ici une vingtaine de minutes.

— Merci, répondit Alan, et il raccrocha.

Il s'assit, s'appliquant à respirer profondément pour retrouver son calme. Il était un homme d'affaires américain. Il n'avait pas honte. Il parviendrait à tirer son épingle du jeu aujourd'hui. À ne pas passer pour un imbécile.

Alan n'avait reçu aucune garantie. Le roi était très occupé, n'avait-on cessé de lui répéter par e-mails et par téléphone. Naturellement, avait rétorqué Alan encore et encore, en précisant qu'il se tiendrait prêt à rencontrer Sa Majesté n'importe où, à l'heure qui lui conviendrait. Mais c'était loin d'être aussi simple ; le roi n'était pas seulement occupé, son programme changeait vite et souvent. C'était inévitable dans la mesure où nombreux étaient ceux qui voulaient s'en prendre à sa personne. Ainsi l'emploi du temps royal était régulièrement modifié en fonction des impératifs gouvernementaux, mais aussi pour assurer la sécurité du souverain lui-même et de son royaume. Alan s'était vu notifier que Reliant, ainsi que d'autres fournisseurs susceptibles de participer à l'essor de la ville économique du roi Abdallah, pouvait se préparer à installer son matériel afin de le présenter au roi, le lieu restant encore à déterminer. Ce serait quelque part sur le littoral au cœur de la cité naissante, et ils seraient prévenus dans les plus brefs délais de l'arrivée de Sa Majesté. Ce pourrait être n'importe quand, à n'importe quelle heure, avait-on indiqué à Alan.

— Plutôt une question de jours, de semaines ? avait-il demandé.

— Oui, lui avait-on répondu.

Alan avait donc organisé le voyage. Il avait déjà fait ce genre de choses — présenter ses hommages, défendre un projet, conclure un marché. La tâche n'était pas impossible, en temps normal, si vous aviez les bons appuis et que vous saviez faire profil bas. De plus, travailler pour Reliant, la plus grande entreprise mondiale de télécommunications, imposait le respect. Abdallah, en principe, désirait ce qui se faisait de mieux, et Reliant se considérait comme la meilleure dans son domaine, la plus grosse sans aucun doute, deux fois plus imposante que sa plus proche concurrente américaine.

Je connais votre neveu Jalawi, glisserait Alan.

Ou peut-être : *Je suis proche de votre neveu Jalawi.*

Ou : *Jalawi, votre neveu, est un vieil ami.*

Les relations ne comptaient plus guère, Alan le savait. En Amérique en tout cas, ni ailleurs en fait, mais ici, parmi les têtes couronnées, il espérait que l'amitié aurait encore un sens.

Trois autres salariés de Reliant faisaient partie du projet, deux ingénieurs et un directeur marketing — Brad, Cayley et Rachel. Ils feraient une démonstration des aptitudes de la société, et Alan avancerait les chiffres. Mettre en place l'ensemble du système d'information et de communication de KAEC — l'acronyme anglais de King Abdallah Economic City avec lequel on désignait communément la ville économique du roi Abdallah — signifierait d'emblée quelques centaines de millions de dollars pour Reliant, et plus encore à venir. Sans compter, et c'était encore plus crucial, une vie confortable pour Alan. Enfin peut-être pas confortable. Mais il éviterait la banqueroute, aurait suffisamment d'argent pour sa retraite, Kit resterait à la fac de son choix, et serait un peu moins déçue par la vie et par son père.

Il quitta la chambre. La porte se referma avec fracas, tel un coup de canon. Il s'engagea dans le couloir orange.

L'architecture de cet établissement ne permettait pas de savoir qu'on se trouvait en Arabie saoudite. Le complexe dans son ensemble, protégé de la route et de la mer, n'affichait aucun signe extérieur, aucun contexte ; il était dénué de toute esthétique arabisante. Il aurait pu se trouver, palmiers et briques d'adobe inclus, en Arizona, à Orlando, ou ailleurs.

Alan plongea son regard dans l'atrium, dix étages plus bas, où des douzaines d'hommes s'affairaient, tous en costume traditionnel. Il dut se remémorer la terminologie : la longue tunique blanche s'appelait *dishdasha*. Le tissu avec lequel ils se couvraient la tête le *ghutra*, maintenu en place avec une corde noire, *agal*. Alan observa les hommes aller et venir, leurs dishdashas donnant à leurs mouvements une sorte de légèreté. Une assemblée d'esprits.

Alan repéra au bout du couloir un ascenseur fermant ses portes. Il accéléra le pas et glissa les doigts dans l'interstice. Les battants se rouvrirent brusquement, comme surpris et confus. Quatre hommes en dishdasha et ghutra se tenaient dans la cabine vitrée. Quelques-uns jetèrent un œil à Alan, mais baissèrent promptement le regard vers une liseuse dernier cri que l'un d'entre eux tenait entre les mains. Ce dernier faisait une démonstration du clavier, tournant et retournant l'appareil, les touches se remettant consciencieusement en place, ce qui réjouissait ses amis.

L'ascenseur panoramique plongea dans l'atrium jusqu'au hall d'entrée, dans un silence ouaté, et les portes s'ouvrirent face à un mur en fausse roche. Odeur de chlore.

Alan les maintint ouvertes pour les Saoudiens. Aucun ne le remercia, et il sortit à leur suite. Des fontaines crachaient de l'eau dans le vide sans rythme ni raison.

Il s'installa à une petite table en fonte dans le hall. Un serveur s'approcha. Alan commanda un café.

Non loin, deux hommes, un Noir et un Blanc, étaient assis ensemble, tous deux vêtus d'une dishdasha blanche. Le guide touristique d'Alan soulignait le racisme notoire, voire criant, en Arabie saoudite, et pourtant voilà ce qu'il avait sous les yeux. Ce n'était peut-être pas le signe d'une société harmonieuse, mais quand même. Alan ne se souvenait pas d'un seul usage ou dicton décrit dans un guide s'étant avéré dans la réalité. Décrire des normes culturelles revenait à donner des informations sur l'état de la circulation. Le temps de les publier, elles n'étaient plus d'actualité.

Puis quelqu'un arriva à la hauteur d'Alan, qui leva alors les yeux. Le jeune homme était rondouillard et fumait une cigarette blanche très fine. Il leva la main, comme pour le saluer. Confus, Alan agita le bras en retour.

— Alan ? Vous êtes Alan Clay ?

— Oui.

Le jeune homme écrasa sa cigarette dans un cendrier en verre, et tendit la main à Alan. Ses doigts étaient longs et fins, doux comme une peau de chamois.

— Vous êtes le chauffeur ? demanda Alan.

— Chauffeur, guide, héros. Youssef pour vous servir, répondit le jeune homme.

Alan se leva. Youssef était petit. Sa dishdasha crème lui donnait une allure de pingouin replet. Il devait être à peine plus vieux que Kit. Il avait le visage rond, lisse, avec une moustache clairsemée d'adolescent.

— Vous buvez un café ?

— Oui.

— Vous voulez finir ?

— Non, ça va.

— Bien. Alors par ici.

Ils sortirent de l'hôtel. La chaleur était intense, dévastatrice.

— C'est par là, fit Youssef, et ils traversèrent à vive allure le petit parking en direction d'une antique Chevrolet Caprice d'un marron boueux. Voici ma chérie, s'extasia-t-il en la désignant tel un magicien faisant apparaître un bouquet de fleurs artificielles.

La voiture était une épave.

— Vous êtes prêt ? Vous n'avez pas de sac, ni rien ?

Non, Alan avait les mains vides. Auparavant, il trimbalait un porte-documents avec ses notes, mais jamais il ne les consultait. Donc, à présent, il participait à ses rendez-vous sans écrire quoi que ce soit. Cette façon de faire lui avait donné du crédit, les gens lui prêtant une grande acuité mentale dans la mesure où il ne notait rien.

Alan ouvrit la portière arrière.

— Non, non, dit Youssef. Je ne suis pas taxi. Vous pouvez monter devant.

Alan obtempéra. Le siège exhala un nuage de poussière.

— Vous êtes sûr qu'on va arriver à bon port avec ça ? s'enquit Alan.

— Elle m'a emmené à Riyad des centaines de fois, rétorqua Youssef. Sans jamais me laisser tomber.

Youssef monta à bord et tourna la clé de contact. Le moteur resta muet.

— Oh, attendez ! s'exclama-t-il.

Il descendit, ouvrit le capot et disparut derrière. Au bout d'un moment il le referma, s'installa derechef au volant, et démarra. La voiture toussa en se mettant en branle, comme sortie du passé.

— Un problème de moteur ? demanda Alan.

— Non, non. J'avais débranché des fils avant d'entrer dans l'hôtel. Pour être sûr que personne n'allait la piéger.

— Comment ça, la piéger ? répéta Alan. Pour la faire exploser ?

— Non, rien à voir avec le terrorisme, répliqua Youssef. C'est juste un gars qui croit que je couche avec sa femme.

Youssef passa la marche arrière et recula.

— Il pourrait essayer de me tuer, conclut-il. C'est tout.

En quittant le rond-point de l'hôtel, ils passèrent devant un véhicule blindé couleur sable, avec fusil-mitrailleur sur le toit. Un soldat saoudien était assis à côté, dans un siège de plage, les pieds marinant dans une piscine gonflable.

— Donc, je suis dans une voiture qui peut exploser ?

— Non, pas maintenant. Je vérifie, c'est tout. Vous m'avez vu faire.

— Vous êtes vraiment sérieux ? Quelqu'un essaie de vous tuer ?

— *Pourrait* essayer, rectifia Youssef en s'engageant sur la route principale, parallèle à la mer Rouge. Mais on ne peut pas savoir avant que ça arrive, n'est-ce pas ?

— J'ai attendu une heure pour me retrouver avec un chauffeur dont la voiture va peut-être exploser.

— Non, non, marmonna Youssef, distrait à présent.

Il s'efforçait d'allumer son iPod, un vieux modèle posé dans le porte-gobelet situé entre les deux sièges. Quelque chose ne fonctionnait pas entre l'iPod et l'autoradio.

— Il n'y a aucune raison de s'inquiéter. Je ne crois pas qu'il sache piéger une voiture. C'est un mou du genou. Il est riche, c'est tout. Il ne pourrait le faire que s'il engageait un homme de main.

Alan fixa Youssef jusqu'à ce que ce dernier en vienne à la même conclusion que lui : un homme riche pourrait très bien engager quelqu'un pour piéger la voiture du type qui couche avec sa femme.

— Puuutain ! s'écria Youssef en se tournant vers Alan. Maintenant vous me filez les jetons !

Alan songea à ouvrir la portière et à se jeter sur le bas-côté. Ce qui lui semblait plus prudent que de rester à bord.

Pendant ce temps, Youssef sortit une autre cigarette d'un paquet blanc et l'alluma, examinant la route en clignant des yeux. Ils passèrent devant une longue série de sculptures gigantesques et multicolores.

— Affreux, non ? lança-t-il.

Il tira une longue bouffée, et toute inquiétude au sujet d'un potentiel tueur à gages sembla avoir disparu.

— Donc Alan… d'où venez-vous ?

Quelque chose dans l'attitude désinvolte de Youssef déteignit sur Alan, qui cessa de s'angoisser. Avec sa silhouette de pingouin, ses cigarettes ultrafines et sa Chevrolet Caprice, Youssef n'avait rien d'un homme susceptible d'intéresser des assassins.

— Boston, répondit Alan.

— Boston. Boston, répéta Youssef en tapotant le volant. Moi, je suis allé en Alabama. Faire un an de fac.

Nonobstant sa première impression, Alan continua de parler à cet hurluberlu.

— Vous avez étudié en Alabama ? Pourquoi en Alabama ?

— Vous voulez dire, parce que j'étais le seul Arabe à des milliers de kilomètres à la ronde ? J'ai obtenu une bourse d'études pour un an. À Birmingham. C'est carrément différent de Boston j'imagine, non ?

Alan aimait Birmingham, et le dit. Il avait des amis là-bas. Youssef sourit.

— La grosse statue de Vulcain, c'est ça ? Effrayante.

— C'est vrai, mais je l'adore, répondit Alan.

Le passage en Alabama expliquait l'anglais impeccable de Youssef. Il n'avait qu'un très léger accent saoudien. Il portait des sandales de fabrication artisanale et des lunettes de soleil Oakley.

Ils traversèrent rapidement Djedda. Tout paraissait très neuf. Ce n'était pas sans rappeler Los Angeles. *Los Angeles avec des burqas*, lui avait lancé Angie Healy une fois. Ils avaient travaillé ensemble chez Trek à une époque. Elle lui manquait. Encore une femme disparue de sa vie. Il y en avait tant, les petites amies qui étaient devenues de vieilles copines, puis de *vieilles* copines, des ex qui s'étaient mariées, avaient pris de l'âge, dont les enfants étaient adultes à présent. Et il y avait celles qui étaient mortes. D'un anévrisme, d'un cancer du sein, d'un lymphome non hodgkinien. C'était dingue. Sa fille avait tout juste vingt ans, bientôt elle en aurait trente, et les problèmes pleuvraient très vite à partir de là.

— Bon, vous couchez vraiment avec la femme de ce type ? demanda Alan.

— Non, non. C'est mon ex. On était mariés, il y a longtemps…

Youssef jeta un œil vers Alan pour mesurer sa réaction.

— Mais ça n'a pas marché, alors elle a épousé quelqu'un

d'autre. Maintenant elle s'emmerde et elle n'arrête pas de m'envoyer des textos. Elle m'écrit aussi sur Facebook, partout. Son mari est au courant, et il croit qu'on a une aventure. Vous voulez manger quelque chose ?

— Vous voulez dire qu'on s'arrête pour manger ?
— Oui, on pourrait aller dans la vieille ville.
— Non, je viens de prendre mon petit déjeuner. Et je suis en retard, vous vous rappelez ?
— Oh ! On est pressés ? Ils ne m'ont pas dit ça. On ne devrait pas prendre ce chemin si on est à la bourre.
Youssef fit demi-tour et appuya sur le champignon.

IV

Kit ferait peut-être mieux de rester à la maison pendant un an. Sa camarade de chambre était un drôle d'oiseau, une fille de Manhattan maigre comme un clou, douée d'un sens aigu de l'observation. Elle avait remarqué que Kit avait le sommeil agité, et croyait savoir ce que cela signifiait, quel était le traitement adapté pour y remédier, et quelles en étaient les causes profondes. Ses commentaires étaient suivis de questions, sous-entendant différents problèmes. Quand elle relevait de légers bleus sur les bras de Kit, elle exigeait de savoir quel homme lui avait fait ça. Kit avait une voix haut perchée, un peu faible, presque enfantine, et selon cette fille c'était souvent un signe d'abus sexuel durant l'enfance. Le timbre de la victime se figeait à l'âge du traumatisme, affirmait-elle. Tu sais que tu as une voix de petite fille ? avait-elle demandé à Kit.

— Vous faites ça souvent ? demanda Alan.

— Conduire les gens ? Non, c'est un à-côté. Je suis étudiant sinon.

— En quoi ?

— J'étudie la vie ! s'écria Youssef, et il rit. Non, je déconne. J'étudie le commerce, le marketing. Ce genre de trucs. Je ne sais absolument pas pourquoi.

Ils longèrent un vaste terrain de jeux et, pour la première fois, Alan vit des enfants. Sept ou huit en train de se suspendre à un portique et de grimper à la corde. Trois femmes en burqas d'un noir charbon se tenaient auprès d'eux. Jusqu'à présent Alan n'avait jamais été en présence de femme portant la burqa, et voir ces ombres aller et venir sur l'aire de jeux autour des enfants le fit frissonner. N'était-ce pas un cauchemar d'être poursuivi par une silhouette noire et mouvante, les mains tendues en avant ? Mais qu'en savait-il ? Il préféra garder le silence.

— Le trajet est long ? s'enquit Alan.

— Jusqu'à la ville économique du roi Abdallah ? C'est bien là qu'on va, non ?

Alan ne répondit pas. Youssef sourit. Cette fois il plaisantait.

— Une heure environ. Peut-être un peu plus. Quand est-ce que vous étiez censé y être ?

— À huit heures. Huit heures et demie.

— Bah, vous serez là-bas à midi.

— Vous aimez Fleetwood Mac ? demanda Youssef.

Il avait réussi à faire fonctionner l'iPod — qui avait l'air d'avoir été enseveli dans le sable durant des siècles avant d'être déterré —, et il parcourait à présent les titres.

Ils quittèrent la ville, se retrouvant bientôt sur une autoroute rectiligne en plein désert. Le paysage n'était pas beau :

il n'y avait pas de dune, le sol était irrémédiablement plat et la route affreuse. La voiture de Youssef dépassa des camions-citernes, des semi-remorques. De temps à autre se dessinait dans le lointain un petit village en ciment gris, dédale de murs et de câbles électriques.

Alan et Ruby avaient traversé les États-Unis une fois en voiture, de Boston jusqu'en Oregon, pour se rendre au mariage d'une amie. Le genre de décision absurde qu'on peut se permettre avant la naissance d'un enfant. Ils n'avaient pas cessé de se disputer, essentiellement à cause de leurs ex. Ruby voulait parler des siens, dans le moindre détail. Elle voulait qu'Alan sache pourquoi elle les avait quittés et l'avait choisi lui, et Alan n'avait aucune envie de savoir quoi que ce soit. Était-ce trop, de vouloir remettre les compteurs à zéro ? Arrête, je t'en prie, avait supplié Alan. Elle avait poursuivi, se délectant de sa propre histoire. Arrête, arrête, arrête ! avait-il finalement rugi. Et plus aucun mot n'avait été prononcé de Salt Lake City jusqu'en Oregon. Chaque kilomètre lui avait insufflé plus de force et, s'imaginait-il, avait renforcé le respect qu'elle éprouvait pour lui. Ses armes contre elle étaient silence et agressivité ; il cultivait de temps à autre un air absorbé. Il ne s'était jamais montré aussi têtu que lorsqu'il était avec elle. C'était cette version de lui-même qui avait passé six ans à ses côtés. Il s'était révélé féroce, jaloux, toujours sur la défensive. Il n'avait jamais eu une telle vitalité.

Youssef alluma une nouvelle cigarette.

— Il y a plus masculine comme marque, observa Alan.

Youssef rit.

— J'essaie d'arrêter, donc je suis passé des blondes normales à ça. Elles sont deux fois plus petites. Il y a moins de nicotine.

— Et elles sont plus raffinées.

— Raffinées. Raffinées. J'aime bien. Oui, elles sont plus raffinées.

Une des deux dents de devant de Youssef avait poussé en diagonale, chevauchant sa voisine. Ce qui donnait à son sourire un air de folie particulier.

— Même le paquet, reprit Alan. Regardez-le.

Argenté, blanc et petit, il évoquait une Cadillac miniature conduite par un insecte microscopique.

Youssef ouvrit la boîte à gants et lança le paquet à l'intérieur.

— Ça vous va ? fit-il.

Alan rit.

— Merci.

Ils restèrent silencieux pendant dix minutes.

Alan se demandait si ce jeune homme l'emmenait vraiment à la ville économique du roi Abdallah. Ou s'il s'agissait d'un charmant ravisseur.

— Vous aimez les blagues ? hasarda Alan.

— Genre, les blagues dont on se souvient et qu'on ressort ?

— Oui, répondit Alan. Exactement.

— Ce n'est pas un truc saoudien, ça, les blagues, précisa Youssef. Mais j'en ai entendu quelques-unes. Un Anglais m'a raconté celle sur la reine et la grosse bite.

Ruby détestait les blagues. C'était vraiment gênant, disait-elle systématiquement après coup, qu'Alan en ait raconté une ou dix au cours d'une soirée. Il en connaissait des milliers et tous ceux qui le fréquentaient le savaient.

Il avait même été testé une fois — il y a quelques années, un groupe d'amis lui en avaient fait raconter pendant deux heures d'affilée. Après quoi, ils avaient pensé que ses réserves étaient épuisées mais il n'en était qu'au début. Pourquoi en retenait-il autant ? Il n'en avait pas la moindre idée. Mais dès qu'il arrivait à la chute, une autre histoire se profilait dans son esprit. Cela ne manquait jamais. Chaque blague était liée à la suivante, comme la ribambelle de foulards d'un magicien.

— Arrête d'en faire des tonnes, lui avait balancé Ruby. Tu te crois dans un vaudeville ou quoi ? Plus personne ne dit de blagues comme ça aujourd'hui.

— Moi, oui.

— Les gens racontent des histoires drôles quand ils n'ont rien à dire.

— Ils racontent des histoires drôles quand il n'y a plus rien à dire, avait-il répliqué.

En réalité, il ne lui avait pas répondu cela. Il y avait songé des années plus tard, mais entre-temps lui et Ruby avaient cessé de se parler.

Youssef tapota le volant.

— Bon, d'accord, fit Alan. C'est l'histoire d'un mari qui est malade depuis plusieurs mois. Il est plus ou moins dans le coma, mais sa femme reste non-stop à son chevet. Quand il se réveille, il lui fait signe de s'approcher. Elle s'exécute et s'assoit près de lui. Il lui prend la main, et d'une voix faible il murmure : « Tu sais quoi ? Tu es restée à mes côtés dans tous les moments difficiles. Quand je me suis fait virer, tu m'as soutenu. Quand mes affaires ont mal tourné, tu étais là. Quand nous avons perdu la maison, tu ne m'as pas laissé tomber. Quand j'ai commencé à avoir des problèmes de santé, tu n'as pas flanché… Tu sais quoi ? » « Non, quoi mon chéri ? » lui demande-t-elle doucement. « Je crois que tu me portes la poisse ! »

Youssef pouffa, toussa. Il dut écraser sa cigarette.

— Elle est bonne. Je ne l'ai pas vue venir. Vous en avez une autre ?

Alan lui était reconnaissant. Il n'avait plus raconté de blagues à une jeune personne réceptive depuis des années.

— Oui, répondit Alan. Voyons… Ah celle-là, elle est bien. C'est l'histoire d'un mec qui s'appelle Bizarre. John Bizarre. Et il déteste son nom. Les gens se moquent constamment de lui, les traitent lui et sa femme de « couple bizarre », ou le qualifient de « type bizarre » chaque fois qu'il va quelque part, et tout. Bref, en vieillissant, il décide d'écrire son testament. Et, dans son testament, il demande qu'à sa mort son nom ne soit pas gravé sur sa tombe. Il veut juste être enterré de façon anonyme avec une pierre tombale vierge, sans rien. Donc à sa mort, sa femme respecte sa dernière volonté. Et à présent, il repose dans une tombe anonyme, et chaque fois que quelqu'un passe devant il fait : « Tiens, c'est bizarre non ? »

Youssef rit, et dut même s'essuyer les yeux.

Alan adorait ce gars. Même sa fille, Kit, secouait la tête en disant : Non, s'il te plaît non, quand il essayait de raconter une blague.

Alan poursuivit.

— Bon. Une devinette maintenant. Comme appelle-t-on

un type qui connaît quarante-huit façons de faire l'amour mais pas une seule fille ?

Youssef haussa les épaules.

— Un consultant.

Youssef sourit.

— Pas mal, fit-il. Un consultant. Comme vous.

— Comme moi, répéta Alan. Pour le moment en tout cas.

Ils passèrent devant un petit parc d'attractions aux couleurs vives, mais qui paraissait abandonné. Une grande roue, rose et jaune, se dressait, vide, dans l'espoir de voir débarquer des enfants.

Alan réfléchit à une autre blague.

— Bon, celle-là est meilleure. C'est l'histoire d'un policier qui vient juste d'arriver sur la scène d'un horrible accident. Les corps des victimes sont éparpillés un peu partout, un bras ici, une jambe là. Il est en train de noter consciencieusement ce qu'il voit lorsqu'il tombe sur une tête. Il inscrit dans son carnet : « tête sur le boulvard » mais il omet le *e* et il sait qu'il se trompe. Donc il barre, et recommence : « tête sur le boullevard ». Non ce n'est toujours pas ça, il y a trop de *l*. Donc il barre encore, et essaie à nouveau : « tête sur le boulevart », *v-a-r-t*. « Putain ! » lâche-t-il. Il regarde autour de lui, et comme il n'y a personne il pousse du pied la tête de quelques mètres, reprend son stylo et écrit : « tête dans le virage ».

— Excellent, déclara Youssef, sans rire toutefois.

Ils poursuivirent leur route en silence pendant deux ou trois kilomètres. Le paysage était plat et vierge. Toute construction, dans ce désert implacable, ferait figure d'acte volontariste imposé à un territoire hostile à toute habitation.

Le corps de Charlie, lorsqu'ils le sortirent du lac, ressemblait à un déchet. Avec le coupe-vent noir qu'il portait, on aurait dit un tas de feuilles mortes recouvert d'une bâche, avait spontanément pensé Alan. Seules ses mains rappelaient qu'il s'agissait d'un être humain.

— Je peux vous être utile à quoi que ce soit ? avait demandé Alan aux policiers.

Ils n'avaient besoin de rien. Ils avaient tout vu. Quatorze policiers et pompiers avaient regardé Charlie Fallon mourir dans ce lac durant cinq heures.

V

— Pourquoi vous allez là-bas, au fait ?
— Où ?
— À KAEC.
Il avait prononcé *cake*, comme un cake. Bon à savoir, pensa Alan.
— Pour le travail.
— Vous êtes dans le bâtiment ?
— Non. Pourquoi ?
— Je me disais que vous étiez peut-être là pour lancer les chantiers. Y a rien là-bas. Aucune construction, rien.
— Vous y êtes déjà allé ?
Alan supposait que oui. C'était sûrement l'endroit le plus important dans les environs de Djedda. Donc évidemment Youssef y était allé.
— Non, fit-il.
— Pourquoi ?
— Il se passe rien là-bas.
— Pas encore, rectifia Alan.
— Il se passera *jamais* rien.
— *Jamais* rien ?

— Non, soutint Youssef. C'est déjà mort.

— Quoi ? Mais non, ce n'est pas mort. Je bosse dessus depuis des mois. Je dois présenter un projet. Ils sont à fond.

Youssef se tourna vers Alan et sourit de toutes ses dents, manifestement hilare.

— Attendez d'y être, lança-t-il, et il alluma une autre cigarette. À fond ? Mon Dieu.

Pile à ce moment, un panneau publicitaire apparut. Il représentait une famille sur une terrasse, avec un coucher de soleil improbable en arrière-plan. L'homme, un businessman avec un portable dans une main et un journal dans l'autre, était saoudien. La femme, qui servait le petit déjeuner à son mari et à deux enfants enjoués, portait un hidjab avec un chemisier sobre et un pantalon. En dessous on pouvait lire : LA VILLE ÉCONOMIQUE DU ROI ABDALLAH : LA VISION D'UN HOMME, L'ESPOIR D'UNE NATION.

Alan pointa le doigt vers le panneau.

— Vous ne pensez pas que ça puisse arriver ?

— Qu'est-ce que j'en sais ? Ce que je veux dire, c'est qu'ils n'ont encore rien fait.

— Et Dubai ? Ça a marché.

— C'est pas Dubai ici.

— Vous ne croyez pas que ça pourrait le devenir ?

— Non. Quelles femmes voudraient venir habiter ici ? Personne ne viendrait vivre ici à moins d'y être obligé, même dans les appartements roses face à la mer.

— Mais la femme sur ce panneau, c'est déjà un pas en avant, non ? suggéra Alan.

Youssef soupira.

— C'est ce qu'ils disent. Enfin non, ils ne le disent pas,

mais ils laissent entendre qu'à KAEC les femmes seront plus libres. Qu'elles pourront se mêler aux hommes et qu'elles auront le droit de conduire. Ce genre de trucs.

— C'est pas mal, non ?

— Oui, si ça arrive vraiment. Mais ce ne sera pas le cas. Ça aurait pu se produire à une époque, mais maintenant il n'y a plus d'argent. Emaar se casse la gueule. Ils sont en train de faire faillite à Dubai. Tout a été surévalué et maintenant ils sont foutus. Ils doivent de l'argent à la planète entière. KAEC, c'est mort. Tout est mort. Vous verrez. Vous n'avez pas d'autres histoires drôles ?

Les propos de Youssef inquiétèrent Alan, mais il s'efforça de ne pas les prendre trop au sérieux. Il savait que la ville économique du roi Abdallah avait ses détracteurs en Arabie saoudite et ailleurs. Emaar, le promoteur immobilier qui avait construit presque tout Dubai, rencontrait des difficultés en raison de l'éclatement de la bulle, et tout le monde savait que sans les deniers du roi lui-même KAEC était en péril. Mais, naturellement, le roi financerait ce qui devrait l'être. Et il s'assurerait que le projet soit mené à terme. La ville portait son nom après tout. C'était son héritage. Sa fierté ne lui permettrait pas de laisser tomber. Alan exposa ses arguments à Youssef, tentant de se convaincre lui-même.

— Et si le roi meurt ? s'exclama Youssef. Il a quatre-vingt-cinq ans. Qu'est-ce qui se passera dans ce cas-là ?

Alan resta sans réponse. Il voulait croire que ce genre de choses, une ville surgie de la poussière, pouvait exister. Les visuels architecturaux qu'il avait consultés étaient de toute beauté. Tours étincelantes, espaces verts et promenades bordées d'arbres, canaux permettant aux actifs de se rendre presque partout en bateau. La ville était futuriste et romantique, mais pratique aussi. Le projet était envisageable avec la technologie actuelle et beaucoup d'argent, et l'argent, le roi n'en manquait pas. Pourquoi n'avait-il pas directement investi lui-même, sans passer par Emaar ? Telle était la question. Cet homme était assez riche pour faire construire ce qu'il voulait en un claquement de doigts — donc pourquoi ne s'était-il pas lancé ? Parfois un roi se doit d'être un roi.

La prochaine sortie annonçait la ville économique du roi Abdallah. Youssef regarda Alan, et haussa les sourcils en faisant une moue théâtrale.

— On y va. À fond !

Ils quittèrent la voie rapide, et prirent la direction de la mer.

— Vous êtes sûr que c'est le bon chemin ? s'enquit Alan.

— C'est là que vous vouliez aller, en tout cas, répliqua Youssef.

Alan ne voyait aucun panneau indicateur signalant une ville en devenir.

— Je ne sais pas ce que c'est exactement, mais c'est là, déclara Youssef en pointant le doigt droit devant lui.

La route, neuve, passait au milieu de nulle part. Ils roulèrent près de deux kilomètres avant d'arriver devant une modeste porte : deux arches en pierre enjambant le bitume, surmontées au centre d'un grand dôme. C'était comme si quelqu'un avait construit une route en plein désert, puis avait érigé cette porte pour signifier la fin d'une chose et le début d'une autre. C'était plein d'espoir mais peu convaincant.

Youssef s'arrêta et baissa la vitre. Deux gardes en treillis bleu, fusil en bandoulière, s'approchèrent prudemment et contournèrent la voiture. Ils semblaient surpris de voir quelqu'un, en particulier deux hommes dans une Chevrolet vieille de trente ans.

Youssef s'adressa à eux en désignant son passager d'un signe du menton vers la droite. Les gardes se penchèrent pour voir l'Américain sur le siège passager. Professionnel, Alan sourit. Un des deux gardes dit quelques mots à Youssef, et ce dernier se tourna vers Alan.

— Votre passeport.

Alan le lui tendit. Le militaire disparut dans son bureau, puis revint, rendit le passeport à Youssef, et leur fit signe d'avancer.

Au-delà du poste de contrôle, la route se séparait en deux. Le terre-plein central était recouvert de gazon desséché et clairsemé que deux hommes en combinaison rouge tentaient de maintenir en vie en l'arrosant à l'aide d'un tuyau.

— J'imagine que ces gars ne sont pas syndiqués, dit Alan.

Youssef sourit, l'air contrarié.

— J'ai entendu un type dans la boutique de mon père l'autre jour. Il disait : On n'a pas de syndicat ici. On a des Philippins.

Ils continuèrent d'avancer. Une rangée de palmiers fraîchement plantés habillait à présent le terre-plein central, certains troncs encore enveloppés de toile de jute. Environ tous les dix arbres flottait, accroché à un lampadaire, un drapeau à l'effigie de ce que serait la ville une fois achevée. L'un d'eux représentait un homme en dishdasha débarquant d'un yacht, attaché-case à la main, accueilli par deux hommes en costume et lunettes noires. Sur un autre, un homme jouait au golf au lever du jour, avec à ses côtés un caddie — probablement originaire d'Asie du Sud-Est. Il y avait aussi le visuel photoréaliste d'un stade fabuleux. La vue aérienne d'un front de mer où fleurissaient les hôtels de luxe. La photo d'une femme aidant son fils à utiliser un ordinateur portable, qui, en dehors du hidjab, était habillée à l'occidentale, tout en lavande.

— Pourquoi vanteraient-ils ce genre de liberté s'ils n'étaient pas sincères ? demanda Alan. Abdallah risque fort de mettre en rogne les conservateurs avec ce genre d'idées ; il joue plutôt gros.

Youssef haussa les épaules.

— Qui sait ? Ça impressionne des gars comme vous, donc ça doit marcher.

La route fila à nouveau tout droit, sans fioriture, à travers le désert. Aucun bâtiment en vue. Des lampadaires étaient installés tous les six mètres environ, mais sinon il n'y avait absolument rien ; le site entier ressemblait à un projet d'aménagement sur la Lune qu'on aurait abandonné.

Ils roulèrent encore un bon kilomètre en direction de la mer avant de voir les arbres réapparaître. Des groupes d'ouvriers, certains avec des casques, d'autres des keffiehs sur la tête, étaient rassemblés sous les palmes. Au loin, la route s'arrêtait à quelques centaines de mètres de l'eau, et une poignée d'immeubles se dressaient, telles de vieilles pierres tombales.

— C'est ça en fait, proclama Youssef.

Le vent du désert soufflait fort, et le sable voltigeait au-dessus du bitume, pareil à du brouillard. Malgré tout, deux hommes balayaient par terre.

Youssef les désigna du doigt et rit.

— Voilà où va l'argent ! Ils balaient le sable du désert.

VI

Jusque-là, la cité se résumait à trois édifices. Il y avait un immeuble résidentiel rose pâle, qui était plus ou moins fini mais paraissait vide. Un centre d'accueil à un étage, de style vaguement méditerranéen, entouré de fontaines presque toutes à sec. Et une tour de bureaux en verre de dix étages environ, massive, rectangulaire et noire. Un panneau suspendu à la façade indiquait « 7/24/60 ».

Dédaigneux, Youssef expliqua :

— Mouais, ils travaillent sept jours sur sept, vingt-quatre heures sur vingt-quatre, soixante minutes sur soixante. Ça m'étonnerait.

Ils se garèrent devant le centre d'accueil, bâtiment bas orné de plusieurs petits dômes et minarets, situé devant la plage. Ils sortirent de la voiture. La chaleur était accablante. Il faisait plus de quarante degrés.

— Vous voulez venir avec moi ? proposa Alan.

Youssef observa le centre, comme s'il se demandait ce qui pouvait valoir le détour à l'intérieur.

— Vous rajouterez ça sur ma note, glissa Alan.

Youssef haussa les épaules.

— Ça pourrait être marrant.

Les portes s'ouvrirent vers l'extérieur, automatiquement, et un homme s'avança, vêtu d'une dishdasha immaculée.

— Monsieur Clay ! Nous vous attendions. Je suis Sayed.

Son visage fin était affublé d'une grande moustache. Il avait de petits yeux rieurs.

— Je suis navré que vous ayez raté la navette, poursuivit-il. D'après ce que j'ai compris, l'hôtel ne vous a pas réveillé.

— Oui, désolé d'être en retard, fit Alan, sans baisser les yeux.

Sayed sourit chaleureusement.

— Le roi ne viendra pas aujourd'hui donc cela est sans conséquence. Entrons, voulez-vous ?

Ils pénétrèrent à l'intérieur. Il faisait frais et sombre.

Alan regarda autour de lui.

— Est-ce que l'équipe de Reliant est ici, ou…

— Ils sont dans la zone de présentation, dit Sayed en faisant un geste vers la plage.

Il avait un accent britannique. Alan avait entendu dire que tous les hauts fonctionnaires du royaume avaient étudié dans les meilleures universités américaines ou anglaises. Ce type, songea-t-il, sortait probablement de St. Andrews.

— Mais je pensais d'abord vous faire visiter, poursuivit Sayed. Vous êtes d'accord ?

Alan avait envie de prévenir l'équipe de son arrivée, mais ne souffla mot. La visite ne pouvait pas faire de mal et serait sans doute rapide.

— Oui. Avec plaisir.

— Parfait. Désirez-vous un jus de fruits ?

Alan acquiesça. Sayed se détourna, et un assistant lui tendit un verre de jus d'orange, que Sayed offrit à Alan. Le verre en cristal ressemblait à un calice. Alan le prit d'une main, et il les suivit dans le hall orné d'arches et de photos de la ville à venir. Ils débouchèrent dans une grande salle où trônait à hauteur de la taille une gigantesque maquette.

— Voici mon associé, Mujaddid, déclara Sayed en désignant un autre homme debout devant le mur, vêtu d'un costume noir.

Mujaddid avait la quarantaine, il était robuste et rasé de près. Il opina du chef.

— Et voilà la ville quand elle sera terminée, poursuivit Sayed.

Mujaddid prit le relais :

— Monsieur Clay, je vous présente le rêve du roi Abdallah.

Les minuscules immeubles, tous d'un blanc crème, étaient gros comme le pouce, et des routes, blanches aussi, serpentaient à travers l'ensemble. Il y avait des gratte-ciel, des usines, des arbres, des ponts, des cours d'eau et des milliers d'habitations.

Alan avait toujours eu un faible pour ce genre de maquette, ce genre de vision, un projet sur trente ans, quelque chose surgissant du néant — toutefois ses expériences en la matière ne s'étaient jamais révélées concluantes.

Il avait commandé une maquette une fois. En se souvenant de cette histoire, il éprouva une pointe de regret. Même si l'usine à Budapest n'était pas son idée, il s'était attelé à la tâche, pensant que cela le mènerait vers de plus grandes choses. Mais convertir une fabrique de l'ère soviétique en une manufacture de vélos Schwinn, modèle d'efficacité capitaliste, c'était de la folie. Il avait été envoyé en Hongrie pour lancer le projet, implanter le savoir-faire américain dans la fabrication des deux-roues en Europe de l'Est, afin de permettre à Schwinn de conquérir le Vieux Continent.

Alan avait donc fait réaliser une grande maquette, avait organisé un événement pour le lancement ; les espoirs étaient grands. Ils pourraient exporter les vélos hongrois à travers l'Europe. Peut-être même aux États-Unis. Les coûts de production étaient si bas, et le savoir-faire si pointu. Du moins le croyait-on.

Mais le projet tomba à l'eau. L'usine ne tourna jamais à plein rendement, on ne parvint jamais à former les ouvriers correctement, ils restaient inefficaces, et Schwinn n'avait pas les capitaux nécessaires pour moderniser comme il se devait les machines. Un échec complet, et à partir de là les jours d'Alan chez Schwinn, en tant qu'homme de la situation, furent comptés.

Malgré tout, devant la gigantesque maquette de KAEC, Alan eut le sentiment que la ville verrait le jour, qu'avec l'argent du roi Abdallah ce serait possible. Sayed et Mujaddid la fixaient également, aussi fascinés que lui, tout en lui expliquant les différentes étapes de la construction. La cité, affirmaient-ils, serait achevée en 2025, et compterait un million cinq cent mille habitants.

— Très impressionnant, s'extasia Alan.

Du regard, il chercha Youssef qui errait dans le hall. Il l'aperçut, lui fit signe de venir, mais ce dernier rejeta cette idée en secouant rapidement la tête.

— Nous sommes ici, continua Mujaddid.

Il baissa les yeux vers un bâtiment qui se trouvait sous son nez, ressemblant en tout point à celui dans lequel il se trouvait mais de la taille d'un grain de raisin. Sur la maquette, il était situé au bord d'une longue promenade longeant la mer. Soudain, le point rouge lumineux d'un laser se dessina sur le premier étage, comme si un vaisseau spatial cherchait à désintégrer l'édifice.

Alan finit son jus de fruits mais ne sut quoi faire du verre vide. Il n'y avait pas de table, et l'homme avec le plateau avait disparu. Il essuya le pied avec sa manche et le posa sur ce qu'il croyait être la mer Rouge, à environ huit cents mètres de la côte. Sayed sourit poliment, s'en empara et quitta la pièce.

Mujaddid eut un rictus contrarié.

— Allons voir un film, voulez-vous ?

Alan et Youssef furent conduits dans une grande salle de réception à plafond haut, parée de miroirs et de dorures, dans laquelle des canapés jaunes avaient été installés en rangs, face à un écran géant qui couvrait un mur entier. Ils s'assirent et le noir se fit.

Une voix féminine s'exprima avec un parfait accent britannique.

« Inspirée par les extraordinaires qualités de leader et de visionnaire du roi Abdallah… » Des images numériques de la ville, animée et étincelante dans la nuit, apparurent à l'écran. La caméra plongea alors et survola une fantastique chaîne de verre noir et de lumières. « Et voici l'aube dans la prochaine grande ville économique du monde… »

Alan regarda Youssef. Il avait envie de le voir impressionné. Le film avait dû coûter des millions. Mais Youssef parcourait les messages sur son portable.

« … pour diversifier la plus importante économie du Moyen-Orient… »

Bientôt le jour se leva dans les rues de KAEC, et des hors-bord foncèrent sur les canaux, des hommes d'affaires se serrèrent les mains au bord de l'eau, des cargos accostèrent au port pour venir chercher sans aucun doute les nombreux produits manufacturés dans la cité.

« La coopération financière entre les pays arabes… »

Une ribambelle de drapeaux surgit à l'image, jordanien, syrien, libanais, des Émirats arabes unis. Puis, une séquence sur la mosquée qui pourrait accueillir deux cent mille fidèles. Et un plan sur une salle de conférences universitaire dans laquelle des femmes étaient assises d'un côté, et des hommes de l'autre.

« Une ville active vingt-quatre heures sur vingt-quatre… »

Un port capable de traiter dix millions de conteneurs par an. Un terminal entier d'aéroport réservé aux pèlerins, avec une capacité de trois cent mille voyageurs. Un complexe sportif géant s'ouvrant comme un coquillage.

Maintenant Youssef semblait intéressé. Il se pencha vers Alan. Un stade en forme de vagin ! Pas mal.

Alan ne rit pas. Il était convaincu. Le film était spectaculaire. Cela semblait être la plus belle ville du monde après Paris. Alan imaginait le rôle de Reliant partout : transmission de données, système vidéo, téléphonie, réseau électronique, radio-identification pour le transport des marchandises, technologie pour les hôpitaux, les écoles, les tribunaux. Les possibilités étaient sans bornes, au-delà même de ce qu'Ingvall ou lui-même ou quiconque avait imaginé. Le film s'acheva en apothéose, la caméra s'élevant dans les airs pour révéler la ville économique du roi Abdallah scintillant dans la nuit, des feux d'artifice illuminant le ciel.

Les lumières se rallumèrent.

La salle avec ses miroirs et ses canapés jaunes réapparut.

— Pas mal, non ? fit Mujaddid.

— Pas mal du tout, répondit Alan.

Il jeta un œil à Youssef qui restait de marbre. S'il avait une blague à faire, des doutes à exprimer, et il semblait que c'était le cas, il n'allait pas le faire maintenant, dans cette pièce, avec toutes les lumières allumées.

— Allons voir la maquette de la zone industrielle, proposa Sayed, qui les avait rejoints.

Ils pénétrèrent peu après dans une pièce remplie de dessins d'usines, d'entrepôts, de camions prêts à être chargés ou déchargés. L'idée, expliqua Sayed, était de fabriquer des produits avec le pétrole saoudien — objets en plastique, jouets, et même couches-culottes — et de les exporter à travers tout le Moyen-Orient. Et même en Europe ou aux États-Unis.

— J'ai cru comprendre que vous étiez dans l'industrie manufacturière à une époque ? dit Sayed.

Alan fut embarrassé.

— Nous avons fait nos recherches, monsieur Clay. Et je possédais moi-même un Schwinn quand j'étais jeune. J'ai vécu dans le New Jersey pendant cinq ans. Quand j'étais en école de commerce, nous avons fait une étude de cas sur la société Schwinn.

Toujours les études de cas. Alan avait participé à certaines d'entre elles, mais au bout d'un moment c'était trop déprimant. Les questions de ces petits malins d'étudiants qui jouaient les jeunes loups. Pourquoi n'avez-vous pas anticipé le succès des BMX ? Et les VTT ? Vous vous êtes fait laminer. Était-ce une erreur d'avoir délocalisé la production en Chine ? Et ça, de la part de gamins qui tondaient les gazons de leur quartier pour se faire de l'argent de poche. Voilà ce qu'ils connaissaient du monde des affaires ! Comment vos fournisseurs sont-ils devenus vos concurrents ? C'était une question rhétorique. Vous voulez faire baisser vos coûts de production, vous fabriquez en Asie, mais très vite vos fournisseurs n'ont plus besoin de vous, n'est-ce pas ? Oui, apprenez à pêcher à un homme. À présent, les Chinois savent pêcher, et quatre-vingt-dix-neuf pour cent des vélos sont fabriqués là-bas, dans une seule province.

— C'était intéressant pourtant, non, pendant un temps ? poursuivit Sayed. Quand les Schwinn étaient fabriqués à Chicago, les Raleigh en Angleterre, les vélos italiens, les français... Il y avait une vraie compétition internationale, on pouvait choisir entre des produits très différents, issus de sensibilités, de techniques, d'héritages divers...

Alan se souvenait. C'était la belle époque. Le matin, il se rendait dans l'usine, à l'ouest de la ville, et contemplait les centaines de vélos multicolores, étincelants sous le soleil, tandis qu'on les chargeait dans les camions. Ensuite, il prenait sa voiture, direction le sud, et l'après-midi il arrivait à Mattoon, ou Rantoul, ou Alton, pour faire le point avec un détaillant. Il voyait une famille pénétrer dans le magasin, papa et maman prêts à acheter pour leur fille de dix ans un World Sport. La gamine touchait le vélo comme s'il s'agissait d'une relique. Alan savait, le vendeur savait, la famille savait, que cette bicyclette avait été fabriquée manuellement à quelques centaines de kilomètres dans le nord de l'État, par une pléiade d'ouvriers, immigrants pour la plupart — allemands, italiens, suédois, irlandais, beaucoup de Japonais et naturellement une flopée de Polonais —, et qu'elle durerait toujours pour ainsi dire. Pourquoi cela comptait-il ? Pourquoi était-ce si important qu'elle ait été produite non loin de là sur la route 57 ? Difficile à dire. Mais Alan excellait dans son travail. Ce n'était pas dur, pas dur de vendre quelque chose comme ça, quelque chose de solide qui ferait partie intégrante des souvenirs de milliers d'enfants.

— Eh bien ces temps sont révolus, déclara Alan, espérant clore le sujet.

Mais Sayed n'en avait pas fini.

— Aujourd'hui ils se contentent de mettre des autocollants différents sur les mêmes vélos. Seules quelques usines les fabriquent tous... toutes les marques que l'on connaît.

Alan ne trouvait pas grand-chose à répondre. Il approuva. Il voulait poursuivre la visite, mais l'étudiant en économie qui habitait encore Sayed s'enfonçait dans l'étude de cas.

— N'avez-vous pas eu le sentiment que vous auriez pu faire autrement ?

— Moi ? Personnellement ?

— Enfin, le rôle qui était le vôtre. Aurait-il pu être différent. Est-ce que cela aurait pu fonctionner d'une autre manière ? Est-ce que Schwinn aurait pu survivre d'une façon ou d'une autre ?

Aurait. Aurait. Alan pesait les mots. Il allait lui casser la gueule s'il continuait à parler comme ça.

Sayed attendait une réponse.

— C'était compliqué, marmonna Alan.

Ce n'était pas la première fois qu'il entendait ce refrain. Les gens étaient nostalgiques de Schwinn. Ils pensaient au fond qu'une bande d'imbéciles avait mené l'entreprise à sa perte, des imbéciles comme lui. Comment une marque telle que Schwinn, qui avait régné sur la majeure partie du marché américain pendant près de quatre-vingts ans, avait-elle fait faillite, avait-elle été vendue pour presque rien ? Comment était-ce possible ? Enfin, comment en était-on arrivé là ? Les hommes aux commandes de Schwinn avaient tout fait pour continuer de produire les vélos aux États-Unis. Selon certains, c'était l'erreur n° 1. Ils s'étaient accrochés à Chicago jusqu'en 1983. Alan avait envie de foutre une baffe à ce connard d'étudiant en master. Et vous ne vous êtes jamais demandé si c'était difficile de tenir bon aussi longtemps ? Difficile de s'efforcer de faire des vélos, des machines très compliquées qui mobilisaient beaucoup de main-d'œuvre, dans une usine vieille de cent ans, à l'ouest de Chicago, jusqu'en 1983 ?

— Alan ?

Ce dernier leva les yeux. C'était Youssef.

— La visite continue. Vous venez ? *Auriez*-vous l'obligeance de me suivre ?

Sayed se tenait à l'autre bout du hall.

— Montons à l'étage, suggéra-t-il.

Deux séries d'escalier, et ils se retrouvèrent au-dessus de la ville en devenir. La salle offrait un panorama à 360 degrés, et Alan marcha devant les baies vitrées. C'était encore à l'état brut, certes, mais de là-haut la ville était magnifique. Tout faisait sens à présent. La mer Rouge était turquoise, un léger vent la faisant ondoyer tandis que la marée montait. Le sable était presque blanc, très fin. Une promenade dallée serpentait dans le lointain, séparant le littoral de l'immeuble rose et des fondations de quelques autres bâtiments qu'Alan distinguait à présent. Des palmiers étaient plantés un peu partout sur le site, et longeaient non loin de là un canal aux eaux propres et azurées, alimenté par la mer, qui se dirigeait vers l'est. Ce qui, vu de la route, avait ressemblé à un échec retentissant paraissait à présent obéir à un plan parfaitement établi. L'endroit était animé, des ouvriers s'affairaient dans leurs combinaisons rouge, bleu et jaune : la ville se construisait. N'importe quel investisseur considérant le projet de ce poste d'observation serait convaincu de la progression rapide des travaux — tel était du moins le sentiment d'Alan — et du bon goût du résultat final.

— Vous aimez ? s'enquit Mujaddid.

— Beaucoup, répondit Alan. Regardez ça. Toutes les villes ont besoin de rivières.

— Absolument, renchérit Mujaddid.

Youssef regardait dehors également ; toute trace de cynisme sur son visage avait disparu. Il semblait savourer le spectacle sans arrière-pensée.

Sayed et Mujaddid menèrent Alan et Youssef jusqu'à un ascenseur. Ils descendirent deux étages, et les portes s'ouvrirent sur un parking en sous-sol.

— Par ici.

Sayed leur indiqua un 4 x 4. Ils montèrent à bord. L'habitacle sentait le neuf. Ils gravirent une rampe d'accès et se retrouvèrent à nouveau en pleine lumière. Ils prirent à gauche, en direction de l'eau, et, quelques secondes plus tard, le véhicule s'immobilisa.

— Nous y voilà, s'exclama Mujaddid.

Ils avaient roulé deux cents mètres. Devant eux se dressait une énorme tente blanche, à la toile parfaitement tendue, semblable à celles utilisées pour les mariages ou les festivals.

— Merci, dit Alan, avant de retourner à la chaleur.

— On se retrouve à quinze heures, c'est ça ? lança Sayed.

Il avait dû être question d'un rendez-vous à un moment donné.

— Oui, acquiesça Alan. Dans le bâtiment principal ou dans le centre d'accueil ?

— Dans le bâtiment principal, fit Sayed. Avec Karim al-Ahmad. Ce sera votre contact.

Alan s'arrêta devant la tente, perplexe. La porte était en plastique.

— Mon équipe est là-dedans ? demanda-t-il.

— Oui, répondit Mujaddid, le visage serein et sûr de lui.

— Dans une tente, articula Alan.

Cela semblait impossible. Il y avait certainement une erreur.

— Oui, reprit Mujaddid. C'est ici que vous présenterez votre projet. Cette tente est prévue à cet effet. Je crois que vous trouverez tout ce dont vous aurez besoin à l'intérieur.

Sur ce, il referma la portière du 4 x 4 et démarra.

Alan se tourna vers Youssef.

— Je crois que vous pouvez partir maintenant.

— Vous avez un moyen de locomotion pour le retour ?

— Oui, il y a un minibus ou quelque chose comme ça.

Ils se mirent d'accord sur un prix, et Alan régla. Youssef inscrivit quelques chiffres sur une carte de visite.

— Au cas où vous ratiez encore la navette, murmura-t-il.

Ils se serrèrent la main.

Youssef haussa les sourcils en regardant la tente.

— À fond ! fit-il, et il tourna les talons.

VII

Dans la tente, Alan ne vit personne. L'endroit était vaste et vide, sentait la sueur et le plastique. Le sol était recouvert de dizaines de tapis persans se chevauchant les uns les autres. Une trentaine de chaises pliantes avaient été disposées en rangs. On aurait dit qu'un mariage était en cours mais que les invités venaient de s'éclipser. Une estrade, où Alan et son équipe installeraient haut-parleurs et projecteurs, occupait le fond de l'espace.

Dans le coin le plus éloigné, il distingua trois ombres accroupies, chacune fixant l'écran grisâtre d'un ordinateur portable. Il s'avança dans leur direction.

— Le voilà ! tonna une voix.

C'était Brad. Il portait un pantalon beige et une chemise blanche impeccable, les manches relevées. Il se leva pour serrer la main d'Alan, s'appliquant à lui écraser les jointures. Avec ses jambes courtes et trapues, presque arquées, il avait l'air d'un entraîneur de lutte.

— Bonjour, Brad. Heureux de vous voir.

Rachel et Cayley se levèrent. Elles avaient enlevé leurs abayas, et l'accueillirent pieds nus, en short et débardeur.

La tente était climatisée mais la température était loin d'être agréable. Les trois jeunes gens luisaient de sueur.

Ils attendirent qu'Alan dise quelque chose. Mais ce dernier n'avait aucune idée de ce qu'ils souhaitaient entendre. Il les connaissait très peu en fait. Ils s'étaient rencontrés brièvement, trois mois plus tôt, à Boston, sur l'insistance d'Eric Ingvall. Les choses avaient été décidées, les tâches, le calendrier, les objectifs expliqués. On leur avait donné des papiers à signer, une décharge exigée par l'Arabie saoudite, stipulant qu'ils s'engageaient à respecter les règles du royaume et que, s'ils venaient à enfreindre une loi, ils seraient condamnés et subiraient les mêmes peines que n'importe qui. L'exécution étant mentionnée dans la décharge en question pour certains crimes, y compris l'adultère, ils signèrent tous avec un certain malaise.

— Vous vous en sortez là-dedans ? demanda Alan.

Il n'avait pas trouvé mieux. Il digérait encore le fait de se retrouver dans une tente.

— Ça va, mais on n'a pas de wi-fi, dit Cayley.

— On reçoit un signal plutôt faible de la grosse boîte noire, ajouta Brad en balançant la tête vers l'immeuble de bureaux 7/24/60 qui s'élevait sur un promontoire — manifestement ils lui avaient déjà choisi un surnom.

— Qui vous a installés dans cette tente ? fit Alan.

— Quand on est arrivés, ils nous ont annoncé que c'était ici qu'on présenterait le projet, répondit Cayley.

— Dans une tente.

— Bah, faut croire.

— Ils vous ont dit quelque chose ? hasarda Rachel. Genre pourquoi on est à l'extérieur comme ça ? Au lieu d'être dans le bâtiment principal ?

— Non, rien, répliqua Alan. Tous les fournisseurs se retrouveront peut-être ici.

Alan s'attendait à voir une douzaine d'autres équipes, affairées à préparer leur présentation, frénétiques dans l'attente de la visite royale. Mais être ici tout seuls, dans une tente mal éclairée — il ne comprenait pas.

— Oui sans doute, reprit Rachel en mâchouillant l'intérieur de sa joue. Mais pour l'instant on est tout seuls.

— On est peut-être les premiers, suggéra Alan, s'efforçant de garder un peu de légèreté.

— C'est juste bizarre de bosser pour Reliant et d'être cantonnés ici, non ? s'interrogea Brad.

C'était un carriériste, un jeune homme très compétent qui n'avait probablement jamais eu, jusqu'alors, à s'écarter de la stratégie qu'on lui avait indiquée et qu'il avait apprise par cœur.

— C'est une nouvelle ville. Un territoire inconnu, n'est-ce pas ? déclara Alan. Vous vous êtes renseignés à propos du wi-fi ?

— Pas encore, répondit Cayley. On a préféré vous attendre.

— Et on a eu une bonne connexion pendant un moment, ajouta Rachel.

Sur ce, elle repartit au fond de la tente comme si elle pressentait que le réseau, à présent qu'il en était question, reviendrait.

Alan regarda l'ordinateur de Cayley : les barres concentriques du logo de réception étaient presque toutes grises, pas noires. Pour présenter un système holographique de visioconférence, ils avaient besoin d'une ligne fixe, ou au moins d'un réseau fort, pas de quelque chose de faible ou qui venait du voisin d'à côté.

— Bon, je verrai ce que je peux faire. Vous avez commencé à installer le reste du matériel ?

— Non pas encore, fit Brad en grimaçant. En fait on espérait que ce serait une situation temporaire. La présentation ne marchera pas aussi bien ici.

— Vous avez passé tout votre temps à chercher une connexion ?

— Jusqu'ici oui, répondit Cayley, semblant se rendre compte qu'ils auraient peut-être dû faire plus.

De la pénombre du fond, Rachel intervint :

— Ça a très bien marché pendant un moment.

— C'est vrai. Il y a une heure environ, précisa Cayley.

VIII

Si Alan était là, il devait y avoir une raison. Pourquoi ici dans une tente à cent soixante kilomètres de Djedda, certes, mais aussi pourquoi sur cette terre, vivant ? Très souvent la signification de tout cela lui demeurait obscure. Très souvent il devait creuser. Le sens de son existence était un insaisissable filet d'eau coulant à des dizaines de mètres sous terre, et régulièrement il plongeait un seau dans le puits, le remplissait, le remontait à la surface, et buvait quelques gorgées. Mais cela n'étanchait pas sa soif très longtemps.

La mort de Charlie Fallon fit la une des journaux à travers le pays. Charlie entra dans le lac le matin, tout habillé. Alan le vit, avec de l'eau jusqu'aux chevilles, mais il ne chercha pas plus loin. Le transcendantaliste prenait un bain de boue.

Alan poursuivit sa route.

Mais Charlie continua d'avancer. Lentement. D'autres voisins l'aperçurent, de l'eau jusqu'aux genoux, jusqu'à la taille. Personne ne réagit.

Finalement, alors qu'il était dans l'eau jusqu'à la poitrine, Lynn Maggliano appela la police. Ils vinrent sur place, ainsi que les pompiers. De la rive ils l'appelèrent. Lui crièrent de revenir. Mais personne ne plongea pour aller le chercher.

Par la suite les policiers et les pompiers se justifièrent en prétendant qu'à cause des coupes budgétaires ils n'étaient pas entraînés pour ce genre de sauvetage. S'ils y étaient allés, il y aurait eu des problèmes de responsabilité légale. Par ailleurs, ajoutèrent-ils, l'homme était debout. Et semblait bien aller.

En fin de compte, c'est une lycéenne qui pagaya jusqu'à Charlie Fallon sur une chambre à air. Quand elle arriva à sa hauteur, il était bleu et sans réaction.

Elle hurla. La police et les pompiers sortirent leur matériel, et le tirèrent jusqu'à la rive. Ils lui firent un massage cardiaque mais il était mort.

— Alan ?

Brad le fixait, inquiet.

— Oui, répondit-il. Allons faire un tour dehors.

Il repartit vers la sortie. Rachel et Cayley se mirent en branle pour le suivre, mais Brad les arrêta.

— Vous ne devriez pas sortir habillées comme ça, fit-il.

Elles décidèrent de rester à l'intérieur, où il faisait moins chaud.

Alan et Brad sortirent ensemble. Ils clignèrent des yeux dans le soleil et la chaleur, parcourant les alentours du regard à la recherche d'une antenne ou au moins d'un câble.

— Par là, lança Brad, désignant du doigt l'immeuble rose, sur la façade duquel était installée une antenne parabolique.

Ils avancèrent dans cette direction.

— Qu'est-ce qu'on va voir ? interrogea Alan.

Brad était l'ingénieur de l'équipe, donc Alan s'en remettait à lui pour toutes les questions technologiques.
— Si c'est branché, non ? répondit Brad.

Alan lui jeta un coup d'œil pour voir s'il était sérieux. Il l'était.

L'antenne paraissait en état de marche. Mais elle se trouvait à une trentaine de mètres de la tente, probablement trop loin pour leur être d'une quelconque utilité. À nouveau, ils observèrent autour d'eux, clignant toujours des yeux dans le soleil. Des groupes d'ouvriers en combinaison violet et rouge disposaient des briques, ou balayaient le sable sur la promenade.
— C'est une antenne ? demanda Alan.
Une structure métallique haute de deux étages, quelque chose entre une tour de forage et une girouette, s'élevait au milieu de la promenade. Ils s'approchèrent, mais ne virent aucun câble. Il n'était pas certain que ce détail ait de l'importance pour eux. Ils retournèrent à la tente, pas plus avancés qu'avant.

À l'intérieur, Rachel et Cayley étaient maintenant installées dans deux coins opposés, toujours accroupies dans la pénombre devant leur écran, telles des mères prenant soin de leur enfant.
— Alors ? demanda Brad.
— Bof, répondit Cayley, ça va ça vient.
— Vous avez réussi à envoyer un e-mail ?
— Pas encore, fit Rachel.

Alan avait besoin de récupérer quelques minutes après la chaleur. Il s'assit donc sur une chaise pliante. Brad s'installa à côté de lui.

— On essaie d'envoyer un e-mail à Karim, notre contact là-bas, expliqua-t-il.

— Où est-il ? demanda Alan.

— Ici normalement, dans la ville.

— Dans la tour ? La boîte noire ?

— Je crois.

— Vous avez essayé d'y aller à pied ?

— Pas encore. Je ne retourne pas dans cette chaleur à moins d'y être obligé.

Ils restèrent donc assis là.

IX

Eric Ingvall et sa tête de con. Assis devant cette longue table en granit, à lire le rapport d'Alan. Avec ses affreuses lèvres retroussées. Alan avait eu envie de lui foutre son poing dans la gueule. Sa gueule de lèche-cul. Jusqu'à ce qu'il lui montre un peu plus de respect.

— J'ai vraiment besoin que vous soyez organisé sur ce coup-là, avait dit Ingvall.

Ingvall était psychorigide, tout le monde le savait. Lorsque les choses n'étaient pas présentées comme il le souhaitait, son visage faisait une moue torturée. Il n'était pas satisfait du rapport d'Alan sur la ville économique du roi Abdallah. Il lui avait demandé de préparer quelque chose avant le voyage, un topo sur le sujet, sur les perspectives de Reliant là-bas, et Alan s'était exécuté. Il avait fini plus tôt que prévu, et le rapport était beaucoup plus long et détaillé que ce qu'Ingvall avait envisagé.

— Mais vous laissez tant de questions sans réponses, reprocha Ingvall, le visage contrarié. Ça me met mal à l'aise.

Alan gloussa et précisa que s'il y avait des questions sans réponses dans son rapport, c'était parce qu'il n'était pas encore allé en Arabie saoudite, et qu'il ne pouvait présumer de la situation sur place — et encore moins de l'état d'esprit d'Abdallah.

— Il s'agit de vendre, argumenta Alan en souriant. On fait des estimations, on établit un plan, puis on y va, tout change, mais on conclut le marché.

Ingvall ne sourit ni n'acquiesça.

— J'ai besoin d'être sûr que vous êtes l'homme de la situation, répliqua-t-il. Vous êtes resté sur la touche pendant un bon moment, et j'ai besoin de savoir que vous êtes au taquet maintenant. Que vous êtes un battant.

Alan jeta un œil dehors, vers le port en contrebas.

Ses ancêtres avaient quitté l'Irlande pour émigrer en Amérique durant la famine. Trois frères, partis du comté de Cork pour arriver à Boston en 1850. Ils s'étaient lancés dans la fabrique de boutons en laiton, ce qui les avait menés à créer une fonderie dans le sud de la ville produisant toutes sortes de tubes, valves, chaudières et radiateurs. Ils employèrent d'autres Irlandais, puis des Allemands, des Polonais et des Italiens. Les affaires explosèrent. Les frères construisirent une résidence secondaire sur la côte. Ils engagèrent des précepteurs pour leurs enfants, et ces derniers apprirent le latin et le grec. Des immeubles de Boston furent baptisés en leur honneur. Ainsi que des églises et des services hospitaliers. Puis arriva la Grande Dépression, et chacun dut repartir de zéro. Le père d'Alan ne possédait pas de maison à Chatham. Il était contremaître à l'usine Stride Rite de Roxbury. Il s'en sortit bien, et économisa suffisamment pour envoyer son fils, Alan, à la fac. Mais Alan abandonna en cours de route pour devenir représentant de commerce chez Fuller Brush, puis il vendit des bicyclettes, et gagna bien sa vie, très bien même pendant un temps, jusqu'à ce qu'avec d'autres ils décident de faire fabriquer leurs produits à l'étranger, à quinze mille kilomètres de là. Alan n'eut bientôt plus rien à vendre, et c'est ainsi qu'il se retrouva dans cette salle de réunion surplombant le port à fixer cette face de raie d'Eric Ingvall qui le possédait, et qui le savait.

— Je crois que c'est du tout cuit, avait lancé Alan.

— Vous voyez, c'est ça qui me préoccupe, avait rétorqué Ingvall. Vous êtes trop sûr de vous, et ça m'inquiète.

X

Cayley tira une chaise.

— Bon. Combien de personnes il va amener, à votre avis ?

— Qui ?

— Le roi, répondit-elle.

— Je ne sais pas. Une douzaine peut-être. Ou plus.

— Vous pensez qu'il est le seul à décider en ce qui nous concerne ?

— Oui évidemment. La ville porte son nom quand même.

Rachel les rejoignit.

— Vous l'avez rencontré ? demanda-t-elle.

— Moi ? Non. J'ai connu son neveu il y a vingt ans.

— Il était prince ?

— Oui. Il l'est encore.

— Et il sera là ?

— Non, non. Il vit à Monaco. Il n'est plus tellement impliqué dans les affaires. Il voyage maintenant, il soutient des bonnes œuvres.

Alan se remémora Jalawi, le neveu d'Abdallah. Son visage

singulier. Sa bouche tordue, comme si une main tremblante tirait dessus, qui lui donnait un air désabusé et moqueur. Mais il était très sincère, très curieux, et avait la larme facile. Il pleurait tout le temps. N'importe quelle histoire de veuves, d'orphelins le bouleversait, et il ouvrait son porte-monnaie. On lui avait conseillé de limiter ses contacts avec autrui. Dès qu'il rencontrait quelqu'un, il se liait à cette personne et tentait de changer sa vie. Le bruit courait qu'il était atteint d'un cancer des os.

— Quoi qu'il en soit, conclut Alan, le roi Abdallah ne viendra pas aujourd'hui. Pas la peine de stresser.

Ils restèrent assis en silence. Il était évident que Rachel et Cayley voulaient regagner leurs ordinateurs, mais leurs bonnes manières leur interdisaient de planter Alan, le membre le plus expérimenté de l'équipe, un homme soi-disant important à la provenance mystérieuse.

— Vous avez eu le temps de voir Djedda ? fit Rachel.

— Non pas vraiment, répondit-il.

— Vous avez pu dormir ? demanda Cayley.

Alan lui dit la vérité, qu'il n'avait pas fermé l'œil pendant près de soixante heures, et que finalement il s'était endormi vers six heures du matin. Ils l'exhortèrent tous à rentrer à l'hôtel se reposer. Ils pouvaient très bien gérer la situation jusqu'à la fin de la journée.

— Vous avez quelque chose pour dormir ? s'enquit Cayley.

— Non, j'ai pensé que je me ferais trucider à la douane. Et vous ?

Personne n'avait rien.

— J'ai eu une idée, s'exclama Brad, et il observa Alan comme s'il cherchait à valider la notion même d'avoir une idée.

Alan s'efforça de paraître encourageant.

— Mais je voulais savoir ce que vous en pensiez avant, poursuivit Brad. On pourrait appeler le groupe et leur signaler que les conditions pour faire du bon boulot sont loin d'être réunies ici.

Alan regarda Brad longuement. Comment allait-il lui dire que son idée était très mauvaise ? Il essaya de trouver les mots.

— Pourquoi pas, hasarda-t-il. Mais gardons-la sous le coude pour l'instant.

— OK, répondit Brad.

— J'ai rendez-vous avec Karim al-Ahmad à quinze heures, fit Alan. Je suis sûr qu'on y verra plus clair.

Les jeunes gens opinèrent du chef, et le silence retomba. Il était midi passé. On aurait dit qu'ils étaient dans la tente depuis plusieurs jours déjà.

— Est-ce qu'on sait où on mange ? lança Cayley.

— On ne m'a rien dit, répondit Alan. Mais je vais me renseigner.

Comme si elle essayait d'alléger l'ambiance, Rachel se pencha en avant :

— Je dois dire que tout ça est complètement dingue. Vous avez vu la salle de fitness à l'hôtel ?

Brad l'avait remarquée, Cayley non.

— Il y a un appareil de musculation pour les cuisses, poursuivit Rachel. Un Nautilus.

Et vingt minutes s'écoulèrent ainsi, à discuter de leur situation, combien tout était nouveau, étrange, merveilleux, ou pas tant que ça finalement. Ils se demandèrent si on leur apporterait à manger. Ou s'il faudrait qu'ils aillent à la boîte noire trouver quelque chose à se mettre sous la dent. Ou s'ils étaient censés apporter leur déjeuner.

Cayley parla d'un nouveau téléphone portable qu'elle venait de s'acheter, et le montra à tout le monde. Elle précisa qu'elle avait cherché un endroit où jeter l'ancien, et qu'elle l'avait en fin de compte balancé dans un tas de déchets.

Alan perdit bientôt le fil. Il laissa vagabonder son esprit et se mit à regarder dehors. La tente avait une série de fenêtres en plastique à travers lesquelles le sable et la mer paraissaient flous. Il avait envie de sortir dans la lumière et la chaleur.

Il se leva.

— Il est temps d'aller voir ce qui se passe, déclara-t-il en lissant sa chemise.

Il promit de s'occuper de la nourriture, du wi-fi et de chercher à savoir pourquoi ils étaient dans une tente en plastique face à la mer.

XI

Alan quitta les lieux, la chaleur l'assaillit, et il s'achemina vers la boîte noire. Il emprunta la promenade menant à la tour vitrée, évitant les zones encore en travaux, les tas de sable, de pierres et d'outils. Il sauta par-dessus un palmier couché, attendant d'être planté, traversa la route et s'arrêta devant l'édifice. Il lui restait une quarantaine de marches pour atteindre l'entrée, et le temps de les gravir, il était en nage.

Le hall était clair, étincelant, climatisé ; le sol en bois blond. L'endroit ressemblait à un aéroport scandinave.

— Puis-je vous être utile ?

Une jeune femme, portant négligemment un voile sur la tête, se tenait assise à sa droite derrière un bureau de marbre blanc en demi-lune.

— Bonjour, fit Alan. À qui ai-je l'honneur ?

— Je m'appelle Maha, répondit-elle.

Yeux noirs, nez aquilin.

— Bonjour, Maha. Je suis Alan Clay de Reliant Systems. J'ai rendez-vous à quinze heures avec Karim al-Ahmad, et…

— Oh, vous êtes en avance. Il n'est que quatorze heures passées.

— Oui, je sais. Mais je fais partie de l'équipe de Reliant, nous sommes dans la tente là-bas près de la plage, et nous ne parvenons pas à trouver une bonne connexion wi-fi. C'est essentiel pour notre présentation.

— Oh, je ne crois pas qu'il y ait du wi-fi là-bas. Pas dans la tente.

— Ah, c'est bien ça le problème. Y a-t-il quelqu'un à qui je pourrais en parler ?

Maha hocha vigoureusement la tête.

— Oui, je crois que M. al-Ahmad serait la bonne personne. Il s'occupe des fournisseurs qui présentent leur projet dans la tente.

— Parfait. Est-il là ?

— Malheureusement non, je suis désolée. Il va certainement arriver juste avant votre rendez-vous. Il passe la majeure partie de la journée à Djedda.

Argumenter paraissait inutile. Alan n'avait rendez-vous que dans une heure.

— Merci, Maha, fit-il, et il tourna les talons.

Mais il ne put retourner à la tente. Il n'avait rien de neuf à rapporter aux jeunes gens, et il songea que, s'il restait absent jusqu'au rendez-vous, ils croiraient qu'un face-à-face sans fin avec al-Ahmad l'avait retenu tout ce temps en vue de résoudre l'ensemble des problèmes.

À peine de retour dans la chaleur et la lumière, il se souvint de la nourriture. Il avait oublié de se renseigner. Mais il était hors de question de faire demi-tour. Il aurait l'air pitoyable : ce pauvre type en sueur avec ses questions assommantes, qui maintenant se rendait compte qu'il avait omis le problème central de la nourriture. Non, il demanderait tout en même temps, à quinze heures. Jusque-là, les jeunes n'auraient qu'à se débrouiller.

Il descendit l'allée en briques, à motif en arc de cercle, en ressassant tout cela. Il avait cinquante-quatre ans. Il portait une chemise blanche et un pantalon beige, et longeait ce qui serait peut-être un jour une promenade en bord de mer. Il venait de quitter son équipe, trois jeunes gens chargés de monter l'installation afin de présenter un système holographique de visioconférence à un roi. Mais il n'y avait pas de roi, et ils étaient dans une tente, seuls, et personne ne semblait savoir quand la situation allait évoluer.

Il trébucha brusquement. Son pied avait glissé dans un trou où les briques n'étaient pas encore posées. Il se redressa, mais il s'était tordu la cheville, et la douleur était intense. Il se mit à sautiller pour la dissiper.

Son corps était marqué de toutes sortes de cicatrices depuis les accidents qu'il avait eus ces cinq dernières années. Il était devenu maladroit. Il se cognait la tête dans les meubles. Se coinçait les doigts dans les portières de voiture. Il était tombé sur le bitume d'un parking verglacé, et avait marché pendant des mois comme s'il avait une jambe de bois. Il n'avait plus la même élégance. Quelqu'un lui avait dit qu'il était *élégant,* il y a plusieurs dizaines d'années. C'était l'été, la brise était chaude, et il dansait. La femme était plus âgée que lui, une inconnue, mais le mot lui était resté, l'avait réconforté. Cela signifiait-il quelque chose qu'une vieille femme l'ait trouvé élégant à une époque ?

Il pensa à Joe Trivole. Leur première journée ensemble, devant la première porte à laquelle ils se présentèrent. Trivole avait demandé à Alan de signaler leur présence à la femme à l'intérieur. Alan, instinctivement, avait tendu la main vers la sonnette.

— Non, non, avait dit Trivole, et il avait frappé, quelques petits coups rapides et enjoués.

Il s'était tourné vers Alan.

— Un étranger sonne, un ami frappe, avait-il ajouté — et la porte s'était ouverte.

Une femme se tenait derrière la moustiquaire, déconcertée. Elle avait la cinquantaine, de longs cheveux gris et des lunettes accrochées à une chaîne en cuivre. Alan regarda Trivole, qui souriait comme s'il venait de tomber sur son institutrice de primaire préférée.

— Bonjour ! Comme allez-vous ?

— Bien, merci. Mais qui êtes-vous ? avait demandé la femme.

— Nous travaillons pour la société Fuller Brush située à East Hartford dans le Connecticut. Vous connaissez ?

La femme avait paru amusée.

— Évidemment. Mais ça fait des années que vous n'êtes plus passé par ici. Vous faites toujours du porte-à-porte ?

— Absolument, madame. Et je vous remercie de nous accorder quelques secondes par cette merveilleuse journée.

Trivole avait fait volte-face pour passer en revue le jardin, les arbres et le ciel bleu au-dessus de leurs têtes. Puis il s'était retourné à nouveau, et s'était essuyé les pieds sur le paillasson. Par réflexe, la femme avait reculé de quelques pas et ouvert un peu plus la porte. Elle n'avait pas invité Trivole et Alan à entrer, mais à présent elle s'était malgré tout écartée pour les laisser passer — tout simplement parce que Trivole avait commencé à essuyer les semelles de ses chaussures. Soudain Alan avait éprouvé le même sentiment que face à un numéro d'hypnotiseur ou de magicien — il y avait dans le monde des êtres pour qui les autres étaient des sujets sur lesquels jeter un sort.

Alan poursuivit son chemin sur l'allée en chantier. Il s'approchait de l'immeuble rose. De près, le bâtiment ressemblait à ce qu'il avait vu des centaines de fois le long des côtes de Floride. Il était quelconque, énorme ; son immense façade se dressait face à la mer avec morosité. Il devait y avoir trois cents appartements à l'intérieur.

En regardant par les fenêtres, il vit quelque chose qui ne le surprit pas. Le rez-de-chaussée était construit pour accueillir des magasins ou des restaurants, et certains des futurs locataires avaient déjà choisi leur pas-de-porte. Pizza Uno, Wolfgang Puck. Il y aurait peut-être des gens ici un jour, en train de manger, de rire, de paraître vivants.

Il pourrait encore le faire. Alan songeait à son vélo argenté, le prototype qu'il avait commandé. Il était si beau. Il était entièrement chromé, même les braquets et la selle. Quelqu'un avait-il jamais conçu un plus bel objet ? On pouvait le voir de l'espace tant il brillait, étincelait.

Il avait emmené Kit voir le prototype.

— C'est toi qui l'as fabriqué ? avait-elle demandé.

— Oui, enfin je l'ai fait fabriquer. J'ai participé à la conception.

— Il est époustouflant, avait-elle décrété. Tu peux l'utiliser ?

— Tout le monde peut l'utiliser.

Elle l'avait touché, puis avait reculé, et s'était à nouveau approchée pour le réexaminer.

— C'est *très bien*, papa.

Quand il rentrerait à l'hôtel, il écrirait à Kit. Elle lui avait envoyé une lettre fleuve quelques jours plus tôt, six pages de son écriture soignée dans lesquelles elle condamnait sa mère, Ruby, et ne voulait plus rien avoir à faire avec elle. À présent, Alan était dans l'étrange position de devoir défendre une femme qui l'avait étrillé tant de fois et sans aucune retenue, à tel point qu'il avait le sentiment, avec le recul, d'avoir la chance d'être encore entier. La missive de Kit était accusatrice et sans appel, un document marquant, justifiant et célébrant la fin de sa relation avec sa mère.

Alan ne pouvait pas l'accepter. Il fallait qu'il répare les dommages. Il refusait d'être parent unique. Et il craignait — ou plutôt il savait — que si Kit trouvait sa mère indigne, elle finirait, en suivant la même logique, par trouver Alan insupportable. Il devait marquer le coup et soutenir Ruby.

Avec Kit, ils s'étaient envoyé des lettres pendant des années. La première après que Ruby s'était fait arrêter pour conduite en état d'ivresse. Il avait voulu replacer les choses dans leur contexte pour Kit. Jolie lettre, papa, avait-elle dit après l'avoir lue. Depuis lors, Alan avait couché ses pensées sur le papier pour elle, des lettres de trois ou quatre pages qui avaient de l'impact. Elle les relisait dans les moments de doute, lui avait-elle avoué. Elles apaisaient sa colère, la sortaient de divers précipices. Habituellement elle voulait quitter sa mère, rompre entièrement les liens. Elles n'étaient pas faites pareil, c'était évident à présent, Kit ayant hérité du flegme d'Alan — que Ruby traitait de bourgeois —, mais quoi qu'il en soit, elle en avait assez des montagnes russes ; Ruby, qui s'évertuait à faire le ménage de fond en comble chaque fois qu'elles se parlaient, l'épuisait.

Mais Kit avait tout d'abord besoin d'une stratégie pour circonscrire le chaos. Pour limiter les contacts. Alan n'avait lui-même compris que très récemment comment s'y prendre. Les e-mails avaient été la clé. Il s'était mis d'accord avec Ruby pour restreindre la communication aux messages concernant Kit. Jamais plus de trois lignes. Et cela avait marché. Alan n'avait plus parlé à Ruby au téléphone depuis deux ans, et la trêve lui avait permis de se ressourcer, de se donner un peu de répit. Il ne sursautait plus lorsqu'il entendait des éclats de voix.

— Alan !

Il se retourna. C'était Brad. Alan fut surpris mais il feignit le calme.

— Comment ça va là-bas ? s'enquit-il.

— Bien, répondit Brad. Mais il est presque trois heures. Vous allez vers les bureaux ?

Brad désigna du menton la boîte noire.

Alan regarda sa montre. Il était 14 h 52.

— Ouais, fit-il. Je récapitulais ce que j'allais dire.

Il suivit Brad le long de la promenade.

— Ne vous inquiétez pas pour la nourriture, déclara Brad. Rachel avait des crackers dans son sac. Donc c'est bon.

Pointe de sarcasme. Alan n'aimait pas Brad.

Lorsqu'ils passèrent devant la tente, ce dernier s'arrêta.

— Bonne chance, lança-t-il.

Son visage était empreint d'inquiétude et d'interrogation. Alan comprit en cet instant ce qu'il adviendrait dans quelques décennies, lorsqu'il deviendrait faible, incapable de prendre soin de lui-même, lorsque Kit découvrirait son pantalon souillé et des filets de bave au coin de ses lèvres. Le regard qu'elle lui jetterait serait celui-là, celui avec lequel Brad l'observait maintenant — un regard considérant l'être humain qu'il était comme un handicap plutôt qu'un avantage, quelqu'un faisant plus de mal que de bien, quelqu'un sans importance, inutile à la progression du monde.

XII

Maha sirotait un thé glacé.

— Oh, rebonjour, monsieur Clay.

— Oui, rebonjour, Maha. Est-ce que Karim al-Ahmad est arrivé ?

— Non, malheureusement.

— Je peux attendre ici ? J'ai rendez-vous avec lui à quinze heures.

— Oui, je sais. Mais il ne va pas pouvoir venir aujourd'hui. Je suis désolée, il est retenu à Djedda.

— Il est retenu ? Toute la journée ?

— Oui, monsieur. Mais il a dit qu'il pourrait venir demain. À n'importe quelle heure. Au moment qui vous conviendra.

— Il n'y a vraiment personne ici à qui je puisse parler entre-temps ? Du wi-fi, et de la nourriture, entre autres ?

— Je crois que M. al-Ahmad est le mieux placé pour toutes ces questions. Et votre heure sera la sienne demain. Tout rentrera dans l'ordre, j'en suis sûre.

Alan regagna la tente, où il trouva chacun dans son coin devant son ordinateur. Rachel regardait un DVD, quelque chose sur la cuisine, un chef barbu. Alan leur annonça que M. al-Ahmad serait absent ce jour-là.

Le trajet de retour à Djedda fut rapide. Les jeunes bavardèrent tout du long, façon colonie de vacances. Alan regarda par la fenêtre, à moitié endormi, sa cheville douloureuse. Lorsqu'il regagna sa chambre, il ne se souvenait pas d'avoir dit au revoir à quiconque. Il se rappelait en revanche le hall sombre quand il avait pénétré à l'intérieur de l'hôtel, l'odeur de chlore.

Il était resté au soleil trop longtemps, et avait savouré la pénombre, le frais, le factice, l'affreux. Mais lorsque la lourde porte de sa chambre avait ponctué la fin de journée en se refermant derrière lui, il s'était senti prisonnier et seul. Il n'y avait pas de bar à l'hôtel, aucun moyen de se changer les idées, rien qui puisse assouvir ses envies, quelles qu'elles fussent. Il était six heures passées et il n'y avait rien à faire.

Il songea à appeler un des trois jeunes gens, mais leur proposer de dîner avec lui ne fonctionnerait pas. Cela paraîtrait déplacé. Il ne pouvait appeler aucune des deux femmes. Il passerait pour un pervers. Il lui restait Brad, mais il ne l'aimait pas. S'ils mangeaient tous ensemble, et qu'il était invité, il irait bien sûr. S'ils appelaient, il viendrait. Mais à sept heures, personne n'avait téléphoné. Il composa le numéro du service d'étage et se commanda du poulet avec une salade.

Il se doucha. Massa la grosseur dans son cou.

Et se mit au lit dans l'espoir de dormir.

Mais il ne trouva pas le sommeil. Il ouvrit les yeux et alluma la télé. Il était question de la fuite BP. Toujours pas de progrès tangible. Ils tentaient de colmater le puits avec une espèce de ciment. Alan refusait d'en voir plus. La marée noire le révulsait. Rien ne parvenait à l'enrayer depuis des semaines, et tout ce qu'il pouvait faire c'était observer les méandres de pétrole se répandre dans l'océan. Alan croyait à la méthode forte pour mettre un terme au désastre. Quand il avait entendu un militaire de la Navy suggérer de balancer une bombe atomique au fond de l'eau pour boucher le trou, il s'était dit : Oui, oui, allons-y, bande d'enfoirés. Finissons-en, une bonne fois. Tout le monde regarde.

Il éteignit le poste.

Fixa le plafond. Puis le mur.

Il pensa à Trivole.

— Il y a quatre façons de faire pour vendre, avait-il affirmé.

Il était neuf heures du matin et ils se tenaient dans la rue, devant une maison délabrée. Elle n'était qu'à quelques pâtés de maisons de là où Alan avait grandi, mais il n'avait jamais fait attention à cette baraque penchée vers la droite.

— Il faut d'abord analyser la cliente, OK ?

Trivole portait un costume croisé en tweed. C'était le début du mois de septembre et il faisait beaucoup trop chaud pour ce genre de vêtement, mais il ne semblait pas avoir la peau moite. Alan ne le voyait jamais transpirer.

— Chaque cliente nécessite une approche spécifique, une façon de la séduire bien particulière, avait poursuivit Trivole. Il y en a quatre. La première c'est l'Argent. Celle-là est simple. Il faut mettre l'accent sur les économies. Les produits Fuller lui feront faire des économies en prenant soin de ses investissements — ses meubles en bois, sa porcelaine, ses sols en lino. On sait tout de suite quand une femme a le sens pratique. La maison est aménagée simplement, bien entretenue, la robe facile à porter ; elle a un tablier, fait elle-même la cuisine, le ménage. Si c'est ça, tu choisis la première stratégie. La deuxième c'est le Conte de fées. Là tu vends du rêve. Il faut qu'elle désire les produits Fuller. Au même titre que les vacances, le yacht, et tout et tout. « Champagne ! » je dis tout le temps. Avec le spray pour les pieds, je lui fais enlever ses chaussures, et je dis « champagne ! »

Alan ne comprit pas.

— Juste « champagne ! », comme ça ? demanda-t-il.

— Oui et, à ce moment-là, elles se prennent toutes pour Cendrillon.

Trivole essuya son front sec avec un mouchoir en soie.

— La troisième c'est l'Autoconservation. Tu vois la peur dans ses yeux, et tu lui vends de l'autoconservation. Celle-là aussi, c'est facile. Si elle a la trouille de te laisser entrer, si elle te parle par la fenêtre ou quoi, tu optes pour cette approche. « Ces produits vous permettront de rester en bonne santé, de vous prémunir contre les germes, les maladies », voilà ce que tu lui dis en gros. Tu vois ?

— Oui.

— Bien. La dernière c'est la Reconnaissance. Elle veut acheter ce que tout le monde achète. Tu déniches les quatre ou cinq noms des voisins les plus respectés, et tu prétends que ces gens-là ont déjà acheté les produits. « J'arrive de chez Mme Gladstone et elle a insisté pour que je vienne immédiatement chez vous. »

— C'est tout ?

— C'est tout.

Alan était devenu un bon représentant de commerce, et vite. Il avait besoin d'argent pour partir de chez ses parents, ce qu'il fit au bout de quatre semaines. Six mois plus tard, il avait une voiture neuve et plus de liquide qu'il ne lui en fallait. Argent, Conte de fées, Autoconservation, Reconnaissance : il avait appliqué une stratégie à chaque fois. Lorsqu'il quitta Fuller pour Schwinn, il fit de même avec les vélos. Tous les principes collaient : les vélos étaient pratiques (Argent) ; c'étaient de beaux objets, étincelants (Conte de fées) ; ils étaient sûrs et durables (Autoconservation) ; et ils symbolisaient un certain statut pour n'importe quelle famille (Reconnaissance). Il avait ainsi rapidement gravi les échelons chez Schwinn en passant de la vente au détail dans le sud de l'Illinois au bureau régional des ventes, puis à une place aux côtés des cadres de Chicago, à concocter stratégie et développement. Puis le projet de délocalisation qui avait provoqué une levée de boucliers syndicaux. La Hongrie, Taïwan, la Chine, le divorce, et ça.

Il ralluma la télé. Il était question à présent de la navette spatiale. Un des derniers vols. Alan éteignit à nouveau. Il ne voulait pas voir ça non plus.

Il se surprit à composer le numéro de son père. Appel international, cela lui coûterait une fortune. Mais la navette lui avait rappelé Ron, et du coup il avait pensé à l'appeler.

C'était une erreur. Il le sut à l'instant où la sonnerie retentit dans le combiné.

Il s'imagina son père dans sa ferme du New Hampshire. La dernière fois qu'Alan l'avait vu, environ un an plus tôt, il lui avait semblé plus robuste que jamais. Son teint était frais, son regard incroyablement vif.

— Regarde ce clebs, avait lancé Ron ce jour-là.

Ils étaient dans la véranda ouverte sur le jardin, à boire du scotch, en train d'observer les chiens de Ron ; il y en avait trois, tous crasseux, et qui aboyaient constamment. Son préféré était un genre de berger australien qui ne tenait pas en place.

— *Ça* c'est le clebs par excellence, s'était extasié Ron.

Il vivait dans une ferme près de White River Junction. Il avait des cochons, des chèvres, des poules et deux chevaux, un qu'il montait et un autre qu'il gardait en pension pour un copain. Ron ne connaissait rien au travail à la ferme, mais à la retraite, quand la mère d'Alan était morte, il avait acheté une petite cinquantaine d'hectares dans une vallée humide près de la ville. Il s'en plaignait sans cesse — *ce putain de truc va me tuer* — mais au dire de tous ça le gardait en vie au contraire.

Alan était plus lent avec le temps, il était rafistolé de partout, avait des cicatrices, mais son père avait réussi à devenir plus fort. Alan avait envie d'une relation moins conflictuelle avec lui ; était-ce trop demander ? Il se passerait volontiers des railleries. Alan, encore un peu de goulasch ? Son père adorait le taquiner à propos de la débâcle hongroise. Ron avait été syndicaliste. Ils fabriquaient cinquante mille chaussures par jour chez Stride Rite ! proclamait-il. À Roxbury ! On ne pouvait pas le faire taire quand il se lançait sur le sujet, énumérant toutes les innovations qu'ils avaient mises en place. La première entreprise à offrir une garderie pour enfants à ses travailleurs. Et ensuite un système de soins pour les personnes âgées ! Il était parti à la retraite avec une pension complète. Mais c'était avant que la société ne se débarrasse des syndicats et n'installe la production dans le Kentucky. C'était en 1992. Et, cinq ans plus tard, ils avaient délocalisé toute l'activité en Thaïlande et en Chine. Cela ne faisait que renforcer son désaccord avec le rôle qu'avait joué Alan chez Schwinn. Qu'il ait pris part au management de l'entreprise, qu'il ait aidé à trouver une nouvelle implantation non syndiquée pour l'usine, qu'il ait rencontré des fournisseurs en Chine et à Taïwan, qu'il ait contribué — *et pas qu'un peu*, selon ses propres termes — à ce qui avait anéanti la marque et mis sur le carreau ses quelque mille deux cents employés, eh bien, tout cela rendait la communication difficile. Chaque sujet les ramenait à leur divergence de points de vue sur les problèmes de la nation, et était par conséquent impraticable. Ils parlaient donc de chiens et de natation.

Ron avait creusé un petit étang dans lequel il nageait tous les jours, d'avril à octobre. L'eau était froide et pleine d'algues, et Ron en gardait toujours l'odeur sur lui. Alan l'avait surnommé « l'homme des marais » même si cela ne le faisait pas rire.

— Tu veux m'aider à tuer un cochon ? avait-il demandé à Alan.

Ce dernier avait décliné.

— Ça ferait du bacon frais, fiston, avait-il ajouté.

Alan préférait aller en ville manger un vrai repas. Ron en faisait des tonnes en vérité avec ce truc d'être fermier. Il connaissait bien la cuisine française, le vin, et maintenant il lui servait son numéro jambon-purée. En ville, il reluquait les femmes dans la rue : Regarde celle-là ! Je lui boufferais bien la chatte.

C'était nouveau de jouer les rustauds. La mère d'Alan

n'aurait jamais supporté une telle grossièreté. Mais qu'était devenu le vrai Ron ? Il était peut-être comme ça avant que sa femme, la mère d'Alan, ne l'éduque, n'en fasse un être raffiné ? Il était revenu à sa nature première.

Le téléphone cessa de sonner.

— Allô ?

— Salut, papa.

— Allô ?

— Papa. C'est Alan.

— Alan ? On dirait que t'es sur la Lune.

— Je suis en Arabie saoudite.

À quoi s'attendait-il ? À ce que son père soit étonné ? À ce qu'il s'extasie ?

Il y eut un silence.

— Je pensais à la navette, reprit Alan. La fois où on était allés voir le lancement.

— Qu'est-ce que tu fais en Arabie saoudite ?

La question sonna comme une ouverture, une invitation à se vanter un peu, donc Alan tenta sa chance.

— Bah, c'est très intéressant, papa. Je suis là pour le compte de Reliant, et on présente un nouveau système de télécommunication au roi Abdallah. On a un système de visioconférence assez incroyable, et on va faire une démonstration devant le roi lui-même, avec des hologrammes en trois dimensions. Un de nos représentants sera à Londres mais on aura l'impression de l'avoir dans la pièce, avec Abdallah…

Silence.

Puis :

— Tu sais ce que je suis en train de regarder à la télé ici, Alan ?

— Non. Quoi ?

— Un truc qui raconte comment un nouveau pont à Oakland, en Californie, un machin énorme, est construit en Chine. Tu te rends compte ? Maintenant ils font carrément nos putain de ponts, Alan. Je dois dire que j'avais vu venir tout le reste. Quand ils ont fermé Stride Rite, je l'ai vu venir. Quand tu t'es mis à fabriquer des vélos là-bas à Taïwan, je l'ai vu venir. J'ai compris ce qui allait se passer… les jeux, l'informatique, les meubles. C'est logique si t'es un connard de cadre sup assoiffé de sang, toujours prêt à dézinguer l'économie si ça peut te rapporter personnellement. C'est logique. C'est dans l'ordre des choses. Mais les ponts, alors là, ça me troue le cul. Nom de Dieu, on fait construire nos *ponts* à l'autre bout de la planète. Et maintenant tu me dis que tu es en Arabie saoudite, à vendre un hologramme à un pharaon. Non mais là c'est le *pompon* !

Alan songea à raccrocher. Pourquoi pas ?

Il sortit sur le balcon et contempla la mer, les quelques lueurs minuscules dans le lointain. L'air était si chaud.

Ron parlait encore.

— Tous les jours, Alan, partout en Asie, des centaines de cargos quittent les ports, chargés de conteneurs remplis de biens de consommation. Et toi, tu parles d'*images en trois dimensions* ! Mais ça, c'est des *trucs* concrets. Ils font des trucs concrets là-bas, et nous on planche sur des sites web et des hologrammes, alors qu'on a le cul sur une chaise fabriquée en Chine, qu'on travaille sur des ordinateurs fabriqués en Chine, et qu'on roule sur des ponts fabriqués en Chine ! Tu crois que ça va durer encore longtemps ?

Alan massa la grosseur dans sa nuque.

— Alan, tu entends ce que je dis ?

Et merde, il pourrait toujours dire que c'était une erreur. Alan pressa une touche du téléphone et raccrocha.

XIII

À huit heures le lendemain matin, il était à nouveau dans la navette avec les mêmes jeunes gens qui papotèrent de l'hôtel et de ce qu'ils avaient fait la veille au soir.

— Je suis allée à la piscine, dit Cayley.

— J'ai mangé une tarte entière, fit Rachel.

Alan n'avait pas fermé l'œil. Des préoccupations en tout genre avaient gardé son esprit en éveil toute la nuit, à l'affût des circonvolutions de sa réflexion. C'était presque marrant à la fin. Lorsque le soleil s'était levé sur la mer, il avait gloussé intérieurement, le visage enfoncé dans l'oreiller. Putain, putain, putain.

En arrivant, ils trouvèrent un mot sur la porte de la tente : *Reliant, bienvenue à nouveau dans la ville économique du roi Abdallah. Sa Majesté vous souhaite la bienvenue. Faites comme chez vous, nous prendrons contact avec vous après l'heure du déjeuner.*

À l'intérieur de la tente, rien n'avait changé. Les mêmes chaises blanches dans la pénombre. Tout était intact.

— Ils nous ont laissé de l'eau, dit Rachel en désignant une douzaine de bouteilles en plastique, alignées sur un tapis telles des pièces d'artillerie.

Alan et l'équipe s'assirent dans la fraîcheur de la tente. Les jeunes gens avaient apporté de la nourriture de l'hôtel. Ils s'installèrent autour d'un de leurs ordinateurs et regardèrent un film la majeure partie de la matinée.

Après le déjeuner, nul ne vint.
— Est-ce qu'il faut aller les voir ? s'enquit Cayley.
— Je ne sais pas, répondit Brad. Est-ce que c'est l'usage ?
— De quoi c'est l'usage ? intervint Alan.
— Est-ce qu'il est d'usage de se pointer comme ça quand on n'y est pas invité ? On devrait peut-être attendre ici.

Alan quitta la tente et marcha jusqu'à la boîte noire. Il était détrempé lorsqu'il franchit la porte d'entrée, et fut à nouveau accueilli par Maha.
— Bonjour, monsieur Clay.
— Bonjour, Maha. Y a-t-il une petite chance de voir M. al-Ahmad aujourd'hui ?
— J'aimerais pouvoir vous dire oui, mais il est retenu à Riyad.
— Mais hier vous m'avez assuré qu'il serait là toute la journée.
— Je sais. Mais son emploi du temps a changé hier soir. Je suis navrée.
— Laissez-moi vous poser une question, Maha. Êtes-vous absolument certaine qu'il n'y a vraiment personne d'autre à qui nous puissions parler ?

— Quelqu'un d'autre ?

— Oui, quelqu'un qui pourrait nous aider pour le wi-fi, et qui serait capable de nous dire, même approximativement, comment les choses vont se passer, par rapport au roi et à notre présentation ?

— Je crains que non, monsieur Clay. M. al-Ahmad est vraiment votre contact. Je suis sûre qu'il est impatient de vous rencontrer, et qu'il est retenu malgré lui. Il sera de retour demain. Il me l'a assuré.

Alan regagna la tente, la cheville endolorie.

Il s'assit dans la pénombre sur une chaise blanche.

Les jeunes gens regardaient un autre film.

— Est-ce qu'il faut faire quelque chose ? lança Cayley.

Alan n'arrivait pas à trouver quoi.

— Non, fit-il. Vous pouvez continuer.

Au bout d'une heure, il se leva et s'approcha de la porte en plastique.

— Et merde, ça suffit, bougonna-t-il.

Il quitta la tente, fut assommé par la chaleur, rassembla ses esprits, et repartit vers la boîte noire, en nage.

Lorsqu'il arriva, Maha n'était pas là. Il n'y avait personne au bureau d'accueil. Tant mieux, pensa-t-il, et il traversa à grands pas le vaste hall.

Il s'engouffra dans un ascenseur qui montait et, lorsque les portes s'ouvrirent, il se retrouva au beau milieu de ce qui ressemblait à des bureaux très animés. Des hommes en costume passaient devant lui, les bras chargés de dossiers. Des femmes en abaya, la tête découverte, allaient et venaient.

Il longea le couloir, sans voir ni numéro ni nom sur les portes.

Alan n'avait pas réfléchi à ce qu'il dirait s'il rencontrait un décideur. Il y avait le neveu. Il fallait mentionner le neveu. Et bien sûr Reliant, le plus grand groupe du secteur des télécoms, une société taillée pour un travail de cette envergure. Argent. Conte de fées. Autoconservation. Reconnaissance.

— Vous avez l'air nouveau.

Une voix féminine, profonde et sonore. Il leva les yeux. Une femme caucasienne, blonde, dans les quarante-cinq ans, se tenait devant lui. Sa tête était découverte. Avec sa robe noire lui tombant des épaules tel un rideau, elle ressemblait à un juge.

— J'ai rendez-vous avec quelqu'un, dit-il.

— Êtes-vous Alan Clay ?

Cette voix. Elle résonnait comme si les cordes graves d'une harpe vibraient. Avec un accent du nord de l'Europe.

— Oui.

— Vous avez rendez-vous avec Karim al-Ahmad, c'est ça ?

— Oui.

— Il ne viendra pas aujourd'hui. Je travaille dans le bureau à côté du sien. Il m'a demandé de vous prévenir.

Alan rassembla ses esprits et afficha un sourire radieux.

— Ah bon. Ah bon. Je suis surpris c'est tout. Je comprends tout à fait. Vous êtes très occupés ici j'imagine.

Elle l'informa qu'elle s'appelait Hanne. Son accent devait

être hollandais, présuma Alan. Ses yeux étaient d'un bleu glacé, sa coupe de cheveux d'une sévérité cinglante.

— J'allais fumer, dit-elle. Ça vous dit ?

Alan la suivit alors qu'elle franchissait une porte vitrée pour atteindre un grand balcon où d'autres employés de KAEC et des consultants fumaient, discutaient, buvaient du thé et du café.

— Faites attention à la marche, lança-t-elle, mais trop tard.

Alan venait de trébucher sur la glissière de la porte, et ses bras s'écartèrent en avant comme s'il tentait de s'envoler. Une douzaine de paires d'yeux assistèrent à la scène, et une douzaine de bouches sourirent. Ce n'était pas une simple chute. C'était comique, saugrenu, théâtral : cet homme en nage avec les bras se balançant dans tous les sens comme tirés par les fils d'un marionnettiste invisible.

Hanne sourit avec sympathie et lui fit signe de s'asseoir en face d'elle sur un canapé profond en cuir noir. Son regard parut presque aguicheur, mais c'était impossible. Pas juste après qu'il se fut tourné en ridicule de la sorte. Et probablement jamais de toute façon.

— Vous travaillez à Reliant ? demanda-t-elle.

— Depuis peu, oui.

Alan massa sa cheville. Il se l'était encore tordue.

— Et vous présentez un projet ?

— Oui, l'idée c'est de fournir à la ville son réseau de télécommunication.

Ils poursuivirent ainsi pendant un moment tandis qu'Alan observait autour de lui. Aucune femme, saoudienne ou non, n'avait la tête couverte. Un garde-fou en plastique noir de part et d'autre du balcon ne laissait voir que la mer. Et, songea-t-il, empêchait quiconque en contrebas d'entrevoir le monde égalitaire et sans restrictions de la boîte noire. Tel était le jeu du chat et de la souris se déroulant dans le royaume. Le peuple était contraint à jouer les adolescents dissimulant leurs vices et leurs penchants à une sombre armée de parents.

— Et comment ça se passe à Reliant ? s'enquit-elle.

Il lui raconta ce qu'il savait, c'est-à-dire très peu. Il mentionna quelques projets, quelques innovations dont elle connaissait déjà l'existence. Il s'avéra qu'elle savait tout en fait, tout ce qu'il avait fait, tout ce qui était lié de près ou de loin à ses affaires. Après quelques minutes passées à se présenter et à savoir où leurs chemins auraient pu se croiser, ils passèrent en revue une poignée de sociétés de conseil, le commerce du plastique à Taïwan, la chute d'Andersen Consulting et la naissance d'Accenture.

— Donc vous venez ici pour tâter le terrain, déclara-t-elle en éteignant sa cigarette et en en allumant une nouvelle.

— J'essaie surtout de me faire une idée du planning. Quand on pourra en savoir un peu plus sur la venue du roi, des trucs comme ça.

— Qu'est-ce qu'on vous a dit ? J'espère qu'on ne vous a pas fait de promesse.

— Non, non, fit-il. On nous a expliqué les choses très clairement. Mais j'espérais que la situation se débloquerait assez vite. J'ai cru comprendre que notre président-directeur général connaissait le roi. Que c'était donc un truc entre eux en quelque sorte, et que cela pourrait, enfin… accélérer le processus.

Ses yeux enregistraient l'information.

— Eh bien, ce serait bien pour nous tous. Cela fait un moment que le roi n'est pas venu.

— C'est-à-dire ?

— En fait, je suis là depuis dix-huit mois, et je ne l'ai encore jamais vu.

XIV

Hanne remarqua l'expression du déclin et de la chute passant sur le visage d'Alan.

— Mais écoutez, reprit-elle, vous êtes avec Reliant. Je suis sûre que chez vous on en sait plus que moi. Je ne suis que consultante. Je m'occupe du personnel. Votre présentation est certainement la raison pour laquelle le roi va bientôt venir, n'est-ce pas ? Même si son arrivée était annoncée pour demain, je ne serais pas dans les premières à être mises au courant.

Elle écrasa sa seconde cigarette et se leva.

— On y va ?

Elle le guida à l'intérieur. Ils traversèrent un hall d'entrée puis parcoururent un couloir où se succédaient bureaux en verre et salles de réunion. Une petite douzaine d'hommes et de femmes passèrent en trombe près d'eux, vaquant à leurs occupations ; la moitié habillée à l'occidentale, la moitié portant un habit traditionnel. Les bureaux et postes de travail modulaires étaient quasiment vides, comme si personne ne s'y installait vraiment à long terme. Parfois seul un écran était posé sur une table, le reste de l'ordinateur ayant été débranché et rangé ailleurs. Il y avait des téléphones sans correspondant, des projecteurs dirigés vers les fenêtres. L'ensemble avait tout l'air d'une start-up, ce qui était peut-être le cas.

Le bureau de Hanne était un cube de trois mètres sur quatre entièrement vitré, et on aurait dit qu'elle venait d'y arriver. Il était meublé d'un bureau bon marché en contreplaqué couleur noyer et de deux meubles de rangement gris métallisé. Rien aux murs sinon une feuille de papier avec les mots STE CONSULTING, scotchée derrière le bureau. Devinant les pensées d'Alan, elle dit :

— Je m'occupe des contrats des employés, des salaires des entrepreneurs. Je ne peux pas me permettre d'avoir de la paperasse partout.

Il n'y avait aucune photo de famille, pas le moindre signe d'attaches humaines. Elle s'assit, et claqua dans ses mains : elle avait définitivement l'air d'un juge.

— Bon, tout va bien là-bas ?

Elle fit un signe de tête vers la fenêtre, et Alan se rendit compte qu'il voyait la tente au loin.

— Ouais. Je voulais vous demander justement. Pourquoi le roi souhaite que les présentations aient lieu dans une tente ? Ne serait-ce…

— Eh bien, il n'y a qu'un nombre restreint de salles terminées ici, et on ne peut pas se permettre de les mobiliser pour les présentations de projets. Si vous vous installiez dans une salle de réunion, on ne pourrait plus l'utiliser pendant des semaines ou des mois.

— Et le wi-fi ? Notre connexion est faible, voire inexistante.

— Je vais me renseigner là-dessus.
— C'est crucial pour notre présentation.
— Je comprends. Je suis certaine qu'on va trouver une solution. C'est votre premier jour ?
— Deuxième.
— Vous êtes déjà venu en Arabie saoudite ?
— Non.
— Eh bien, les choses fonctionnent à certain rythme ici. Et, pour couronner le tout, vous êtes au milieu de nulle part. Vous avez fait un tour ?
— Oui.
— Le wi-fi est le cadet de nos soucis.

Alan réussit à sourire. Il ne savait pas si tout cela n'était qu'une vaste blague à leurs dépens.
— Alors je reviens plus tard ?
— Pourquoi donc ?
— Vous disiez que Karim al-Ahmad serait là plus tard.
— Peut-être, mais peut-être pas. Vous feriez mieux de revenir demain.
L'idée parut à Alan aussi exaspérante que séduisante, sachant qu'il n'y avait absolument rien qu'il puisse faire pour le restant de la journée.
Elle sourit.
— Vous êtes de la côte Est ?
Il opina du chef. Il essayait depuis un moment de situer les traits de son visage, son accent, et il venait enfin de trouver.
— Et vous êtes danoise, n'est-ce pas ?
Elle plissa les yeux, inclina la tête. Elle le réévaluait.
— Pas mal, répondit-elle. Vous vous êtes remis ? Du décalage horaire, je veux dire.

— Je n'ai pas dormi pendant soixante-deux heures.

— Terrible.

— J'ai l'impression d'être une vitrine qu'il faudrait faire voler en éclats.

— Vous avez des cachets ?

— Non. Tout le monde me pose la même question. J'aimerais bien.

Elle lui fit un clin d'œil entendu.

— J'ai quelque chose pour vous.

Elle s'empara d'une clé, ouvrit un tiroir de son bureau, et elle trifouilla du pied quelque chose par terre. Elle poussa jusqu'à ce que la chose atteigne son tibia.

— Ne regardez pas.

Mais il avait déjà baissé les yeux. Dans un cartable, il y avait ce qui ressemblait à une bouteille verte rectangulaire, fine et longue.

— De l'huile d'olive ? hasarda-t-il.

— Exactement. C'est ce que vous direz si on vous demande quoi que ce soit. Buvez-en une petite gorgée en arrivant à l'hôtel. Je suis sûre que ça vous aidera avec votre vitrine.

— Merci.

Elle se leva. Le rendez-vous était terminé.

— Voici mon numéro, ajouta-t-elle. Appelez-moi si vous avez besoin de quoi que ce soit.

Il retourna à la tente, et trouva à l'intérieur les jeunes gens chacun dans un coin, assis en tailleur, l'ordinateur sur les cuisses, cherchant une connexion.

— Du nouveau ? demanda Brad.

Alan dissimula sa bouteille dans un pli de la toile de tente.

— Pas vraiment, répliqua-t-il.

Il expliqua que leur contact al-Ahmad était encore absent, mais qu'il serait là le lendemain. Demain on saura à quoi s'en tenir, conclut-il.

— Vous avez mangé ? s'enquit Cayley.

Le ton de sa voix sous-entendait qu'Alan venait de s'enfiler un gueuleton à la boîte noire, mais n'avait rien rapporté pour ceux qui souffraient dans la tente.

Il n'avait rien avalé depuis le petit déjeuner. Les jeunes gens parurent rassurés de le voir aussi impuissant que ce qu'ils avaient initialement imaginé.

— Bon alors, on commence l'installation aujourd'hui ? fit Rachel.

Alan n'en avait aucune idée.

— Non, attendons encore demain, dit-il.

Ils semblèrent satisfaits de ses explications et regagnèrent chacun leur coin et leur écran. Alan se planta au milieu de la tente, sans trop savoir quoi faire de lui. Il n'avait rien de particulier en cours, pas de coup de fil à donner. Il se replia dans l'angle restant, s'assit, désœuvré.

XV

Il était dix-neuf heures trente lorsque Alan se dit qu'il était temps de tirer le rideau. Il était rentré au Hilton à dix-huit heures, avait dîné, et maintenant il était prêt à dormir douze heures. Il ouvrit la bouteille d'huile d'olive. L'odeur était médicinale, toxique. Il but une gorgée. Une brûlure acide lui envahit la bouche, lui écorcha les gencives, la gorge. Hanne lui avait tendu un piège. Essayait-elle de le tuer ?

Il lui téléphona.

— Qu'est-ce que vous cherchez à faire ?

— Qui est à l'appareil ?

— Alan. Le type que vous tentez d'éliminer.

— Alan ! Mais de quoi parlez-vous ?

— C'est de l'essence ?

— Vous appelez de l'hôtel ?

— Oui. Pourquoi ?

— La ligne n'est pas très bonne. Rappelez-moi de votre portable.

Et c'est ce qu'il fit.

Elle avait une pointe d'impatience dans la voix.

— Alan, ce truc est illégal ici. Donc vous ne devriez pas m'en parler sur la ligne de l'hôtel.

— Vous croyez vraiment qu'ils nous écoutent ?

— Non, pas vraiment. Mais ceux qui réussissent en Arabie saoudite ont appris à faire attention, vous savez, à éviter tout risque inutile.

— OK, c'est de l'essence ? Ou du poison ?

— Non. Mais c'est quelque chose comme de l'eau-de-vie.

Alan renifla la bouteille.

— Désolé, mais j'ai du mal à vous croire.

— Ce n'est pas grave. Je suis contente que vous ayez appelé.

— Je crois que j'ai juste besoin de dormir.

— Prenez-en deux gorgées et vous dormirez.

Il raccrocha et avala une autre gorgée. Son corps trembla. Le liquide lui déchira l'œsophage mais, une fois qu'il fut dans son estomac, une intense chaleur effaça la douleur.

Il prit la bouteille et sortit sur le balcon. La brise qui venait de la mer était tombée. Il faisait plus chaud que jamais. Il s'assit et appuya ses pieds sur la balustrade. Il avala une nouvelle gorgée. Et pensa à Kit. Il revint à l'intérieur, trouva le papier à lettres de l'hôtel, prit trois feuilles et regagna le balcon.

Il écrivit, le papier posé sur les cuisses, les pieds sur la rambarde.

« Chère Kit, tu dis que ta mère n'a jamais été “émotionnellement fiable” et continue de ne pas l'être. Cela est vrai jusqu'à un certain point, mais qui reste identique à lui-même toute son existence ? Personnellement j'ai été une cible mouvante pendant des années, tu ne crois pas ? »

Non, il fallait être plus constructif.

« Kit, ta mère n'est pas faite de la même étoffe que toi ou moi. Elle est constituée de matériaux plus volatils, plus inflammables. »

Il barra cela. Le plus tragique avec Ruby, c'était que parler d'elle le faisait passer pour un salaud. Elle lui avait fait beaucoup de mal, à plusieurs reprises — elle l'avait éventré et lui avait balancé toutes sortes de trucs pernicieux dans les entrailles avant de le recoudre —, mais Kit ne pouvait pas le savoir. Il avala une autre gorgée. Son visage s'engourdit. Il but encore un coup. Mon Dieu, songea-t-il. Il avait sifflé l'équivalent de deux petits verres et il se sentait déjà en apesanteur.

Il rentra dans la chambre et alluma son ordinateur. Il voulait voir sa fille. Elle lui avait envoyé une photo par e-mail récemment d'elle avec deux copines, toutes en tailleur, à l'occasion d'une sorte de Salon du job d'été à Boston. C'était encore une enfant, avec un visage d'ange qui resterait jeune bien plus longtemps qu'on avait le droit de l'être. Il ouvrit l'application photo et trouva celle qu'il cherchait. Sur le cliché, son visage était rose, rond, parsemé de taches de rousseur, éclatant. Ses amies, dont il aurait dû connaître les noms mais qu'il ne parvenait présentement pas à se remémorer, étaient penchées vers elle, leurs trois têtes se touchant telle une pyramide de jeunesse, d'espoir et de naïveté.

Une fois dans l'application, il se retrouva dans le vaste réseau de sa vie, une succession de vignettes qu'il parcourut donc à rebours. Tout était là, et cela le terrifia. Pour le dernier anniversaire d'Alan, Kit avait sorti du garage de son père quelques douzaines d'albums et avait fait scanner toutes les photos pour les mettre sur un disque. Il les avait transférées sur son ordinateur et à présent elles étaient là : des images de sa propre enfance, de sa vie avec Ruby, de la naissance et des premières années de Kit. Quelqu'un, sa fille ou ceux qui les avaient numérisées, les avait classées plus ou moins par ordre chronologique, et il pouvait — il le faisait trop souvent — passer en revue des milliers d'images, un récapitulatif de son existence, en quelques minutes. Tout ce qu'il avait à faire c'était maintenir son doigt sur la flèche de gauche. C'était trop facile. Ce ne pouvait pas être bon. Cela le confortait dans un dangereux état de nostalgie, de regret et d'horreur.

Alan avala une autre lampée, ferma son ordinateur et se dirigea vers la salle de bains, où il pensa se raser. Puis il pensa se doucher. Il envisagea aussi de prendre un bain. Pour finir il s'empoigna la nuque. La grosseur était dure, arrondie mais partagée en deux, et elle dépassait de sa colonne comme un poing minuscule.

Il appuya dessus sans ressentir la moindre douleur. Cette chose n'était pas rattachée à son corps. Il n'y avait pas de terminaisons nerveuses là-dedans. Ce ne pouvait pas être sérieux. Mais alors, de quoi s'agissait-il ? Il appuya plus fort, et un éclair de douleur lui traversa la colonne. C'était raccordé. Il avait une tumeur sur la colonne vertébrale, et bientôt le cancer se répandrait dans sa moelle épinière, son cerveau, ses pieds, partout.

Tout se mit en place. Ce truc bridait l'homme vif et bien portant qu'il était, cette tumeur d'apparence bénigne le diminuait de moitié. Il avait besoin d'un médecin.

Il alluma la télé. Un sujet au journal sur une flottille quittant la Turquie, en route pour Gaza. Aide humanitaire, disaient-ils. Désastre, pensa-t-il. Il se servit dans un verre et but une autre gorgée. Autant au début il était juste éméché, autant maintenant il sentait que la tête lui tournait. La zone autour de son nez s'engourdissait aussi. Il leva le verre, et le vida d'un trait.

Ruby riait bruyamment, se disputait bruyamment. C'était sur les trottoirs qu'elle se déchaînait avec le plus d'audace. *Arrêtez de frapper cet enfant*, hurla-t-elle à une inconnue alors qu'ils sortaient de chez Toys 'R' Us. Kit avait cinq ans. Ruby n'avait jamais eu le moindre accent mais elle prononça ces mots avec une intonation légèrement différente. Elle croyait, se dit Alan, que feindre des origines étrangères l'autorisait à intervenir, effaçait les différences de classe entre elle et la femme en question.

Alan entendit cette phrase et s'éloigna avec Kit ; il savait que les ennuis allaient arriver. Il atteignit bien vite la voiture, attacha Kit avec la ceinture, s'assit au volant, et attendit sur le parking. Il savait, en passant près de la femme qui fessait son enfant, que Ruby dirait quelque chose, et il savait que la femme répliquerait, et il ne voulait pas entendre quoi que ce soit. Il ne se doutait pas que la situation dégénérerait à ce point, mais lorsque Ruby regagna la voiture, elle pleurait et son visage était rouge. Elle s'était pris une gifle. *Tu te rends compte, cette salope m'a frappée !*

Il y croyait sans peine. La femme lui avait paru précisément le genre de femmes à frapper autrui. Elle était en train de donner une fessée à son fils, après tout — il n'y avait pas loin à aller pour gifler une inconnue lui reprochant de s'en prendre à son propre gosse. Il y avait tant d'histoires comme ça. Quelques réflexions chez l'épicier au sujet de carottes molles menaient aux cris, aux insultes, à une scène inoubliable pour tous ceux qui vivaient dans leur petite ville. Et ils devaient rouler trois kilomètres supplémentaires pour faire leurs courses dans un autre magasin. Elle passait d'un simple échange sur le problème en question à des jugements définitifs sur la vie de ses interlocuteurs et leurs raisons d'être. *Espèces de losers ! Bande d'hypocrites ! Putain de zombies de merde !*

La grosseur dans son cou attira à nouveau son attention. Si elle ne faisait pas partie de lui, il ne devrait pas avoir mal s'il l'arrachait. C'était la seule façon d'en avoir le cœur net. La seule façon de savoir. Si elle faisait partie de lui — si c'était une malformation de sa colonne —, il aurait mal s'il l'attaquait avec quelque chose de tranchant.

Il but une longue gorgée à la bouteille et en un éclair il se retrouva devant le miroir, le couteau à dents du dîner à la main. Il songea vaguement qu'il regretterait ce qu'il s'apprêtait à faire. Il enflamma une allumette pour stériliser autant que possible la lame. Puis il empoigna le couteau et le tourna lentement dans la grosseur. Cela faisait mal, mais rien de plus que lorsqu'on perce la peau. En atteignant le noyau, il sut en quelques secondes qu'il n'y avait rien d'extraordinaire. Il avait juste mal. Une douleur normale mais fascinante. Cela saignait peu. Il pressa avec une serviette.

Qu'avait-il découvert ? Qu'il s'agissait d'une espèce de kyste, quelque chose sans nerfs. Que cela ne le tuerait pas. Qu'il n'avait pas correctement stérilisé la lame.

Cela en revanche pourrait constituer un problème. Néanmoins, satisfait de ses prouesses chirurgicales, il repartit vers le balcon, observa par la fenêtre la route et ses voyageurs microscopiques. La mer Rouge s'étalait en arrière-plan, tranquille, condamnée. Les Saoudiens l'asséchaient petit à petit pour boire. Dans les années soixante-dix, ils en avaient pompé quelques milliers de milliards de litres pour la dessaler et nourrir leur difficile production de blé — mais le projet avait été complètement abandonné. Ils buvaient cette mer à présent. Mon Dieu, songea-t-il, est-ce que les gens avaient leur place dans cette partie du monde ? La Terre était un animal qui secouait ses puces lorsqu'elles s'enfonçaient trop profondément, qu'elles piquaient trop fort. La Terre tremblait et nos villes s'écroulaient ; elle soupirait et les côtes étaient submergées. En réalité, nous ne devrions pas du tout être ici.

« Chère Kit, la clé c'est d'arriver à être consciente de ton rôle dans le monde et dans l'histoire. Réfléchis trop et tu seras convaincue que tu n'es rien. Réfléchis juste ce qu'il faut et tu comprendras que tu es petite, mais importante pour certains. C'est ce que tu as de mieux à faire. »

Et merde, pensa-t-il. Il était peu probable que ces paroles l'inspirent. Il n'avait pas besoin d'écrire cela noir sur blanc.

« Kit, tu évoques dans ta lettre la fois où l'on est allés chercher ta mère en prison. Je ne savais pas que tu étais au courant. »

Elle avait raconté à Kit le jour où elle s'était fait arrêter pour conduite en état d'ivresse.

« Tu n'avais que six ans. Nous n'avons jamais reparlé de cet épisode après. Oui, elle s'est fait arrêter pour conduite en état d'ivresse. Elle a été retrouvée endormie dans sa voiture après avoir foncé dans la vitrine d'un magasin. Je ne sais pas très bien comment tu sais tout cela. Te l'a-t-elle raconté ? »

C'était précisément ce que Kit voulait fuir. Le trop-plein d'informations. Les épanchements continus et non filtrés de sa mère.

« Si c'est le cas, elle n'aurait pas dû. »

Alan dormait lorsque le téléphone avait sonné. Êtes-vous Alan Clay ? Le mari de Ruby ? Elle était dans une prison à Newton. Il n'avait pas eu d'autre choix que d'empaqueter Kit pour l'installer dans la voiture, et de partir récupérer Ruby, qui était encore saoule quand il était arrivé. Je me doutais que tu viendrais, lui avait-elle dit. Avec une pointe de reproche dans la voix, comme si elle cherchait à le rabaisser. Elle avait ajouté : Salut, mon cœur, à l'attention de Kit, et s'était endormie sur le chemin du retour.

« Chère Kit, ne préfères-tu pas avoir pour mère une femme passionnante plutôt qu'un être prévisible...

Ta mère est une espèce rare. Une mécanique hors normes, sensationnelle... »

Il décrivait à présent un bolide. Les enfants voulaient-ils avoir des voitures de sport pour parents ? Non. Ils préféraient des Honda. Ils avaient besoin d'être certains de pouvoir faire démarrer le moteur en toute saison.

« Kit, tu connais le point central pour entretenir une relation avec ses parents ? C'est l'indulgence. Les enfants, une fois adolescents puis adultes, deviennent sans merci. Tout ce qui n'est pas idéal est dramatique. Les enfants s'érigent en juges au sens religieux du terme. Les erreurs sont impardonnables, comme si un contrat de perfection était rompu. Mais que se passerait-il s'ils accordaient aux parents la même miséricorde, la même empathie qu'aux autres êtres humains ? Les enfants devraient être plus habités par Jésus. »

Quelque chose lui coulait dans le dos, une rigole ruisselait jusqu'à sa taille. Il leva les yeux, pensant à la pluie. Puis il comprit. Du sang. Il avait oublié de nettoyer ou de bander sa plaie. Il rentra à l'intérieur, ôta sa chemise et se contorsionna devant le miroir. Pas aussi grave que ce qu'il croyait — trois filets pourpres se frayaient un chemin jusqu'au bas de son dos. Il les essuya avec une autre serviette. Il eut une pensée pour le service de nettoyage qui allait devoir enlever le sang de sa chemise blanche. Ils ne poseraient aucune question.

On n'a pas de syndicats ici. On a des Philippins.

Il était temps de se resservir. Personne ne pouvait le voir ici. C'était si bon d'être invisible. Il avait passé toute la journée avec la jeune équipe, visible par intermittence, un être probablement admiré, un homme d'expérience. Même pour se mettre le doigt dans l'oreille il fallait être discret et rapide. Mais à présent il était dans sa chambre. Personne ne le voyait éponger le sang dans son dos. Tout le monde ignorait son opération secrète, ses différentes découvertes. Il aimait cette chambre. Était-ce vrai ? Oui, il aimait cette chambre, et il toucha le mur pour le prouver.

Il versa une goutte du liquide clair dans son verre. Cela ne faisait pas tant que ça. Pas tant que ça. La bouteille était encore à moitié pleine. En avalant une nouvelle gorgée, il décida que c'était merveilleux. Tout était plus que merveilleux. Être saoul était satisfaisant. Il comprenait l'intérêt. Il se servit derechef. Le tintement nerveux du verre sur le verre. Le flot libérateur du liquide.

Il se leva. La chambre semblait osciller. Son corps était ankylosé. Le sol se transforma en un pont de cordes, abîmé et branlant. Allait-il être malade ? Non, non. Que penseraient les Saoudiens d'un homme comme lui, en train de vomir dans une chambre d'hôtel ? Il tituba jusqu'au lit, se redressa et se regarda dans le miroir. Il souriait. C'était merveilleux. C'était comme le jour suivant un rêve marquant — toute la journée on avait le sentiment d'avoir accompli quelque chose d'extraordinaire, et ces heures d'éveil semblaient être un repos nécessaire, mérité après une telle aventure. C'était un enrichissement, une double vie. C'était ce qu'il éprouvait à ce moment précis. Il avait l'impression d'être plus que lui-même. Il sentait qu'il faisait quelque chose d'extraordinaire. C'était un merveilleux supplément à la journée qu'il venait de passer, franchement, avec les pulsations des couleurs de la rue, les ondulations du sol.

Les murs étaient ses amis. Ce n'était pas si bête, pas si bête de boire seul dans une chambre. Pourquoi n'y avait-il jamais pensé avant ? Il pouvait faire ce que bon lui semblait, personne ne le conspuerait. Tout cela lui appartenait. Ces lits étaient les siens. Ce bureau, ces murs, cette vaste salle de bains avec téléphone et bidet. Il s'approcha du second lit et contempla ses biens, son rasoir électrique, son itinéraire, ses classeurs, ses dossiers, éparpillés, prêts.

Il regarda les oreillers à la tête du lit. Vous êtes si blancs, pensa-t-il. Il aima le son de cette phrase et voulut que l'oreiller l'entende. Tu es si blanc, articula-t-il. Maintenant arrête de me regarder.

Il avala la dernière gorgée, et remplit à nouveau son verre. C'est une aventure, se dit-il. L'eau-de-vie fait de moi un aventurier. Puis il comprit enfin pourquoi les gens buvaient seuls, et buvaient seuls plus qu'ils n'auraient dû. Une nouvelle aventure chaque nuit ! C'était carrément évident.

Il fallait qu'il appelle Kit. Non, pas Kit. Mais quelqu'un. Il décrocha le combiné. Il y avait des messages sur la boîte vocale. Ils dataient de l'heure qui venait de s'écouler. C'était le matin à Boston. Il écouta. Le premier était d'Eric Ingvall.

— Salut, mon vieux. Je n'ai pas eu de vos nouvelles donc j'imagine que tout va bien. Faites-moi signe demain si vous pouvez. J'ai besoin d'un bilan de la situation.

Le second était de Kit.

— Rappelle-moi. Rien de grave.

Il eut d'autant plus envie de lui téléphoner, mais quelque part en entendant son très sobre filet de voix — elle avait une voix aiguë et haut perchée mais toujours ferme et claire — il comprit qu'il ne s'exprimerait pas correctement ce soir. Il était fatigué, et saoul, il le savait à présent sans équivoque, et personne ne devrait appeler sa fille dans un état pareil, en particulier s'il cherchait à la rassurer quant à sa capacité en tant que père à subvenir à ses besoins.

Il s'assit au bureau et écrivit.

« Chère Kit, être parent est un test d'endurance. Il faut avoir le mental d'un triathlète. Les gens disent : *Ça va vite. Ils grandissent vite.* Mais je ne me souviens pas du tout que les choses soient passées si vite. C'étaient dix mille journées, Kit, nécessitant un ordre et une précision militaires. Tu n'as jamais été en retard à l'école, à l'entraînement, à quoi que ce soit. Penses-y ! C'était une structure complexe de repas, de rendez-vous, de visites chez le médecin, de règles formulées et appliquées, d'affection réclamée et donnée, de frustration ressentie, dévastatrice, et étouffée. Je ne dis pas que cela m'a paru lent ou trop long. Juste que ce n'est pas passé si vite que cela. »

Il allait certainement devoir couper cette partie. Cela sonnait faux, quelle que soit la façon dont il le formulait. Pourtant c'était vrai. Élever un enfant, c'était comme construire une cathédrale. On ne pouvait pas lésiner.

« Donc ne veux-tu pas lâcher un peu de lest ? Ne nous accable pas trop. Je me souviens quand j'ai compris que mes parents étaient aussi hypocrites que les autres. J'avais dix-huit ans. Et après cette prise de conscience, je me suis senti surpuissant. Mais qu'est-ce que je savais en fait ? J'imagine que je m'étais aperçu qu'ils mentaient de temps à autre. Que ma mère prenait des cachets, avait été accro à la morphine pendant un moment quand j'étais petit. Et je me suis mis à les traiter de haut. J'étais mieux qu'eux, pensais-je. Cela te rappelle Hitler jeune ou les Khmers rouges, non ? Les enfants, pleins d'eux-mêmes et convaincus de leur pureté, qui tirent sur les adultes dans les rizières inondées. »

Il posa le stylo. Il distinguait à peine la feuille.

Il se leva et le plafond tournoya au-dessus de lui. Il s'effondra sur le lit et fixa le mur. Il avait sous-estimé l'eau-de-vie. Même quand il avait compris qu'elle était forte il était en dessous de la réalité. Hanne, diablesse ! pensa-t-il. J'aime vraiment ce monde. La facture de ce mur. J'aime ceux qui l'ont construit. Ils ont fait de bonnes choses ici.

XVI

Alan ouvrit les yeux. 10 h 08. Il avait encore raté la navette. Il appellerait Youssef.

Il poussa les couvertures et se leva dans la pénombre de la chambre. Derrière les lourds rideaux, il savait que le jour était lumineux, trop pour qu'il en fasse partie. Il ressentait une douleur intense dans la nuque. Il se promit de voir cela de plus près sous la douche.

Il avança vers le miroir au-dessus du bureau, et se regarda. Son visage était décomposé, ses joues s'affaissaient sur ses bajoues, ses bajoues dégoulinaient, avec un certain style, sur sa chemise.

Sous la douche il se lava les cheveux et le corps en songeant : Qui est cet homme capable de manquer la navette non pas une mais deux fois en trois jours ? Qui est cet homme qui se réveille encore à dix heures, et qui n'a certainement pas entendu les coups à sa porte ou la sonnerie de son portable ?

C'est alors qu'il se souvint clairement d'une femme frappant à sa porte, appelant : Alan ? Alan ? Il lui avait aboyé dessus, l'avait envoyée promener pensant qu'il s'agissait d'une femme de chambre. Mais à présent, se rendit-il compte, quelqu'un de l'hôtel ne l'aurait pas appelé par son prénom. Il s'agissait sûrement de Rachel ou Cayley. C'était Rachel. Il le savait maintenant.

Il se sécha et s'empara du téléphone de la chambre. Il était déjà décroché. Depuis quand ? Il se souvenait de la majeure partie de la nuit précédente, mais à un moment c'était comme si la chronologie des événements disparaissait dans un gouffre. Il découvrit un renfoncement dans la porte de la salle de bains, à hauteur des pieds. Son ordinateur se trouvait sous le lit. Il eut un flash : sa chambre avait-elle été mise à sac ? Les inquiétudes de Hanne à propos d'une police secrète étaient peut-être bien fondées. La Mouttawa était entrée ici. Ils avaient écouté leur conversation et étaient venus enquêter pendant son sommeil. Non. Pour commencer, la bouteille d'eau-de-vie était encore là, à moitié pleine.

Il appela Youssef.

— Êtes-vous disponible ?

— Alan ? Vous avez une voix d'outre-tombe. Vous vous êtes fait attaquer ?

— Vous pouvez m'emmener à KAEC ?

— Bien entendu. Mais laissez-moi vous poser une question : vous faites exprès de rater les navettes, n'est-ce pas ? Pour passer plus de temps avec Youssef, votre guide et héros ?

— Vous parlez trop, fit Alan.

— Je suis là dans vingt minutes.

Alan enfila ses bras lourds dans une chemise propre, avec le sentiment qu'il bafouait le coton immaculé. Tandis qu'il la boutonnait, le col frotta son cou et la douleur fut extrême. Il se dirigea vers le miroir de la salle de bains, se contorsionna, mais ne vit rien. Il lui fallait deux miroirs positionnés de façon stratégique pour examiner ce qui ressemblait à une blessure par balle. Ou, mieux, à une morsure de rat, comme si un rat avait creusé un trou dans sa nuque. Un vague souvenir remonta à la surface de sa conscience : s'était-il attaqué à la boule dans sa nuque avec un couteau ? Était-ce possible ? Et la bataille reprit de plus belle, entre l'être responsable qu'il avait retrouvé ce matin, qui venait d'engager un chauffeur à prix d'or pour l'emmener dans la ville en devenir au beau milieu du désert face à la mer afin d'assurer son rôle, et l'être qui s'était défoulé dans une chambre d'hôtel, poignardant une tumeur fantôme, donnant des coups de pied dans les portes et écrivant des lettres impossibles à envoyer. Lequel de ces deux moi était superflu ? Telle était l'éternelle question.

Alan chercha dans la salle de bains un bandage ou un antiseptique. Il n'y avait rien. Il boutonna sa chemise en espérant que personne ne remarquerait ce qu'il avait fait.

Il descendit dans l'atrium, et commanda un café. Devant le comptoir du concierge, un panneau électronique annonçait les événements prévus ce jour-là à l'hôtel.

Nouvelles perspectives : Salle Medina

Échanges commerciaux dans le monde arabe : Mezzanine

Principes de la finance : Hilton Hall

LES ÉTAPES DU SUCCÈS, 1re PARTIE : 10 h 00
LES ÉTAPES DU SUCCÈS, 2e PARTIE : 11 h 00
Il pourrait réussir avant midi, ici au Hilton. Pourquoi, alors, retournait-il dans la tente face à la mer ?

Alan avalait sa première gorgée de café lorsque Youssef apparut.

— Alan.

Alan s'efforça de sourire.

— Bonjour, fit-il.

— Vous avez encore plus mauvaise mine que ce que je pensais. Que s'est-il passé ?

— Juste une nuit de…

Alan s'interrompit. Si amicale que fût leur relation, il ne savait pas où en était Youssef par rapport à l'alcool.

— C'est le décalage horaire. Je ne l'ai jamais aussi mal supporté.

Youssef eut un sourire narquois.

— Je suis allé à la fac en Alabama. Je sais à quoi ressemble une gueule de bois. Où avez-vous trouvé une bouteille ?

— Je préfère ne pas le dire.

Youssef rit.

— Vous *préférez ne pas le dire* ? Quoi, vous croyez que vous êtes tombé sur une denrée rare ? Que vous risquez de mettre en danger votre source ?

— Vous trouvez ça drôle ?

— Oui.

— J'ai fait une promesse.

— De ne rien dire ?

— Je tiens toujours mes promesses.

— Oh, mon Dieu ! D'accord. Mais écoutez : vous n'avez

pas besoin d'aller à KAEC aujourd'hui. Le roi n'y viendra certainement pas. Il est au Yémen. Regardez.

Youssef prit le journal des mains d'Alan et lui montra la page trois : une photo d'Abdallah sur le tarmac de l'aéroport yéménite. Alan n'avait absolument pas été prévenu.

— Il faut que j'y aille quand même, pour les apparences.

— Voulez-vous manger quelque chose d'abord ? Vous êtes déjà en retard de toute façon.

Ils sortirent, et la luminosité, qu'Alan avait tant redoutée, était diffuse, clémente. Il eut le sentiment qu'on s'occupait de lui, comme si le ciel et le soleil le nettoyaient, tentaient de laver la débauche de la nuit précédente.

Le voiturier, un homme gigantesque avec une moustache à la gauloise, fit un large sourire à Youssef.

— Salaam, lui dit Youssef en lui serrant la main. Il vient dans la boutique de mon père, expliqua-t-il. Il achète beaucoup de sandales.

Alan monta en voiture tandis que Youssef farfouillait sous le capot. Au bout d'une minute Alan ressortit pour aller l'aider.

— Que cherchez-vous ? Des bâtons de dynamite ?

— Je ne sais pas trop, répondit Youssef. Peut-être des fils inhabituels ?

Alan plaisantait.

— Vous ne savez vraiment pas ? demanda-t-il.

— Qu'est-ce que j'en sais ? Je regarde les mêmes séries que vous.

Les deux hommes, n'ayant jamais vu ni l'un ni l'autre de bombe, examinèrent ensemble le moteur pour déterminer si oui ou non il contenait un engin explosif.

— Je ne vois rien, conclut Alan.
— Moi non plus.

Ils grimpèrent en voiture. Youssef enfonça la clé dans le contact.
— Prêt ?
— N'en faites pas trop.
Youssef tourna la clé. Le moteur vrombit. Alan sentit les battements de son cœur.

Ils quittèrent l'hôtel, passèrent devant le même soldat saoudien perché sur son tank, le visage à l'ombre d'un parasol, les pieds baignant dans une petite piscine en plastique.

— Alors votre père a un magasin ?
— Dans la vieille ville. Il vend des sandales.
— C'est pas vrai, votre père vend des chaussures ?
— Ouais.
— Mon père aussi. C'est incroyable.
Alan se tourna vers Youssef, pensant qu'il s'agissait d'un genre de blague. La coïncidence était trop grande.
— Vous ne me croyez pas ? fit Youssef. Je vous montrerai la boutique pendant que vous êtes ici. C'est là que je travaillais quand j'étais gosse. On y est tous passés, mes frères et moi. Mais mon père est un dictateur. Il refuse de nous écouter. Surtout moi. J'aurais pu l'aider avec ce pas-de-porte, le moderniser. Mais il est vieux maintenant. Il ne veut pas entendre parler de nouveauté.
Les frères de Youssef avaient tous choisi une autre profession. Il y en avait un médecin en Jordanie. Un autre, imam à Riyad. Le dernier étudiait à l'université de Bahreïn.

Ils roulaient sur l'autoroute à présent.

— Racontez-moi une histoire drôle, dit Youssef. Pour nous porter chance.

— C'est une coutume saoudienne ?

— Je ne sais pas. Je ne connais pas nos coutumes. Ou ce que les gens croient être nos coutumes. Je ne suis pas sûr qu'on en ait.

— Je ne m'en souviens d'aucune aujourd'hui, fit Alan.

Puis il s'en rappela une.

— OK. Un mari et sa femme se préparent pour aller se coucher. La femme se tient devant un miroir en pied et évalue son reflet. « Tu sais, chéri, dit-elle, je regarde dans la glace et je vois une vieille femme. Mon visage est ridé, mes cheveux gris, mes épaules voûtées, mes jambes lourdes, mes bras flasques. » Elle se tourne vers son mari et dit : « Dis-moi quelque chose de positif, ça me fera du bien. » Il l'observe pendant un moment en réfléchissant et, d'une voix douce, prévenante, il répond : « Bah, il n'y a rien qui cloche avec ta vue. »

Youssef éclata de rire. Trop fort.

— S'il vous plaît, doucement.

— Vous avez tellement mal au crâne ? Ce devait être un mauvais *siddiqi*.

— C'est quoi, *siddiqi* ?

— Ça veut dire « mon ami ». C'est ça que vous avez bu et qui vous donne mal à la tête.

— Je n'ai pas bu.

— Alan, je ne suis pas la Mouttawa. Et vous n'êtes pas le premier homme d'affaires que je balade. Attendez une seconde.

Devant il y avait un poste de contrôle. Deux jeunes soldats se tenaient sur le terre-plein central, et arrêtaient les voitures. Sur le bas-côté, trois autres hommes en uniforme étaient assis dans une voiture de police. Youssef baissa sa vitre. Le soldat lui marmonna une question à laquelle Youssef répondit, et le soldat leur fit signe de circuler. Ce fut tout. Youssef franchit le barrage.

— C'est tout ? Il ne voulait rien voir en fait ?

— Parfois oui, parfois non.

— Ils cherchaient quelqu'un en particulier ?

— Peut-être. C'est une façade. Personne ne veut être soldat ici. Ils engageraient des étrangers s'ils pouvaient.

Ils quittèrent la ville et se retrouvèrent bientôt sur la route déserte. Un camion chargé de palmiers les dépassa, laissant une traînée de poussière sur son passage.

— Vous avez faim ou pas ? demanda Youssef.

— Je ne sais pas.

— C'est mieux d'être vraiment en retard qu'un tout petit peu. J'ai accompagné un type du Texas pendant quelques semaines l'année dernière. C'est lui qui m'a dit ça. Si vous avez une demi-heure de retard, on dirait une erreur. Si vous arrivez deux heures après, ça paraît intentionnel.

Youssef choisit un restaurant en bord de route à quelques kilomètres de là. Ils se garèrent. L'établissement était à ciel ouvert, une enfilade de pièces aux murs bas. Ils entrèrent dans le bâtiment principal, et l'odeur de poisson leur chatouilla les narines. Alan n'avait pas vraiment imaginé des fruits de mer comme premier repas après sa cuite à l'eau-de-vie. Il avait envie de pain et de bacon.

Youssef le mena devant un grand étal sur lequel des centaines de poissons étaient couchés sur de la glace.

Alan faillit vomir.

— Vous avez une préférence ? s'enquit Youssef.

Alan voulait tout sauf ce qu'il avait sous les yeux. Il aurait préféré partir et avaler quelque chose comme des crackers ou des chips. Mais on lui avait appris à manger ce qu'il avait dans son assiette.

— Comme vous voulez, répondit-il.

— Prenons-en deux comme ça, fit Youssef en désignant d'un signe de tête des poissons d'une trentaine de centimètres de longueur, argenté et rose. On les appelle des *najel*. Je ne sais comment on dit en anglais.

Youssef commanda pour deux.

On les installa à l'extérieur, même s'il n'y avait pas de siège. La coutume était de s'asseoir à même le sol avec un coussin ferme sur lequel s'appuyer.

Des mouches se posaient sur leurs genoux et leurs bras. Alan les chassait d'un geste de la main, mais elles n'étaient pas longues à revenir. L'idée même de manger du poisson en plein air, dans cette chaleur, lui coupa l'appétit. Le cri d'un animal attira son attention. Un chat qui paraissait avoir mille ans avait élu domicile en haut du parapet près duquel ils se trouvaient. Son œil gauche était trouble et une dent du bas dépassait de sa babine comme un croc à l'envers. Il paraissait impossible qu'une telle créature puisse survivre un jour de plus. Youssef héla le serveur. Ce dernier arriva avec une balayette pour chasser l'animal qui s'éloigna sur un autre muret, puis dans l'allée.

Le téléphone de Youssef vibra. Ses pouces se mirent à l'œuvre.

— Ma copine, fit-il.

Alan était perdu avec les femmes de Youssef et le lui dit.

— Je vais vous expliquer, répondit-il.

Il avait été avec une fille, Amina, qu'il avait connue adolescent. Lorsqu'ils avaient annoncé aux parents de cette dernière leur intention de se marier, son père avait catégoriquement refusé. La cause de Youssef était dure à défendre : sa famille était bédouine et, pour des Saoudiens de classe supérieure, cela était inacceptable. Ils pensent qu'on est des sauvages, expliqua Youssef. Mon père est commerçant, c'est un villageois analphabète. Ce qu'il avait réussi — il avait gagné un million de dinars, précisa Youssef, et avait construit un énorme édifice dans son village natal, en nivelant le sommet d'une montagne pour le bâtir — ne comptait pas.

— Et vous en êtes restés là ?

Les possibilités affluèrent dans l'esprit d'Alan : n'auraient-ils pas pu quitter le pays ? S'enfuir ensemble ?

— Il n'y avait rien à faire. Mais ça va. Je ne pense plus tellement à elle maintenant. Bref, mes parents m'ont vite trouvé quelqu'un d'autre.

La femme qu'ils avaient choisie, Jameelah, était magnifique, raconta Youssef, la plus belle femme qu'il avait jamais vue, et soudain elle était à lui. Ils se marièrent quelques mois plus tard, mais même s'il adorait la regarder, adorait la voir traverser une pièce, ils n'étaient pas du tout compatibles.

— Elle était bête comme une chèvre.

Ils divorcèrent un an après, et il se retrouva à nouveau célibataire.

— Ça a toujours été compliqué pour moi avec les femmes. Mais pas avec Noor.

Noor était sa petite amie, pour autant que ce genre de choses fût autorisé. Un peu plus jeune que lui, elle avait vingt-trois ans et était étudiante en deuxième cycle. Ils s'étaient rencontrés sur le Net.

— Elle est tellement brillante, dit-il. Elle m'émerveille tous les jours. En plus, elle descend du prophète Mahomet. Je vous jure.

Les choses avançaient avec Noor, poursuivit-il, et ils étaient en train de concocter un plan pour annoncer à leurs parents leur intention de se marier lorsque son ex-femme, Jameelah, s'était mise à lui envoyer des textos. Elle avait épousé à présent un homme riche qui avait la quarantaine, et Youssef le suspectait de parcourir le monde pour s'adonner au libertinage.

— Il va en Europe et couche avec des garçons.

— Il est gay ? demanda Alan.

— Gay ? Non. Vous croyez que ça veut dire qu'il est gay ?

Alan n'était pas suffisamment réveillé pour poursuivre sur le sujet donc il laissa tomber.

Les plats arrivèrent. Deux assiettes de laitue avec concombre et tomates, du riz brun, un khobez — pain ressemblant au naan — et du poisson. Youssef saisit la nourriture avec ses doigts. Sayadiah, dit-il. Le poisson avait été frit, mais était sinon identique à celui qu'ils avaient vu sur la glace, yeux et arêtes compris. Alan prit un morceau de pain et arracha un peu de chair avec. Il prit une bouchée.

— C'est bon ? s'enquit Youssef.

— Parfait. Merci.
— On peut frire n'importe quoi, c'est toujours bon.

Le chat réapparut. Youssef donna un coup de pied vers l'animal antique et borgne qui miaula, outré, et détala.

— Depuis elle m'envoie dix messages par jour. Parfois juste parce qu'elle s'ennuie, genre « Qu'est-ce que tu fais ? », bla-bla-bla. Mais parfois, comment dire, c'est vraiment sexy. J'aimerais bien pouvoir vous en montrer.

Youssef parcourut les messages sur son portable, et Alan se surprit à avoir envie de lire les textos suggestifs d'une femme saoudienne qui s'ennuie.

— Mais je dois les effacer dès que je les reçois.

Jameelah pouvait plus ou moins prouver tous ses faits et gestes, et le mari n'avait pas lu les messages, mais il n'en était pas moins soupçonneux.

— S'il les avait vus, reprit Youssef, je serais mort. Et elle le serait aussi sans aucun doute. Elle les efface en temps réel. Il a appelé la compagnie de téléphone pour les obtenir. C'était ridicule.

Alan était atterré. Il connaissait certainement mal le système judiciaire saoudien, mais quand même, cela lui semblait un énorme risque pour un bénéfice bien maigre.

— Elle met en péril sa propre vie pour des textos ? Est-ce qu'elle n'encourt pas la lapidation ou quelque chose comme ça ?

Youssef lui jeta un coup d'œil.

— On ne lapide pas les gens ici, Alan.

— Oh pardon, fit ce dernier.

— On les décapite, ajouta Youssef, puis il éclata de rire,

la bouche pleine de riz. Enfin pas si souvent. Bref. Elle a un autre téléphone maintenant. Elle en a deux : un pour les appels normaux, qu'il peut contrôler, et un qu'elle utilise pour moi.

— Toutes les femmes mariées, expliqua Youssef, ont un second portable. C'est un gros marché en Arabie saoudite.

Le pays entier semblait avoir deux façons de vivre, une officielle et une réelle.

— Elle a beaucoup de temps libre. Elle a des Indonésiens qui s'occupent de sa maison, donc elle fait les magasins et elle regarde la télé. Elle ne fait rien elle-même. La semaine dernière, elle m'a écrit : « Tu es l'amour de ma vie. » Je ne sais pas où elle a déniché cette expression. En tout cas son mari veut ma mort, et je vis avec. Je ne sais pas à quel point il est sérieux. Parfois, je me réveille en pleine nuit en pensant qu'il va vraiment me tuer, genre n'importe quand. Et parfois, je me marre. Pas terrible comme situation.

Alan éprouva soudain un élan paternel envers Youssef. Il ne put s'en empêcher. Le problème avec le mari semblait simple. Un problème simple qui pouvait se résoudre facilement.

— Il faut que tu lui parles, face à face.

— Quoi ? Non.

Youssef secoua la tête et fourra un autre morceau de poisson dans sa bouche.

— Mais si, poursuivit Alan, regarde-le dans les yeux et dis-lui que tu n'as jamais rien fait avec sa femme. C'est bien le cas, n'est-ce pas ?

— Non. Rien. Même quand on était mariés.

— Donc dis-le-lui franchement, comme ça, et il saura

que c'est la vérité. Parce que tu le regardes en face. Sinon tu n'aurais aucune envie de le voir en vrai, n'est-ce pas ? Si tu te tapais vraiment sa femme, tu ne lui ferais pas face.

À présent, Youssef hochait la tête.

— Pas mal. C'est... Pourquoi pas. J'aime bien l'idée. Mais je ne sais pas s'il est raisonnable. Il est peut-être devenu complètement dingue à l'heure qu'il est. Les messages qu'il m'a laissés sur mon téléphone, ils ne venaient pas de quelqu'un sain d'esprit.

— C'est la seule façon de faire, affirma Alan. J'ai fait quelques tours de piste, et je sais comment ça se passe dans ces cas-là. Ça mettra un point final à toute cette histoire.

Youssef regarda Alan comme si ce qu'il disait était vrai et sensé. Comme s'il avait acquis une sagesse certaine au cours de ses nombreuses années d'existence. Alan n'était pas convaincu que ce fût le cas. Ce qu'il savait, c'est que peu de choses comptaient vraiment. Peu de gens méritaient d'être craints. Ainsi abordait-il maintenant n'importe quelle situation avec une sorte de détermination lasse, et il traitait tout de front. Sauf avec Ruby, qu'il évitait plus ou moins systématiquement. Alan préféra ne pas dire à Youssef qu'il s'était montré généralement peu qualifié en matière d'amour, et qu'il était à présent célibataire et solitaire. Qu'il n'avait pas touché une femme, de quelque manière que ce fût, depuis des années. Trop d'années. Il choisit de laisser croire à Youssef qu'il était, et avait toujours été, un homme à succès profitant du sexe omniprésent en Amérique. Un homme triomphant avec un appétit féroce et des possibilités illimitées.

XVII

Quand ils arrivèrent sur place, il était midi. Youssef le déposa dans l'impasse près de la tente.

— Je crois que je vais te revoir, lança Youssef.

— On dirait.

Alan se détourna et Youssef sursauta.

— Alan ! Ton cou !

Alan passa la main sur sa nuque, sans penser à l'opération chirurgicale qu'il avait pratiquée. Ses doigts touchèrent du sang humide.

Youssef s'approcha.

— Qu'est-ce que c'est que ça ?

Alan ne savait par où commencer.

— J'ai arraché une croûte. C'est moche ?

— Ça descend dans ton dos. Tu l'avais hier ?

— Oui en quelque sorte. Mais c'était différent.

— Il faut te chercher un médecin.

Alan ne savait pas comment fonctionnait le système de soins dans le royaume d'Arabie saoudite, mais il pensa, oui, il faudrait montrer ça à quelqu'un. Donc il se mit d'accord avec Youssef pour aller voir un médecin le lendemain matin. Youssef se chargerait de le trouver.

— Tu continues d'inventer des raisons de me voir, dit Youssef. C'est gentil.

Et il partit.

Dans la tente, les trois jeunes gens étaient regroupés au fond, à l'opposé de la mer, dans la pénombre, et regardaient leur écran.

— Bonjour ! brailla Alan.

Il se sentait curieusement optimiste. Il s'avança à grandes enjambées dans leur direction et s'assit sur un tapis. Tout semblait exactement comme la veille.

— Le démarrage était dur ce matin ? lança Brad.

Il n'avait aucune excuse valable. Alan ne se hasarda pas.

— On attend toujours le wi-fi, dit Rachel.

— Je vais refaire une demande, répondit Alan. J'ai un rendez-vous à 14 h 40.

Ce n'était pas vrai. Maintenant il inventait des rendez-vous fantômes. Cela lui donnerait au moins une bonne raison de quitter la tente, et bientôt.

— Mais, bonne nouvelle, reprit-il, le roi est au Yémen. Donc pas besoin de s'inquiéter, il ne va pas débarquer à l'improviste.

Les jeunes gens parurent contents, puis découragés. Avec le roi dans un autre pays, il n'y avait aucune raison de faire quoi que ce soit, et même s'il y en avait une, sans wi-fi, ils ne pouvaient tester leur hologramme de toute façon.

— On joue aux cartes ? proposa Rachel.

Alan avait envie d'être sur la plage, les pieds dans l'eau.

— Oui, répondit-il.

Ils jouèrent au poker. Alan avait appris une douzaine de façons de jouer avec son père, donc il se débrouillait plutôt bien. Mais il ne voulait pas être avec ces jeunes gens. Pourtant il prit des cartes, et joua en écoutant leurs conversations ; il découvrit ainsi que Rachel et Cayley avaient discuté la veille jusqu'à très tard, dans la chambre de Rachel. Brad avait eu du mal à joindre sa femme, et lorsqu'il y était enfin parvenu il avait appris que sa nièce avait attrapé la coqueluche, et qui avait la coqueluche de nos jours ? Ils poursuivirent sur la question, évoquèrent la résurgence de vieilles maladies. Le rachitisme et le zona étaient de retour, et peut-être la polio aussi. Puis ils abordèrent un autre sujet, sur l'impulsion de Rachel, qui révéla que certaines de ses amies avaient connu des accouchements atroces — des bébés difformes à cause de médecins trop pressés de les faire sortir, un enfant mort-né, des complications impliquant une ventouse obstétricale. Tout cela paraissait d'un autre âge.

Ils restèrent assis en silence. Une rafale de vent fit onduler la paroi de la tente, et ils tournèrent tous les quatre la tête, comme s'ils espéraient que le vent se renforcerait et balaierait tout sur son passage. Ils auraient alors quelque chose à faire. Ou ils rentreraient chez eux.

Lorsque Alan travaillait chez Schwinn et qu'il se retrouvait dans un hôtel quelque part, à Kansas City par exemple, avec une demi-douzaine de jeunes commerciaux, il avait un public désireux de savoir ce qui avait marché ou non durant la dernière campagne de Noël, pourquoi le Sting-Ray avait cartonné alors que le Typhoon pas du tout, comment cela se passait à l'usine, ce que le département Recherche et Développement avait dans les tuyaux. Ils riaient à ses blagues, étaient suspendus à chacune de ses paroles. Ils le respectaient et avaient besoin de lui.

Mais aujourd'hui, il n'avait rien à apprendre à ces jeunes gens. Ils auraient pu installer seuls un hologramme dans une tente au milieu du désert, alors que lui était arrivé avec trois heures de retard sans même savoir où il fallait brancher le système. Ils ne s'intéressaient absolument pas à l'industrie manufacturière ni à la vente ciblée qu'il avait passé sa vie à perfectionner. Aucun d'entre eux n'avait jamais été impliqué, même vaguement, dans ce genre de choses. Ils n'avaient pas commencé, comme lui, en vendant des objets réels à des gens réels. Alan observa leurs visages. Cayley et son nez retroussé. Brad et son front d'homme de Néandertal. Rachel et sa minuscule bouche sans lèvres.

Mais les jeunes Américains ont-ils jamais voulu apprendre de leurs aînés, ou de qui que ce soit d'autre ? Probablement non. Les Américains naissent en sachant tout et rien. Naissent en allant de l'avant, vite, ou en pensant le faire.

— La statue de la Liberté avance, mec !

C'est ce qu'avait dit l'homme dans l'avion — c'était peut-être la seule chose qui avait paru à Alan pertinente ou révélatrice. Le type rentrait de New York, il avait visité Ellis Island.

— Tout le monde pense que cette statue se dresse immobile, mais elle fait juste escale !

L'homme postillonnait. Il ne s'en rendait pas compte ou s'en fichait.

— Quand je l'ai vue en vrai, ça m'a scotché. Regardez la prochaine fois que vous y serez. C'est pas des conneries, elle marche, avec la robe qui froufroute, les sandales usées et tout, comme si elle allait traverser l'océan, rentrer en France. Ça m'a scotché.

Au bout de quelques parties, Alan avait terriblement envie de s'en aller. Il était dans une tente sombre, et leur présence imprégnait de plus en plus l'air ambiant, alors qu'à une cinquantaine de mètres de là dehors il y avait la mer Rouge.

— Bon, je ferais mieux d'y aller, fit-il.

Ils ne s'y opposèrent pas. Il se leva et se dirigea vers la sortie.

— Je vais par là, dit-il en indiquant le nord, donc si vous voyez le roi, venez me chercher.

Il sourit, et les jeunes gens aussi. Il savait qu'ils le considéraient comme inutile, et il partit.

Dehors, il regarda l'immeuble rose et distingua une silhouette à une fenêtre. Il crut se tromper d'emblée. Mais la forme était humaine et bougeait au troisième étage. Puis une autre la rejoignit. Et elles disparurent.

Il songea une seconde à aller vers le bâtiment, à trouver un moyen d'y entrer pour écouter s'il entendait des voix. Mais il n'y pensa pas plus que cela. Il contourna l'édifice et faillit tomber dans une fosse. Aussi grande qu'une carrière — quatre mille mètres carrés au moins. Ils avaient creusé des fondations, apparemment, pour bâtir quelque chose près de l'immeuble « floridien ». Un trou d'environ quinze mètres de profondeur, et il avait failli en faire sa tombe.

Des fils de fer marquaient les futurs emplacements des colonnes, conduits et autres tuyaux géants qui un jour permettraient à l'eau et à la chaleur de circuler. Il y avait un escalier de fortune fait de terre et de bois. Sans raison, il décida de descendre. Tandis qu'il s'enfonçait, l'air se rafraîchissait. C'était fantastique. Tous les trois mètres, à chaque étage supposé, la température descendait de quelques degrés. Il continua d'avancer jusqu'au fond, où l'atmosphère était tout à fait respirable. Le sol en ciment était couvert çà et là de traînées de sable et de poussière. Il trouva dans un coin une chaise en plastique. Elle sembla faite pour lui, à ce moment précis, et il s'assit dessus. Il était installé sur une chaise en plastique au fond d'une fosse dans une ville au bord de la mer Rouge, l'air était frais, autour de lui tout était gris, et il se sentait profondément content.

Il resta là à fixer le mur en béton.

Il écouta sa respiration.

Il s'efforça de ne penser à rien.

— Je te pardonne, fit Charlie Fallon.

Il le répéta plusieurs fois. Il pardonnait à Alan d'avoir aidé Annette à déménager. Ils s'étaient disputés trop de fois, et Charlie l'avait menacée, avait dit Annette. Alan les avait écoutés tous les jours lui raconter leurs disputes, chacun sa version. Il ne parvenait pas à faire le tri. Mais lorsque Annette décida de partir, un week-end alors que Charlie était absent, elle demanda à Alan un coup de main, et il répondit présent. Il vida avec elle presque toute la maison.

Le lendemain Charlie l'appela.

— Cette cinglée a pris toutes nos affaires.

Alan alla le voir, parcourut la maison. On aurait dit

qu'une tempête avait tout emporté sur son passage, ne laissant derrière elle que des papiers, des rouleaux de scotch et quelques coussins.

— Il faut au moins lui reconnaître ça, dit Charlie, je ne l'ai pas vu venir. Elle est d'une efficacité, c'est dingue ! Je me barre une journée, je rentre, et la maison est vide. C'est une fille sacrément maligne, elle l'a toujours été.

Charlie ignorait qu'Alan l'avait aidée, et Alan ne savait pas comment le lui dire. Donc il le garda pour lui. Cela ne changerait rien.

Mais Charlie finit par l'apprendre. Annette avait dû vendre la mèche. Charlie lui en voulut pendant un moment. Ensuite il dit qu'il comprenait, et qu'il lui pardonnait.

— Elle avait du pouvoir sur les hommes faibles comme toi et moi, dit Charlie.

Alan se leva de sa chaise. Il déambula sur la dalle en comptant ses pas. Le bâtiment serait énorme. Soixante mètres d'un côté, et trente-cinq de l'autre. Alan se sentit bien d'être là. De participer à ce projet. Il n'y avait rien de mieux que d'être présent au commencement de quelque chose. Lorsque la ville serait une nouvelle Dubai, une nouvelle Abu Dhabi ou Nairobi, il pourrait dire qu'il avait parcouru les fondations des immeubles, qu'il avait posé les bases de tout le putain de réseau de télécommunications. Mais il allait trop vite en besogne.

Il se rassit sur sa chaise en plastique blanc.

Terry Wren avait mis la charrue avant les bœufs.

— Mon Dieu, Alan, ça fait du bien.

Alan avait vu Terry quelques années plus tôt en passant à

Pittsburgh. Cela faisait vingt ans qu'il le connaissait, depuis l'époque d'Olney dans l'Illinois. Terry était passé des vélos à l'acier, puis au verre ; il travaillait pour PPG Industries désormais, une grosse entreprise spécialisée à l'extérieur de Pittsburgh. Le poste avait l'air génial. Quel domaine était plus à l'abri de la récession que le verre ? Le bâtiment pouvait avoir des hauts et des bas, mais il y aurait toujours des fenêtres à changer.

Ils avaient dîné près du Three River Stadium, et Terry exultait. PPG avait obtenu le contrat pour fournir les vingt premiers étages du nouveau World Trade Center. Vingt étages de verre blindé, une technologie qu'ils avaient soigneusement mise au point ici, en Pennsylvanie.

— C'est comme si on était faits pour ce boulot, s'était exclamé Terry, la bouche pleine de faux-filet, brandissant sa fourchette tel un sabre en signe de victoire.

Terry avait bossé comme un dingue pour décrocher ce marché et il était impatient de commencer. Les gars à l'usine aussi. Participer à la Freedom Tower ! C'était une bonne raison de partir travailler le matin.

— C'est le plus gros truc qu'on ait jamais réalisé, avait-il dit. Le travail serait bien fait, et vite.

Terry portait un pin's à l'effigie du drapeau américain au revers de sa veste. Tout semblait parfait. Jusqu'à ce que la situation se renverse.

Quand ils se revirent la fois suivante, tout était fini. Ils étaient à New York, et PPG venait de se faire mettre sur la touche. Terry était dévasté. Ils se retrouvèrent pour boire un verre. Alan crut qu'il allait pleurer.

Démêler l'histoire était presque impossible. Apparemment, la Port Authority de New York avait accepté l'offre d'une autre société, Solera Construction. Cela semblait logique. Leur offre était plus basse, et c'était une firme new-yorkaise. C'était simple aux yeux de Terry — jusqu'à ce qu'il creuse.

— Oh, la vache, c'est tellement tordu, Alan !

Terry lui avait saisi le bras.

Il s'avéra que Solera sous-traitait le verre à une entreprise de Las Vegas. Terry était déçu, mais il admettait qu'ils avaient tout simplement perdu contre plus fort qu'eux. Il ne connaissait pas les gens de Las Vegas, mais il pensait qu'ils étaient installés sur un terrain pas cher en plein désert du Nevada, et employaient certainement des sans-papiers, pour faire baisser les coûts de production.

— C'est comme ça, n'est-ce pas ? fit Terry en renversant son verre sur sa chemise.

Mais en fait la boîte de Las Vegas ne fabriquait pas le verre. C'était une couverture. Le verre était fabriqué en Chine. Vingt étages de verre blindé du nouveau World Trade Center étaient fabriqués en Chine.

Nous avons retenu l'offre la plus sérieuse et la moins chère. C'était la déclaration du porte-parole de la Port Authority.

— Putain, avait lâché Alan.

— T'y crois toi ? avait répondu Terry.

Mais Alan n'avait pas encore tout entendu, il y avait une chute, et une bonne : le fabricant chinois utilisait un brevet PPG. PPG avait conçu le verre, l'avait fait breveter et, peu de temps avant l'appel d'offres, avait vendu son brevet à plusieurs sociétés à travers le monde. Et l'une d'elles était Sanxin Façade dans le sud de la Chine. Et Sanxin Façade serait l'entreprise qui fabriquerait le verre de la Freedom Tower. Donc PPG avait créé un nouveau type de verre blindé, et une société chinoise utilisait cette technologie pour fabriquer du verre moins cher, et le revendre à la Port Authority dont la mission était de faire renaître une certaine fierté, un certain sentiment de résistance au cœur du cœur de l'Amérique.

Alan faisait les cent pas à présent. Il parcourait la dalle de l'immeuble, absorbé dans ses pensées, avec l'envie de donner des coups de poing dans le mur.

Terry serait peut-être de toute façon parti à la retraite. Il avait soixante-deux ans. Mais cette histoire du World Trade Center l'avait achevé. Le boulot n'était plus drôle.

— Je suis peut-être dingue, avait dit Terry, mais ça comptait pour moi, la Freedom Tower. C'était important qu'on participe à ce projet.

Pour Alan, le départ en retraite de Terry fut la goutte d'eau qui fit déborder le vase. Toute cette histoire était une honte. Pas seulement l'attitude commerciale, pas seulement le fait que la Port Authority ait baladé PPG tout du long, ait sous-entendu une douzaine de fois que, naturellement, PPG, le créateur de la technologie, serait le fournisseur. Non, c'était le fait qu'ils étaient allés à l'étranger s'approvisionner, qu'ils avaient sciemment donné de faux espoirs à PPG, qui avait dépensé des millions pour améliorer et changer son équipement afin de fabriquer le verre. Mon Dieu, tout cela était sournois ; c'était lâche et dénué de tout principe. C'était une honte. Et à Ground Zero en plus. Alan allait et venait, les poings fermés. Quelle honte ! À Grand Zero ! Au milieu des cendres ! Quelle honte ! Au milieu des cendres ! Quelle honte ! Quelle honte ! Quelle honte !

— Hé !

Alan regarda autour de lui. Il s'immobilisa. Qui lui parlait ?

— Hé ! Vous !

Il leva les yeux. Deux travailleurs en combinaison bleue le fixaient de là-haut.

— Monsieur ! Non ! Non ! firent-ils, l'air désapprobateur.

Ils gesticulaient, faisant de grands gestes de la main vers le haut, comme s'ils le sauvaient des enfers en lui enjoignant de remonter. Leurs visages disaient : Vous n'avez pas le droit d'être là, à quinze mètres sous terre, vous n'avez pas le droit de marcher en long et en large comme ça, à ressasser des événements irréversibles qui ne sont même pas personnels mais qui appartiennent à votre pays tout entier.

Alan le savait. Il s'achemina vers les marches pour remonter à la surface. Il savait très bien tout ce qu'il n'était pas censé faire.

XVIII

La journée était finie, et Alan rentra à Djedda dans le minibus avec les jeunes gens, qui dormirent tous sur le trajet, ou firent semblant. Ce fut un retour tranquille. À l'hôtel, ils débarquèrent, plus ou moins en silence, et Alan se retrouva dans sa chambre, seul, avant dix-neuf heures. Il commanda un steak, le mangea, et sortit sur le balcon. Il distinguait quelques silhouettes, une trentaine de mètres plus bas, en train de traverser la voie rapide pour rejoindre la mer. Des gens tentaient leur chance, et battaient en retraite. La circulation était rapide. Finalement ils y arrivèrent, courant et zigzaguant, et Alan ne fut pas plus avancé.

Il feuilleta le dépliant de présentation de l'hôtel et vit des photos du centre de fitness dont Rachel avait parlé. Sans la moindre intention de faire de l'exercice, il prit l'ascenseur jusqu'au sous-sol, où il fut accueilli par un sportif installé derrière un bureau en forme de croissant, une duveteuse serviette blanche autour du cou. Alan lui dit qu'il voulait juste jeter un œil, *pour établir un planning d'entraînement*, affirma-t-il avec sérieux, et il fut autorisé à entrer en costume de ville.

Cinq personnes s'entraînaient, des hommes, courant sur des tapis roulants, se débattant avec des machines Nautilus. Il y avait une odeur de détergent, et la télé diffusait bruyamment CNN. Le coach de l'entrée regardait Alan de temps à autre, et ce dernier hocha gravement la tête tout en s'arrêtant devant une machine comme pour dire : Oui, demain je me mettrai en tenue et je m'entraînerai là-dessus.

Puis il partit. Il flâna dans le hall de l'hôtel pendant un moment, et décida de s'asseoir pour observer. Il commanda un thé glacé, et contempla les Saoudiens et les Occidentaux glisser sur le sol réfléchissant. Il écouta les fontaines, les éclats de voix qui résonnaient parfois dans les hauteurs de l'atrium. L'établissement n'avait vraiment aucun cachet. Il aimait bien. Mais il n'y avait pas de bar, en conséquence peu de choses à faire en bas. Là-haut la bouteille l'attendait. Il regagna donc l'ascenseur vitré et s'éleva dans les airs jusqu'à son étage.

Dans sa chambre, il se versa deux doigts d'alcool dans un verre et commença.

« Chère Kit, quelque chose de différent se trame en moi. Soit ce truc dans ma nuque me fait perdre la tête, soit je l'ai déjà perdue. »

Non, se dit-il. Arrête de chialer ! Rends-toi utile. Il prit une gorgée. L'alcool lui brûla la langue, lui décapa les gencives. Des larmes lui montèrent aux yeux. Il avala une autre longue lampée.

« Chère Kit, j'ai fait des erreurs. C'est pour cela que tu ne pourras pas poursuivre la fac à la rentrée. C'est simple, et vrai. J'ai merdé. Mais ils ne rendent pas la vie facile aux mecs comme moi. »

Il reprit depuis le début.

« D'abord, j'ai une bonne nouvelle à t'annoncer. On dirait que les Saoudiens vont accepter notre projet. Tu pourras te réinscrire pour la prochaine rentrée. J'aurai de l'argent. J'aurai assez pour tout payer. L'année entière d'avance, si c'est ce qu'ils veulent ces enfoirés. »

Maintenant il mentait. Elle ne méritait pas cela. Elle n'avait rien fait de mal. Et, oui, l'économie ci, le monde ça, ces universités étaient hors de prix, ridiculement hors de prix — mon Dieu, sortaient-ils vraiment le montant de ces frais de scolarité de leur chapeau et y ajoutaient-ils dix pour cent ? — mais quand même. S'il s'était mieux organisé, s'il n'avait pas été aussi incompétent, il aurait ce dont elle avait besoin aujourd'hui. Il avait eu vingt ans pour économiser deux cent mille dollars. Était-ce si dur ? Cela aurait fait dix mille par an. Sans compter d'éventuels intérêts. Tout ce qu'il aurait eu à faire, c'était de mettre de côté soixante mille et ne plus y toucher. Mais il n'avait pas pu s'en empêcher. Il avait joué avec cet argent. Il l'avait investi, pour lui et pour d'autres. Il pensait qu'il pourrait trouver deux cent mille dollars quand il voulait, n'importe quand. Comme aurait-il pu prévoir que le monde se désintéresserait des gens comme lui ?

Un an plus tôt, il avait pensé qu'il lancerait une nouvelle ligne de vélos — classique, durable, pour les collectionneurs, les touche-à-tout, les familles qui chercheraient quelque chose d'indestructible. Il avait voulu emprunter. Il imaginait qu'un demi-million lui permettrait de louer un petit entrepôt, quelques machines, d'engager des ingénieurs et des designers, de faire faire quelques prototypes, et d'acheter des camions. Il savait ce qu'il voulait — des vélos simples et solides avec des lignes pures, dans les tons chrome, chaque élément capable de durer un millier d'années sans jamais s'abîmer.

Il arriva avec un business plan viable, mais les banques lui rirent au nez. Vous voulez faire quoi ? Où ? Je veux fabriquer des vélos, dit-il. Dans le Massachusetts. Cela amusa tout le monde. Les détenteurs de l'argent se payèrent une belle tranche de rigolade. Un investisseur potentiel avait carrément éclaté de rire, un rire franc et sonore, au téléphone — et pendant un bon moment. Alan, si je vous donne ne serait-ce que cinq mille, je ne parle même pas de cinq cent mille, ce serait la fin pour vous comme pour moi ! On se ferait enfermer !

Ce n'était pas un bon moment pour demander aux banques de l'argent en vue de financer un projet qu'elles jugeaient idéaliste. Les plus aimables gestionnaires de crédit le réorientaient vers l'État. Avez-vous entendu parler de la Small Business Administration ? demandèrent-ils. Allez sur leur site. C'est très instructif, il est très bien fait.

Alan consulta donc des banques de plus en plus petites, où les responsables se montrèrent de plus en plus ironiques. Ils n'avaient jamais entendu une chose pareille. Certains étaient si jeunes qu'ils n'avaient jamais vu un projet impliquant de fabriquer des produits dans l'État du Massachusetts. Ils pensèrent avoir affaire à un chaman antique, connaissant les secrets d'un monde oublié.

— Maintenant il veut se faire passer pour un syndicaliste ! gloussa Ron.

Alan avait fait l'erreur de parler à son père de ses plans. Il avait pensé qu'il serait impressionné. C'était peut-être une tentative de rédemption ? Ron ne l'avait pas soutenu.

— Trop tard, fiston.

Quand il l'appelait *fiston*, il voulait dire *minable*.

— Je ne crois pas.

— Tu as aidé à ce que tout parte en Chine. Tu ne peux pas faire revenir le génie dans la lampe. Mais pourquoi tu me demandes mon avis ? Tu n'as qu'à aller voir un consultant pour savoir quoi faire, non ?

Ron avait toujours méprisé les consultants. Qu'est-ce qu'ils peuvent m'apprendre sur mon métier ? Ils reçoivent des sommes obscènes et ils ne savent même pas lire correctement une grille d'informations.

Alan cessa de demander conseil à son père.

Les quelques rares occasions où il fut invité à compléter la paperasse de demande de prêt, il était passé de l'espoir à l'angoisse la plus noire avec une vitesse alarmante. Si son projet au départ risqué devenait toxique, ce n'était pas la faute de l'infrastructure américaine, ni du marché des biens de consommation fabriqués en Amérique, ni de la compétition avec la Chine. C'était celle de Banana Republic. Banana Republic tuait la capacité d'entrepreneurs comme lui à faire avancer le pays. Banana Republic tuait son taux de solvabilité, c'est cela qui tuait l'Amérique.

Alan n'avait jamais vérifié ni même connu son taux de solvabilité mais on lui avait dit, chacune des banques qu'il avait consultées et même quelques sociétés d'investissements, que son score le rendait intouchable. Il atteignait six cent quatre-vingt-dix-huit, soit cinquante et quelques points en dessous de ce qui le rendrait digne de confiance ou même humain.

Après avoir creusé pendant des jours, il avait compris que le moment clé ayant décidé du niveau actuel de ses finances, et l'empêchant de pouvoir prétendre à n'importe quel prêt, était un certain achat qu'il avait fait six ans plus tôt chez Banana Republic.

Il avait besoin d'une nouvelle veste à l'époque, et le vendeur lui avait affirmé que, s'il souscrivait à la carte du magasin ce jour-là, il bénéficierait de quinze pour cent de réduction et pourrait toujours la résilier ensuite. Il avait donc annulé la carte après or, pour une raison ou une autre, son annulation n'avait pas été prise en compte et les factures avaient continué d'arriver ; mais, puisqu'il avait résilié sa carte, il n'avait pas ouvert les enveloppes, pensant que ce n'était que de la publicité.

Il passa ainsi de trente à quatre-vingt-dix jours d'impayés, et finalement à cent vingt, et plusieurs sociétés de recouvrement furent contactées, et c'est alors qu'il paya les trente-deux dollars qu'il devait, des espèces de frais d'emprunt, et il supprima définitivement la carte.

Mais cette histoire avait fait grimper son taux de solvabilité un peu en dessous de sept cents, et le moindre prêt — encore moins une troisième hypothèque sur sa maison puisqu'il en avait contracté une deuxième avant la débâcle Banana Republic — était inenvisageable.

Les banquiers soulignaient le taux et levaient les bras au

ciel. Alan expliquait alors qu'il avait remboursé ses emprunts, honoré toutes ses cartes de crédit à la consommation, consciencieusement pendant trente ans, et ils semblaient être attentifs, prendre en compte ses arguments, mais finalement pas tant que cela. Il y avait le taux.

Il s'évertuait à raisonner avec eux.

— Vous avez mon dossier de crédit sous les yeux.

— Oui, monsieur.

— Et vous voyez que le seul problème, c'est cette carte Banana Republic.

— Oui. C'est le seul, j'en suis sûr.

— Et vous vous rendez compte que soixante-douze dollars utilisés sur une carte Banana Republic il y a six ans n'indiquent pas grand-chose au regard de trente ans de règlements exemplaires de mes factures et de mes échéances de prêts ?

— Oui, absolument.

Alan crut avoir marqué un point.

— Donc on peut ne pas le prendre en considération, n'est-ce pas ?

L'homme rit.

— Oh, non. Je suis désolé, monsieur. Votre taux de solvabilité est en dessous de notre minimum requis. Nous ne pouvons pas accorder de crédit si le niveau du client est en dessous de sept cents.

— Le mien est à six cent quatre-vingt-dix-huit.

— Oui. Mais même quand ils sont en dessous de sept cent quarante, les dossiers sont étudiés dans les hautes sphères.

— Mais vous n'avez même pas rassemblé ces éléments vous-même.

— C'est vrai.

— Ce sont des sociétés extérieures qui le font. Experian par exemple.

— C'est vrai.

— Savez-vous comment ils décident quelle carte ou quel paiement fait baisser de tant ou de tant votre niveau ?

— Non, non. Ces informations sont confidentielles.

L'homme gloussa comme s'ils s'intéressaient aux motivations de Dieu en personne.

— Ils les protègent de très près, ajouta-t-il.

Alan essaya de téléphoner à Banana Republic. Ils n'étaient au courant de rien. On ne gère pas les cartes de crédit à ce niveau, lui dit une commerciale. Elle l'orienta vers une société en Arizona. Le numéro en Arizona ne cessa de lui raccrocher au nez comme si c'était intentionnel.

L'ère des machines dominant les hommes était venue. C'était le déclin du pays et le triomphe des systèmes conçus pour contrecarrer tout rapport humain, toute raison, tout jugement personnel et toute prise de décision. La plupart des gens ne voulaient plus prendre de décisions. Et bon nombre de ceux qui *pouvaient* en prendre avaient décidé de s'en remettre aux machines.

Alan se leva. Les lignes de la chambre s'enchevêtrèrent comme un jeu de mikado. Il trouva le lit, et se laissa engloutir. Le matelas tournoyait comme un moulin à vent.

— J'ai peut-être trop bu, dit-il en ricanant. Il posa la main à plat sur le mur, le tourbillon ralentit et cessa.

— Pas mal, se félicita-t-il, sûr d'être très marrant et habile. Il voulait interrompre les turbulences et il l'avait fait. Félicitations, jeune homme ! ajouta-t-il.

Alan observa le miroir au-dessus du bureau, puis le téléphone. Et, alors qu'il le regardait, il sonna.

— Allô ?

— C'est Hanne.

— Bien. Et vous ?

Elle rit.

— Je ne vous ai pas demandé comme vous alliez.

— J'ai dû penser que vous vouliez le savoir.

Elle rit à nouveau, d'un rire rauque.

— Vous êtes déjà couché ?

— Non. Pourquoi ?

— Il y a une fête à l'ambassade ce soir.

— L'ambassade danoise ?

— Oui, et ce sera orgiaque.

— Je suis déjà saoul. Cette eau-de-vie.

— Tant mieux. Vous serez parfait. Vous venez ?

XIX

Il prit un taxi pour aller à l'ambassade et, moins de vingt minutes plus tard, se retrouva devant deux femmes assises à califourchon sur un homme, telles deux courtisanes barbares, qui léchaient les piercings de ses tétons. Il y avait des gens en sous-vêtements, et des cachets partout. Des barriques d'eau-de-vie. C'était extrême, insensé et même par intermittence plaisant.

Un gros type dansait près de la piscine. Il dansait bien. Son pantalon était tellement moulant pour un homme si gros. Hanne était partie, au bar.

Seul, Alan déambula. Il n'avait pas besoin de boire.

Le pantalon du gros type scintillait comme des écailles de poisson. Alan s'était interrogé sur son compte, il s'était demandé pourquoi des femmes le collaient tant, cela l'avait intrigué, mais lorsque le bonhomme en question s'était mis à danser, tout avait fait sens. Le type était fantastique. Et canadien. Un phénoménal danseur canadien obèse.

Un jeu était en cours dans la piscine. Des gens plongeaient pour récupérer des cachets. Il n'y avait pas d'herbe — les voisins auraient trop facilement remarqué l'odeur avec le vent —, donc c'était cachets à volonté. Il y en avait tant, et du vin et de l'alcool dans des bouteilles sans étiquette. C'était le paradis de la contrebande.

Un géant bâti comme un Viking, les cheveux blonds comme les blés remontés en queue-de-cheval, lançait des centaines de cachets dans le grand bain. Il les jetait et les autres plongeaient. Il faut que je vous voie les avaler, criait-il aux fêtards en sous-vêtements. Vous ne pouvez participer que si vous remontez à la surface et que vous avalez le cachet devant moi. Et les gens s'élançaient dans l'eau, en sous-vêtements, pour récupérer de la drogue — des cachets blanc et bleu très difficiles à distinguer sur le fond de la piscine la nuit. De quoi s'agissait-il ?

Du viagra, disaient certains, du Zolpidem, affirmaient d'autres, mais c'était peu probable. Bientôt quelqu'un émergea de l'eau entièrement nu, ce qui déclencha une vague de surprise. Dans l'eau il y avait des hommes et des femmes enlacés, leurs corps se reflétant et bougeant en cadence, et il y avait les cachets, l'eau-de-vie, mais l'homme qui sortit nu de la piscine avait apparemment franchi une limite. Très vite d'autres le couvrirent avec une serviette et l'entraînèrent à l'intérieur.

Où était Hanne ?

Alan n'avait jamais vu des gens aussi vieux se comporter ainsi. Des gens mûrs, de son âge, en sous-vêtements. Des vieux en train de gober des cachets et de les avaler à coups de bouteilles géantes d'eau-de-vie. Quelque chose de refoulé était libéré. Et la femme avec le décolleté plongeant ? Elle arborait sa poitrine comme si elle portait un plateau devant elle. Elle parcourait la fête, encore et encore, sans but ou sans arrière-pensée, semblait-il. Elle ne paraissait parler à personne. On aurait dit qu'elle avait été engagée pour marcher et se faire admirer. Ce genre de choses avait lieu à New York ou à Vegas, mais ici ?

Alan but à une douzaine de bouteilles transparentes un liquide ressemblant à de l'eau qui avait goût d'épave rouillée.

Il rencontra un architecte américain. Qui lui raconta avoir conçu une partie de KAEC, le district financier. Il avait créé au moins quelques-uns des plus hauts bâtiments du monde. Il était originaire d'un endroit très surprenant, très plat. L'Iowa ? Il était chaleureux, modeste, peut-être un peu exténué. Ils avaient comparé leurs manques de sommeil respectifs. L'architecte rentrait à peine de Shanghai, où il construisait une nouvelle tour, plus grande que tout ce qu'il avait fait jusqu'alors. Il travaillait depuis dix ans à Dubai, à Singapour, à Abu Dhabi et à travers la Chine.

— Je n'ai pas travaillé aux États-Unis depuis, ouah, je ne me souviens même plus de la dernière fois, fit-il.

Alan se garda de demander pourquoi, il connaissait la réponse. À cause de l'argent naturellement, mais aussi de la vision, du courage, et même un peu de l'esprit de compétition.

— Ce n'est pas une question de plus gros ou plus haut, mais vous savez, aux États-Unis maintenant on ne peut plus se permettre ce genre de rêve. Tout est en stand-by. Le rêve a lieu ailleurs, déclara l'architecte. Et il quitta la fête.

— Venez me parler.

C'était Hanne.

— Où étiez-vous passé ? demanda-t-elle.

Alan n'avait pas de réponse.

Elle le tira par la main. Il suivit.

— Faisons une bêtise, dit-elle.

Ils allèrent dans le garage. Trois réfrigérateurs encore emballés.

Et son visage sur sa poitrine, puis ses petits yeux levés vers lui, s'efforçant d'être séducteurs mais en fait plutôt inquisiteurs. Il se sentit percé à jour et détourna le regard.

Ils s'embrassèrent malgré tout pendant un moment, puis ils s'interrompirent. Il prétendit que c'était par galanterie. Un problème de dignité.

— Ça fait bizarre, non, de se précipiter comme ça ? dit-il.

Elle recula d'un pas, et le regarda comme s'il venait de lui révéler quelque terrible secret, qu'il avait été membre des SS dans sa jeunesse. Puis elle éclata de rire.

— Quelle prudence pour quelqu'un de votre âge, Alan !

Il l'attira à lui, et l'étreignit longuement. Il lui embrassa le sommet du crâne. Il était allé trop loin, il le savait. Maintenant il se comportait comme un père. Un prêtre ? Quel idiot il faisait.

Elle se dégagea.

— Arrêtez d'être condescendant !

Il s'excusa, et lui dit combien elle lui plaisait, et c'était vrai.

— Vous ne pouvez pas me blesser, répliqua-t-elle. Je suis indestructible.

C'était un feu vert, elle lui affirmait qu'elle avait les yeux grands ouverts, et qu'il n'avait pas besoin de s'inquiéter qu'elle tombe amoureuse ou même se souvienne de lui le lendemain.

Se montrait-elle cruelle ? Les gens n'aiment pas ne pas obtenir ce qu'ils veulent. En particulier quand cela semble à leur portée. Cela les fâche encore plus. Hanne avait manifestement le sentiment de faire une fleur à Alan. Il avait goûté et avait dit non. Elle ne lui adressa plus la parole de la soirée.

Mais la fête s'achevait de toute façon. Cela se produisit à la fin, ou vers la fin, en tout cas peu de temps avant qu'il ne quitte les lieux. L'astronaute ! L'homme en combinaison spatiale. C'était un déguisement, mais il était très bien fait, très réaliste. Quelque part entre la mission Apollo et *2001, l'odyssée de l'espace* de Kubrick. Massif, avec des soufflets au niveau des bras et des jambes. Il se baladait avec son costume, comme s'il ne pesait rien, puis il disparut à l'intérieur. Il revint plus tard sans le casque ; il avait en réalité une soixantaine d'années. Qu'avait-il donc consommé pour en arriver là ? Un homme dans les soixante ans errant au ralenti dans une soirée, en train de jouer la pantomime et de faire semblant de vouloir attraper les seins de la femme au décolleté.

Il y avait de la musique au sous-sol, une espèce de piste de danse, une boule disco fabriquée avec du papier aluminium. Il ne passait que de la Motown, Diana Ross et les Shirelles. Les Jackson Five. Des hommes et des femmes d'une quarantaine d'années se trémoussant, imbriqués les uns dans les autres. Avec indécence en vérité. Alan dut quitter le sous-sol.

Des jeunes gens intelligents étaient installés dehors, près de la piscine.

Ils tenaient à la main de l'eau-de-vie dans des gobelets rouges, et s'éclipsaient pour rejoindre la piste de danse le temps d'une ou deux chansons. Alan s'assit près d'eux, dans une chaise longue, à observer le jeu des cachets. Ils étaient trois. Une jeune femme originaire d'Éthiopie, mais qui parlait comme une Américaine. Elle était née à Miami, et travaillait à présent à l'ambassade éthiopienne. Cheveux hirsutes, nez fin et droit, grands yeux aux paupières rehaussées d'une sorte de fumée bleue. À ses côtés se trouvaient deux jeunes hommes réfléchis qui semblaient avoir seize ans, le visage rayonnant comme un fruit mûr, les yeux petits et brillants. L'un était hollandais, l'autre mexicain. Alan, KAEC, tout les intéressait.

— Cet endroit est sur le point d'exploser, déclara l'Éthiopienne.

— Cet endroit est sur le point d'exploser ? répéta Alan en songeant à une guerre ou à quelque chose dans le genre — une forme de terreur, comme le massacre de La Mecque en 1979 où tant de pèlerins furent tués.

— Non, non, dit-elle. Je parle des femmes. Les Saoudiennes en ont marre. Elles en ont assez de toute cette merde. Abdallah essaie d'ouvrir les portes avec l'espoir que les femmes continuent d'avancer tant bien que mal, qu'elles prennent le relais. Il se prend pour le nouveau Gorbatchev. Il met en place les dominos. L'université mixte était le premier pas. KAEC, le deuxième.

Alan se tourna vers les deux autres.

— Vous êtes d'accord avec ça ?

Les deux garçons acquiescèrent. Ils en savaient certainement plus que lui.

Certains jouaient au babyfoot. Une espèce de tournoi, très sérieux, avec des noms sur un tableau noir, à élimination directe. Un grand écran plat diffusait des films de Russ Meyer. L'astronaute regardait, penché en avant, le casque posé sur les genoux.

XX

Souvenirs confus et révélations assaillirent Alan le lendemain matin tandis qu'il se douchait, s'habillait, et lisait son exemplaire d'*Arab News*. Qu'est-ce que c'était que ce truc près du lavabo ? Une autre bouteille d'alcool de contrebande. Hanne l'avait renvoyé chez lui avec. Hanne se souciait de lui, l'idiot ! Il songea comme il lui avait embrassé la tête. Vraiment pas une chose à faire. En manque de sommeil, encore un pied dans le monde nocturne de la veille à l'ambassade danoise, il savait qu'il se sentirait fragile aujourd'hui. Il but son café, parcourut le journal et vit une petite photo du roi Abdallah dont la légende indiquait qu'il était de retour dans le royaume.

C'était donc le premier jour où le roi Abdallah pourrait effectivement venir à KAEC. Bien qu'il demeurât peu probable qu'il débarque dans la ville, et même si Alan avait la sensation d'avoir dormi dans un coffre de voiture, l'équipe de Reliant et lui se devaient d'être à l'heure, prêts et présentables.

— Youssef ?

— Je n'arrive pas à croire que tu es réveillé. Il n'est même pas dix heures. Attends, il n'est que sept heures !

— Tu peux me conduire à KAEC ?

— Quand ? Maintenant ?

— J'aimerais être sur place vers huit heures et demie.

— Disons neuf heures et demie. Personne ne sera là avant neuf heures. Comme ça je t'emmène chez un médecin pour qu'il examine ton cou.

Alan retrouva Youssef à l'entrée de l'hôtel et monta dans la Caprice.

— Ton temps de sommeil m'effraie.

— J'ai eu une nuit bizarre.

Alan savait qu'il ne devait pas faire allusion à la fête de l'ambassade, mais il avait vraiment envie d'en parler à Youssef. Il trouverait cela drôle, et soit il serait ébahi que ce genre de choses existe, soit il dirait : *Oh, il y a tout le temps des trucs comme ça*. Quelle que soit sa réaction, elle serait satisfaisante. Mais Alan avait promis à tous ces gens de se taire, y compris à l'astronaute, et il n'avait jamais brisé une promesse, si anecdotique fût-elle.

Ils passèrent devant l'homme sur le blindé avec le parasol, et cette fois Youssef tourna à droite, non à gauche.

— Où est le médecin ?

— À quelques kilomètres d'ici. Noor connaît la femme qui travaille à l'accueil.

— Merci de t'occuper de ça, dit Alan.

— C'est facile, répondit Youssef, et il alluma une cigarette.

— Bon, on m'a raconté une bonne blague hier soir.

— Super.

— Tu sais ce que c'est la Légion étrangère ?

— Bien sûr. Comme la Légion étrangère française ?

— Exactement. Donc il y a un capitaine dans la Légion étrangère, et il est transféré à un avant-poste en plein milieu du désert. Pendant qu'il visite le site, il voit un chameau très vieux et très sale attaché à l'arrière des baraquements des soldats. Il demande au sergent qui l'accompagne : « Hé, il sert à quoi ce chameau ? » Le sergent répond : « Eh bien, mon capitaine, nous sommes au milieu de nulle part, et les hommes ont des besoins sexuels à assouvir, donc quand c'est le cas, on a le chameau. » Le capitaine est décontenancé mais il vient d'arriver et il ne veut pas faire de vagues, donc il dit : « Si c'est bon pour le moral, je n'y vois pas d'inconvénient. » Après quoi il prend ses fonctions et s'occupe de ses affaires, mais au bout de six mois il n'en peut plus et il appelle le sergent : « Amenez-moi le chameau, sergent ! » Le sergent hausse les épaules et va chercher le chameau pour le ramener dans les quartiers de son supérieur. Le capitaine monte sur un tabouret, baisse son pantalon, et baise vigoureusement le chameau. Une fois son affaire finie, il descend du tabouret, reboutonne sa braguette, et demande au sergent : « C'est comme ça que font les soldats ? » Le sergent regarde ses chaussures. Il ne sait pas quoi dire. Finalement, il répond : « Bah mon capitaine, d'habitude ils se servent du chameau pour aller à la ville trouver des femmes. »

— Oh la vache ! s'exclama Youssef en riant et en tapant du plat de la main sur le volant. J'ai eu peur pendant un moment… J'ai cru que ça allait être un truc anti-arabe, tu vois, l'enculage du chameau et tout. Mais elle est *bonne*. C'est ma préférée. Noor va l'adorer.

Youssef s'arrêta devant le portail d'un grand hôpital entouré d'un haut mur d'enceinte.

— C'est juste un problème pour moi le portail, pas pour toi.

Youssef salua le garde, et comme à son habitude hocha la tête en direction d'Alan en prononçant à plusieurs reprises le mot *Amreeka* jusqu'à ce qu'on lui fasse signe d'avancer.

Ils se garèrent et se dirigèrent vers l'hôpital. Alan se retrouva bientôt assis dans une pièce vert avocat devant un mélange de magazines américains et saoudiens. Une infirmière entra, seule, lui prit le pouls et l'ausculta. Elle partit en précisant que le docteur arriverait très vite.

Alan fixa le sol, se demandant comment il expliquerait avoir décidé de s'opérer avec un couteau à dents. Il ne voyait aucune raison de mentir. Seul un animal pourrait lui avoir infligé une telle blessure.

Une ombre se dessina sur le sol à ses pieds. Il leva les yeux et découvrit une petite femme en blouse blanche.

— Monsieur Clay ?

— Oui.

— Je suis le docteur Hakem.

Elle tendit la main. Il la lui serra. Elle ne devait pas faire plus d'un mètre cinquante-cinq. Elle portait le hidjab ajusté autour de la tête, dissimulant ses cheveux à l'exception de deux mèches rebelles qui flottaient sur ses joues. Ses yeux semblaient lui manger le visage et envahir la pièce. Encore une fois, le guide touristique d'Alan s'était trompé. Il affirmait qu'il y avait de nombreuses femmes médecins en Arabie saoudite, qu'elles portaient des abayas, et ne soignaient que très rarement les hommes. Seulement en cas d'urgence, quand c'était une question de vie ou de mort, et quand il n'y avait pas de médecins masculins à disposition. Sa présence, songea Alan, signifiait peut-être qu'il était en train de mourir.

— Vous avez une grosseur dans le dos, c'est bien ça ?

— Dans le cou, en fait. Je ne suis pas sûr…

Tandis qu'Alan s'exprimait, elle s'approcha, se glissa derrière lui, et ses mains le touchèrent avant qu'il finisse sa phrase. Ses doigts encerclèrent la plaie. Le sang-froid d'Alan s'évanouit d'un coup.

— Aïe, fit-elle. Vous y avez touché ?

Son accent n'était pas purement saoudien. C'était un mélange d'une demi-douzaine d'autres accents allant du français au russe.

Il choisit de ne pas mentir.

— J'ai voulu en savoir plus.

— Qu'est-ce que vous avez utilisé ?

— Un couteau.

— Avez-vous cherché à attenter à votre vie ?

Alan rit. Il ne savait pas si elle plaisantait ou non.

— Non, répondit-il.

— Prenez-vous des médicaments ? Du Prozac ou…

— Non, je ne suis pas dépressif. J'étais juste curieux. J'ai voulu voir si…

— On dirait que c'était un couteau à dents.

— C'était ça, oui.

— L'avez-vous stérilisé ?

— J'ai essayé.

— Hum. Vous avez une petite infection.

Elle se replaça devant lui pour le regarder dans les yeux. Elle avait le visage en forme de cœur, le menton petit, les lèvres généreuses et roses. Il se sentit mal à l'aise à la dévisager ainsi. Il attendait trop d'elle.

— Eh bien, il s'agit d'un lipome probablement.

— Et ce n'est pas grave ?

Il fixa son nom sur son badge : Dr Zahra Hakem.

— Non, c'est juste une grosseur. Une sorte de kyste.

— Et c'est...

— Bénin, oui.

— Vous êtes sûre ?

Puis, observant ses mains, ses doigts petits aux ongles courts et rongés, il évoqua la proximité avec sa colonne vertébrale, la probabilité que cela soit à l'origine de la maladresse, de la lenteur, du manque d'énergie et de toutes les maladies et autres gênes qu'il avait ressentis.

— Non. Je ne vois aucun lien avec ce genre de symptômes.

— Je veux juste être sûr. Ça expliquerait certaines choses.

Il établit une liste de ses maux, des inquiétudes en tout genre.

— Et vous croyez que cette grosseur est la cause de tout cela ?

Elle le regardait, le scrutait, souriant chaleureusement.

— C'est peu probable ?

— Exactement. C'est peu probable.

— J'ai juste besoin de m'entendre dire que je n'ai pas de problème.

— Vous n'avez pas de problème.

— Mais vous n'avez pas fait d'analyse.

— Non, mais je sais ce que c'est.

Pour calmer son angoisse, elle examina à nouveau la boule, la pressant comme pour la mesurer entre ses doigts.

— Ce ne peut être rien d'autre qu'un lipome.

— D'accord, dit-il.

Elle revint devant lui et s'assit. Elle le regarda en face, les yeux grands ouverts pour le sonder.

— Cela vous a vraiment inquiété, n'est-ce pas ?

Il s'éclaircit la gorge. Il avait soudain l'impression d'avoir quelque chose de coincé.

— Je m'inquiète à propos de beaucoup de choses, répondit-il.

Elle se leva, et prit quelques notes dans son dossier.

Alan eut une pensée soudaine qui devait être tapie là depuis longtemps : si la tumeur était cancéreuse, et qu'il était en train de mourir, il n'aurait plus à s'inquiéter. La faillite ne le concernerait plus. Les frais de scolarité et le futur de Kit ne seraient plus de son ressort. La fac renonçait à ces frais quand les pères mouraient.

Le Dr Hakem prit quelque chose dans un tiroir et se replaça derrière lui. Il inspira profondément. Il espérait une odeur aérienne, ensoleillée, mais il sentit autre chose. Il ne parvenait pas à savoir quoi. Cela lui rappelait les bois, la terre. C'était musqué, riche. Il songea à une forêt après la pluie, une note de fleurs sauvages.

— J'ai eu la même chose il y a quelques années, dit-elle. Une contraction dans la poitrine. L'impression de paniquer, d'avoir une crise cardiaque. Et j'étais sûre que si je faisais un électrocardiogramme, je découvrirais que j'avais un souffle au cœur ou une arythmie, quelque chose qui expliquerait ma fatigue et tout.

Elle mit une pommade sur un pansement, l'appliqua sur sa nuque, et regagna le tabouret devant lui.

— Et ? demanda-t-il.

— Et ce n'était rien.

— Dommage, fit Alan, et ils rirent tous deux.

— On est bloqués avec notre bonne santé, reprit-elle, et il rit de plus belle. Mais, en vérité, je comprends pourquoi vous vous êtes inquiété. N'importe qui se serait mis martel en tête étant donné son emplacement. Donc on va l'enlever, comme ça on sera sûrs. Qu'est-ce que vous en dites ?

Il observait encore le mur. Il hésitait à se tourner vers elle. Il jeta un coup d'œil dans sa direction : elle le fixait, le regard droit, les yeux énormes. Marron, avec des traits vert, gris et or. Il était difficile de lui donner un âge. Elle pouvait avoir entre quarante et cinquante ans, peut-être un peu plus. Incapable de soutenir son regard, il baissa la tête. Elle portait des chaussures chics, à talons bas et à lanières. Il se détourna encore, cette fois vers le mur. Un amas de fils s'entremêlaient comme des artères, et sortaient de la pièce en direction du couloir.

— Je pourrais vous opérer dans une semaine. Cela vous irait ?

Alan avait fermement espéré avoir quitté le pays dans une semaine, mais il se surprit à accepter. Ils prirent rendez-vous et elle se leva.

— À bientôt, Alan.

— Merci.

— Pas de problème.

— OK.
— Heureuse de vous avoir rencontré.
— De même.

Dans le hall d'entrée, Youssef attendait en faisant les cent pas tel un père espérant la naissance de son enfant. Lorsqu'il vit Alan, il écarquilla les yeux.
— Alors qu'est-ce que c'est ?
— C'est bénin. C'est rien. Un lipome.
— Ce n'est pas cancéreux ?
— Elle ne pense pas.
Youssef serra la main d'Alan.
— Je suis content.
— Moi aussi.
— Abdallah est à Riyad. Je l'ai entendu à la radio.
Alan ne savait s'il se sentait soulagé ou non.

Ils quittèrent le bâtiment.
— Et tu as eu une femme docteur ? D'où était-elle ?
— Je ne sais pas.
— Elle était saoudienne ?
— Je ne lui ai pas demandé.
— Arabe ?
— Je crois. Je n'en suis pas certain.
— Mais sûrement arabe ?
— Je dirais que oui.
Youssef trouvait cela fascinant. Il y avait beaucoup de femmes médecins, expliqua-t-il, mais quelles étaient les probabilités qu'Alan en rencontre une du premier coup ?
— Était-elle voilée ?
— Elle avait un hidjab.

— Elle t'a vu seule ?

— Oui.

Ils atteignirent la voiture, Youssef faisant tournoyer ses clés sur son doigt. Il semblait satisfait.

— Intéressant. Intéressant.

XXI

Dans la tente, on aurait dit que les jeunes gens avaient été gazés. Ils étaient étalés en son centre, les jambes superposées, les bras écartés dans tous les sens. On se serait cru à Jonestown.

Alan se précipita vers eux.

— Cayley ? Rachel ? Brad ?

Ils ouvrirent lentement les yeux. Ils étaient vivants.

— La climatisation a cessé de fonctionner, articula Rachel.

Ils se levèrent tant bien que mal en gémissant.

Brad regarda sa montre.

— On dort depuis une heure. Désolé.

Cayley leva la tête, les yeux vitreux.

— Attendez. Qu'est-ce qui est arrivé à votre cou ?

Alan raconta son voyage à l'hôpital. Il leur montra le pansement, leur fit part du diagnostic, et ils parurent aussi soulagés que lui — qu'il y ait une explication médicale à ce qui semblait l'affecter.

— Alors vous croyez qu'après l'opération vous vous sentirez mieux ? demanda Cayley.

Un silence pesant s'installa.

— La connexion est bien meilleure aujourd'hui, intervint Rachel pour lui sauver la mise.

Elle ouvrit son ordinateur mais ne tarda pas à pousser un soupir de dégoût. Il n'y avait plus rien.

— Le roi va venir aujourd'hui ? s'enquit Brad.

— Je crains que non. Il est à Riyad, répondit Alan.

Brad se rallongea sur les tapis. Rachel et Cayley firent de même. Alan demeura debout au-dessus d'eux pendant un instant tandis qu'ils cherchaient tous quelque chose à se dire. Ne trouvant rien, ils gardèrent le silence.

Alan décida de les laisser dormir. Il sortit et regarda autour de lui sans savoir vraiment quoi faire.

Il descendit la promenade et finit par atteindre une dune. Il tourna vers la mer. Il avait tellement envie de marcher dans le sable, mais il craignait que l'équipe ne le voie. Il y avait ces fenêtres en plastique transparent dans la tente.

Plus loin sur la plage, Alan aperçut un gros monticule de sable près d'un tracteur automatique et d'un engin de terrassement. S'il pouvait marcher jusque-là et disparaître derrière, il pourrait toucher l'eau ni vu ni connu.

Il avança à grands pas, contourna le tas de sable, et s'assit dans l'ombre qui se découpait derrière. Une fois installé, il vérifia que personne ne le voyait de la tente, ni de la boîte noire, ni de l'immeuble rose. Il était invisible, sauf pour les poissons dans l'eau.

Alan ne cessait de s'interroger sur son propre comportement, dès qu'il faisait quelque chose. Ainsi, comme il se cachait derrière un tas de sable face à la mer Rouge, il se demanda : Qui est cet homme qui quitte la tente des exposants et se planque derrière une montagne de sable ?

Il enleva ses chaussures et se précipita vers la mer. Une brise légère fit onduler la surface. Des milliers d'éclats de coquillages se mêlaient au sable, quasiment blanc, comme si quelqu'un avait passé cent ans à casser des assiettes.

La plage était étroite, et rapidement le lent va-et-vient des vaguelettes lui lécha les pieds. Il remonta le bas de son pantalon pour s'enfoncer plus profondément. L'eau était aussi chaude que l'air, mais plus il avançait plus elle se rafraîchissait. Il s'immobilisa, attentif à ne pas trop se montrer. Il se dédoubla à nouveau se demandant s'il était sain d'esprit. C'était une chose de parcourir le site. C'en était une autre d'aller jusqu'à la plage. Mais enlever ses chaussures, remonter son pantalon et tremper ses pieds dans l'eau ?

Aucun mât de voilier, aucun navire d'aucune sorte ne venait perturber le bleu qui s'étendait devant lui. Ces eaux semblaient incroyablement sous-exploitées, du moins ce qu'il en avait vu. Le long des quelque cent vingt kilomètres de côte qu'il avait parcourus avec Youssef pour venir ici, Alan n'avait pas remarqué grand-chose en matière de développement. Comment un tel littoral pouvait-il être si peu valorisé ? Il songea à acheter un bien ici. Il pourrait acquérir un ou deux appartements, les louer la moitié de l'année, et il resterait quand même gagnant. Il était perdu dans ses calculs lorsqu'il se rendit compte qu'il ne pouvait se permettre ce genre de choses. Il n'avait pas d'argent à dépenser.

Il se pencha vers l'eau pour examiner un coquillage qui paraissait intact. Entier, en parfait état, il ressemblait à une espèce de coquille Saint-Jacques. Il le mit dans sa poche. Il en trouva un autre, cette fois une porcelaine, lisse et brillante, dans les tons fauves avec des douzaines de taches blanches rappelant le pelage d'un léopard. Il avait déjà vu des porcelaines, il devait d'ailleurs encore en avoir cinq ou six quelque part dans une boîte. Mais il n'en avait jamais trouvé une dans l'eau comme cela. Elle était intacte — il la tourna dans tous les sens, elle n'était ni cassée ni même ébréchée. Ses dents étaient polies, bigarrées. Elle n'avait aucune raison d'être aussi belle.

Lorsqu'il était jeune, il collectionnait les coquillages. Rien de sérieux, mais il connaissait les variétés les plus connues. Il avait un livre — il se souvenait encore de son poids et de son aspect — qui répertoriait les coquillages les plus prisés et les plus précieux du monde. Il y en avait un, *Conus gloriamaris*, ou gloire de la mer, qui valait des milliers de dollars d'après ce livre. Alan se le figurait encore parfaitement aujourd'hui : un long cône orné de centaines de minuscules boucles serrées les unes contre les autres, comme dessinées à la main. Le coquillage était extrêmement rare. La légende racontait qu'en 1792 un collectionneur, qui avait déjà un des quelques spécimens alors répertoriés dans le monde, en acheta un autre à une vente aux enchères, uniquement pour le détruire et donner ainsi une plus grande valeur à celui qu'il possédait. Alan avait l'habitude de lire avec attention cet ouvrage, et sa mère, qui pensait que collectionner, se souvenir de chiffres, être obsédé par les fluctuations du marché aiguisaient son sens des affaires, lui acheta d'autres livres et d'autres coquillages, et il mémorisa les noms, les mers où l'on pouvait les trouver.

Il remonta son pantalon jusqu'aux genoux et, se penchant en avant, aspergea son visage d'eau. Il lécha ses lèvres : elles étaient salées.

Lorsque Kit était très jeune, ils s'asseyaient sur la plage, au cap Code, sur la côte du Maine, ou parfois à Newport. Elle restait sur ses genoux, et ils passaient leurs mains dans les cailloux et le sable pour chercher des verres polis, des coquillages et des oursins plats. Ils comparaient leurs découvertes, et gardaient les plus belles pièces dans un bocal dont ils avaient vidé les pièces de un et cinq cents. La petite fille qu'elle était alors lui manquait. La taille qu'elle faisait, le poids qui était le sien lorsqu'il la tenait sur ses genoux. Elle avait trois ou quatre ans à l'époque, il pouvait la soulever, l'envelopper. Il pouvait la serrer contre lui, l'enlacer entièrement lorsqu'elle pleurait, respirer ses cheveux emmêlés, la renifler derrière l'oreille. Il la reniflait trop, il le savait. Il n'arrêtait pas quand elle avait sept ans, quand elle avait dix ans. Ruby le regardait de travers, mais il ne pouvait s'en empêcher. Même quand elle avait quatorze ans, il avait encore envie d'enfouir son nez dans son cou, de sentir sa peau.

Il songea à une lettre qu'il pourrait écrire à Kit. Il lui dirait qu'elle n'était pas juste avec sa mère. Il se demandait si Kit savait que Ruby l'avait mise au monde naturellement, sans médicament, sans péridurale. Serait-elle impressionnée ? Probablement pas avant que ce soit son tour.

« Kit, tu dis que ta mère n'a pas changé, mais ce n'est pas vrai. Et plutôt cent fois qu'une. C'est important de savoir qu'avec les adultes, même s'ils continuent de se développer, ils ne progressent pas toujours. Ils changent mais ne grandissent pas nécessairement. »

Cela n'était probablement pas d'un grand secours. Peut-être avait-il tort ? Ruby n'avait pas beaucoup changé. Elle avait toujours été impossible. Trop forte, trop intelligente, trop cruelle et, depuis le début, trop impatiente pour se satisfaire d'un homme qui vendait des vélos. Tout, après leur première rencontre, n'avait été que déception.

Il s'était rendu à São Paulo pour affaires. Quand il travaillait chez Schwinn. L'idée était d'ouvrir une usine là-bas, de fabriquer une demi-douzaine de modèles différents, de les vendre à travers l'Amérique latine, et d'éviter les taxes de douane. Mais le voyage avait tourné au fiasco. Le contact sur place était fou, un voleur. Il avait cru qu'ils lui paieraient d'avance une somme astronomique, et Alan était certain qu'il aurait disparu aussitôt le chèque encaissé. Il avait donc appelé Chicago, leur avait annoncé qu'il fallait repartir de zéro. Indifférents à ses arguments, ils avaient suspendu le projet. Cependant il restait huit jours à Alan avant son vol retour.

Il aurait pu partir tout simplement. Mais cela faisait deux ans qu'il n'avait pas pris de vacances, et Schwinn avait prévu qu'il s'absente une semaine, voire plus, donc il rentra à l'hôtel, vit un panneau dans le hall annonçant une croisière sur le río Negro, et il s'inscrivit. Il monta dans sa chambre et passa le reste de la nuit sur le balcon, à observer les voitures sur la route et les allées et venues sur les trottoirs, les enfants en uniforme scolaire dehors jusqu'à onze heures du soir. Il fixa pendant une heure la même petite fille. Maigre comme un chat sauvage, elle ne devait pas avoir plus de huit ans et déambulait seule et sûre d'elle avec une poussette pleine de roses blanches. Elle n'en vendit pas une seule.

Le lendemain matin, il prit un vol rapide pour Manaus, sur les rives du río Negro, et dès le premier coup d'œil il eut l'impression d'être face au Mississippi ou n'importe quelle autre rivière. C'était large, marron. Il s'était inscrit pour la croisière en imaginant une jungle épaisse, voûte verte traversée d'une étroite et sinueuse rivière avec des singes aux arbres, des crocodiles, des piranhas et des dauphins roses plongeant dans l'eau. Mais il arriva sur la berge, marcha à travers plusieurs hectares de boue sur un ponton de fortune fait de palettes de bois pour monter à bord d'un vieux bateau à roue de deux étages qui paraissait aussi capable de flotter qu'une vieille église en bardeaux.

Les journées étaient d'une glorieuse simplicité. Les passagers se réveillaient avec le soleil, somnolaient pendant une heure, puis en passaient une autre à flâner sur les ponts, à contempler béatement le paysage, à discuter paresseusement, à jouer aux cartes, à écrire leurs journaux intimes, à lire des ouvrages sur l'art topiaire. Aux environs de huit heures, le petit déjeuner était servi ; toujours quelque chose de frais — des œufs, des bananes plantains, des melons, du pain sorti du four, des jus d'orange et de mangue. Après quoi il y avait une plage de temps libre, et à dix ou onze heures, le bateau accostait pour une nouvelle étape intéressante. C'était tantôt un antique village de huttes en chaume montées sur pilotis, tantôt une randonnée en forêt à la recherche de serpents, lézards et autres araignées.

Sur le bateau, Alan dormit plus qu'il ne croyait possible de le faire. La richesse en oxygène de l'air, affirmèrent les membres d'équipage. Selon eux, les gens du Nord dormaient beaucoup les premiers jours. Il se surprit à dormir partout — dans sa cabine, sur le pont supérieur, sur sa chaise, partout. Et chaque somme était plus réparateur que jamais.

Il y avait à bord douze herpétologistes, la plupart ayant passé la soixantaine, Alan et une jeune femme de son âge. C'était Ruby. Elle était grande et mince, avec des cheveux bruns et courts, et une énergie contenue. Tous les membres d'équipage étaient amoureux d'elle et, bien que tous mariés, ils lui faisaient des avances, et elle les remettait à leur place.

— Votre pauvre femme, dit-elle à l'un d'eux, un Péruvien marié qui lui avait pris la main pendant le dîner. Vous ne la méritez pas, continua Ruby, je ne la connais pas et je ne sais pas où elle est, mais vous ne la méritez pas.

Alan était resté près d'elle après cet épisode pour l'entendre s'exprimer.

À la fin de l'excursion, le bateau larguait les amarres, descendait doucement la rivière, et l'après-midi s'étirait sans autre plan ou obligation. Le dîner était toujours spectaculaire, et Alan le faisait descendre avec de la bière. Après le repas, ils s'asseyaient sur le pont pour jouer aux cartes ou aux dominos, et écouter les histoires de Randy, le capitaine aux deux épouses, et de Ricardo, le second, qui en avait encore plus. Plus tard, le groupe se dispersait, chacun partant retrouver sa cabine respective, et Alan restait assis, seul, sur le pont supérieur.

De là, il voyait le dôme extraordinairement vaste du ciel, les cimes des arbres défilant à droite et à gauche, entendait les bruits secs et les bruissements des oiseaux et des singes cachés dans les branches.

Alan n'avait pas prévu d'avoir une aventure sentimentale, quelle qu'elle fût, durant cette escapade fluviale. Mais il se surprit à s'asseoir près de Ruby aux repas, puis à marcher en sa compagnie pendant les randonnées, et bientôt ils devinrent amis, ils firent en quelque sorte la paire. Peut-être parce qu'ils avaient tous deux le même âge sur un bateau peuplé de personnes âgées. Était-il le seul à avoir envie de l'entendre parler pendant des heures ? Quelque chose dans l'air de la rivière, dans la vaste voûte céleste, la poussait à faire des discours, riait-elle. Ça ne vous embête pas de m'écouter déblatérer ? demanda-t-elle. Il répondit non, non.

Ils marchèrent dans la jungle. Elle lui raconta ce qu'elle envisageait de faire, c'est-à-dire en fait sauver le monde.

— Non, non ! s'exclama-t-elle. C'est le contraire de ce que je pense. C'est ce que disent et font les gens qui parlent à tort et à travers. Moi c'est quelque chose de beaucoup plus sérieux.

Elle s'emportait contre ceux qui étaient bourrés d'aptitudes et d'empathie et qui perdaient leur temps sur les détails sans importance, les problèmes mineurs, les sujets triviaux.

En particulier ceux qui se consacraient aux droits des animaux. Ce n'était pas tant les pandas et les baleines qui la dérangeaient, mais la castration des chats, la sauvegarde des hamsters.

— D'accord, d'accord, traitez-les bien, fulmina-t-elle en pensant aux animaux. Mais tout cet argent, ces avocats, ces campagnes publicitaires, ces manifestations pour des lapins, des rats de laboratoire ! Si vous pouviez concentrer cette énergie pour sauver la vie de ceux qui souffrent de la faim dans le monde !

Alan hochait la tête. Il ignorait qu'un jeu à somme nulle se tramait. Mais c'était précisément là où elle voulait en venir. L'énergie gaspillée pour les questions non essentielles, voilà ce qui empêchait de progresser sur les problèmes véritablement fondamentaux. Alan admirait son intelligence, son énergie, si ce n'était sa colère. La persistance des crises mondiales l'exaspérait quand elles lui paraissaient on ne peut plus faciles à résoudre. Elle écrivait aux sénateurs, aux gouverneurs, aux personnes influentes du FMI. Elle insistait pour qu'Alan lise chacune de ses missives, et pendant ce temps elle restait assise, à l'autre bout de la pièce, le regardant comme après l'amour. Elle croyait toujours avoir écrit la *Magna Carta*. Après tout, son job à lui n'était-il pas de lui assurer que le sénateur X ou Y serait fou de ne pas comprendre la logique de son raisonnement, tout en s'efforçant de calmer ses ardeurs.

Mais c'était impossible. Le juste milieu n'existait pas dans ce qu'elle désirait pour le monde, pour elle-même, pour son mari.

Un engin démarra. Alan se détourna et vit un homme sur un petit bulldozer. Deux autres personnes se tenaient non loin de là. Ils étaient sur le point de se mettre au travail sur la portion de la promenade non encore achevée.

Alan imagina une future légende se répandant parmi les ouvriers de KAEC, l'étrange histoire d'un Américain en tenue de bureau à l'occidentale errant sans but sur la plage, se dissimulant derrière les tas de sable et dans les fondations vides des futurs immeubles. Cela lui était déjà arrivé — dans l'espoir de passer inaperçu, il avait encore plus attiré l'attention.

Il regagna la tente et trouva les jeunes gens endormis dans la pénombre. Il roula un des tapis pour se faire un appui-tête.

Il était minuit à peine, sous les cieux regorgeant d'étoiles, et il était seul sur le pont. Le bateau progressait doucement sur un étroit affluent, le vent était chaud et des feux flambaient dans le lointain. Ruby se tenait au bastingage, de dos, vêtue d'un chemisier jaune élimé, et Alan marcha vers elle. Toutefois, avant même qu'il arrive à sa hauteur, elle se laissa aller en arrière dans ses bras. Il enlaça sa poitrine et elle se retourna rapidement vers lui. Il se perdit en elle, sa bouche avait un goût de bière. Ils regagnèrent tant bien que mal sa cabine où ils passèrent la majeure partie des jours restants.

Ils se marièrent en un rien de temps, mais Alan sentit très vite qu'elle pensait qu'il n'avait pas grand-chose à lui apporter. Qui était-il ? Il vendait des bicyclettes. Ils étaient mal assortis. Alan se sentait limité. Il s'efforça de se hisser à son niveau, d'ouvrir son esprit et de percevoir les choses comme elle, mais les outils qu'il avait à sa disposition étaient rudimentaires. Le seul élément salvateur dans son travail était les voyages, les différents déplacements qu'il faisait pour le compte de Schwinn afin de conquérir de nouveaux marchés, et Ruby les valorisait grandement. Elle l'accompagna les premiers temps à Taïwan, au Japon, en Chine et en Hongrie, et elle fut merveilleuse. Elle possédait un charme fou, elle irradiait. Elle voyait tout, rencontrait tout le monde. Elle était une invitée éblouissante, l'Américaine la plus têtue, la plus intellectuellement curieuse, la plus vivante qu'aucun d'entre eux ait jamais rencontrée.

Mais Alan la mettait mal à l'aise. Il ne connaissait pas la moitié des noms qu'elle citait — dissidents, philosophes, dirigeants en exil. Il essayait de trouver un industriel à table, un des maris qui savaient parler coûts de production, date d'expédition, et non pas tant des possibilités d'avenir de la société civile du Sri Lanka. Parfois il avait de la chance, et ils restaient tous les deux à l'écart de la lumière des idéalistes aux prises avec des détails de plans irréalisables et de projets impossibles à financer.

Le partenaire idéal pour elle, Alan l'avait compris à cette époque, aurait été un Kennedy ou un Rockefeller. Peut-être Aristote Onassis ou George Soros. Elle avait besoin d'un riche patron influent, capable de soulever le rideau du pouvoir pour lui montrer les boutons et les manettes. Qui pourrait financer ses idées. Lorsqu'elle était frustrée, lorsqu'elle le considérait comme un grain de sable dans ses rouages, elle devenait méchante.

— La notion de *seul et unique* n'existe pas, proclama-t-elle une fois.

Ils dînaient à Taipei avec un fournisseur et sa femme. Le couple était marié depuis quarante ans.

— L'idée qu'il n'y a qu'une personne au monde à laquelle vous êtes destiné est complètement illogique, dit-elle.

Elle avait bu quelques verres et savourait ses propres pensées qu'elle exprimait bruyamment.

— Ça ne colle pas ! On se retrouve avec quelqu'un par le hasard des rencontres, c'est tout.

Alan ouvrit les yeux. Il était dans la tente près de la mer. Les jeunes gens dormaient toujours. Ils le percevaient comme un minable, un type à côté de la plaque. Savaient-ils qu'il avait nagé dans le río Negro avec des crocodiles ? Qu'il s'était presque fait déchiqueter un matin, et que son ex-femme d'une cruauté sans relâche avait été la seule personne à se battre pour lui ce jour-là, ou n'importe quel autre jour d'ailleurs ?

Alan avait vu certains membres d'équipage sauter dans la rivière de temps à autre, et cela avait déclenché des conversations sur les crocodiles. On leur avait assuré à plusieurs reprises que les attaques étaient extrêmement rares, que les reptiles ne s'intéressaient pas à la chair humaine à moins que le niveau de l'eau ne soit très bas, que les conditions ne soient exceptionnelles, que leur nourriture habituelle ne se raréfie ou ne vienne carrément à manquer.

Ainsi, un jour que le bateau était amarré dans un village, une poignée de passagers se laissèrent entraîner et nagèrent en toute tranquillité. Tout va bien, dirent-ils. Ils restaient près de la rive, et les enfants du village s'ébattaient un peu plus loin ; tout le monde était dans l'eau et personne ne se faisait dévorer par des reptiles géants. Il ne semblait même pas y en avoir dans cette partie de la rivière mais, quelques minutes plus tard, il y eut du brouhaha de l'autre côté du bateau. Un membre d'équipage, qui était en train de pêcher, venait d'attraper un bébé crocodile de la taille d'une chaussure. Alan et Ruby se précipitèrent pour voir. Effectivement la créature ressemblait en tout point à celles qu'Alan avait vues dans les livres. Elle avait une mâchoire inférieure incroyablement proéminente qui lui donnait un air apoplectique.

Alan n'avait pas du tout l'intention de nager. Mais voir là, sur le pont, le petit animal et savoir qu'il avait partagé le même espace que les passagers et les enfants dans l'eau prouva à Ruby qu'il n'y avait pas de danger, et elle plongea, barbota quelques instants en essayant d'inciter Alan à la rejoindre. Il déclina, et ensuite, alors qu'elle se tenait avec lui sur le pont, une serviette autour des épaules, elle se pencha vers lui.

— Tu devrais y aller, dit-elle.

Et c'était tout ce dont il avait besoin. Il décida néanmoins d'aller plus loin, et dénicha un canot sur le bateau, le mit à l'eau et sauta dedans. Il pensait ramer jusque là où l'eau était plus profonde, et plonger du canot.

L'embarcation était très petite et ressemblait plus à un kayak avec son fond étroit. Il ramait, les jambes tendues vers l'avant, et tout semblait normal. Mais bientôt une foule, l'équipage au complet, l'observait du pont au-dessus de Ruby, et ils semblaient beaucoup s'amuser à le voir s'éloigner ainsi. Ruby s'intéressa donc à ce qui se déroulait, et comprit vite ce qui les amusait tant. L'embarcation qu'Alan avait choisie n'était pas étanche, elle était pleine de trous, et était en train de couler. Les rires de l'équipage redoublaient tandis que tous l'observaient s'enfoncer lentement dans la rivière, et lorsque Alan se rendit compte de ce qui lui arrivait, ils rirent de plus belle en le voyant se précipiter pour faire demi-tour, et ramer en sens contraire pour regagner le bord avant de sombrer complètement.

On avait assuré à Alan qu'il n'y avait aucun danger avec les crocodiles, qu'ils ne s'attaqueraient à quelque chose d'humain que s'ils étaient affamés et que le niveau de l'eau était très bas mais, malgré tout, il y avait des ratés dans la trêve entre animaux et humains — chaque semaine un gardien de zoo perdait un bras à cause d'une attaque de tigre, un cornac se faisait écraser par les pieds d'un éléphant — et Alan était là, en train de couler au beau milieu du río Negro, à une trentaine de mètres du bateau, suffisamment loin pour être sûr que si quelque chose tournait mal, si les crocodiles décidaient de faire de lui leur repas, personne à bord ne pourrait l'atteindre à temps.

Alan s'efforçait de ne pas avoir l'air de paniquer, s'efforçait de se rappeler combien il était improbable, pour ne pas dire impossible, qu'il se fasse attaquer, mais encore une fois : Et si ? Alors qu'il se trouvait à environ vingt mètres de la rive, l'eau s'engouffra par-dessus bord et se répandit à une vitesse alarmante dans le canot. Alan cessa d'avancer, la majeure partie de son embarcation disparaissant dans l'eau boueuse ; il ne tarda pas à couler sur place, dans la rivière peuplée de crocodiles et de toutes sortes d'autres prédateurs.

Il avait terriblement envie de nager jusqu'au bateau, et vite, mais redoutait que ses mouvements dans l'eau n'attirent les dents sur ses membres en plein effort. Dans le même temps, il voulait ramener le canot à bord, car c'était son idée de faire un tour à la rame, une idée magnifiquement idiote, il le savait à présent. Il refusait de laisser la petite barque, qu'il tenait entre ses jambes à présent, couler à pic. Et parallèlement il savait que les mangeurs de chair de la rivière observaient sans doute avec un grand intérêt ses jambes pendantes. Malgré tout, les visages continuaient d'être hilares.

Certains passagers montraient même leur ennui en se détournant de lui à présent.

Alan eut un moment durant lequel il regarda vers le bateau à roue, pensant : Bon, c'est peut-être la fin. C'est peut-être la dernière chose que je verrai. C'est un joli bateau, et de surcroît la ravissante Ruby se penche en avant et se met soudain à hurler :

— AIDEZ-LE !

Elle était sur le point de sauter à l'eau. Elle était pliée en deux par-dessus le bastingage pour essayer d'attirer l'attention de l'équipage en contrebas.

— AIDEZ-LE BORDEL, BANDE D'ENFOIRÉS ! cria à nouveau Ruby.

Puis elle répéta la même chose et d'autres versions de la même directive et, pour finir, une minute plus tard, trois membres d'équipage atteignirent le canot, s'emparèrent d'Alan et le ramenèrent à bord.

XXII

Lorsque Alan entra dans sa chambre au Hilton, le voyant rouge du téléphone clignotait. Il y avait un message de Hanne.

— Rappelez-moi, disait-elle.

Il s'exécuta et elle décrocha à la première sonnerie.

— Que faites-vous ce soir ? demanda-t-elle.

Alan songea à sa chambre, aux aventures désespérantes qu'il y vivrait. Au lit, au miroir, à l'eau-de-vie.

— Rien, répondit-il.

— Venez chez moi. Je vais nous préparer quelque chose.

— Je peux faire ça ?

— Là où je vis, ils s'en foutent.

— Ce n'est pas la peine de cuisiner. Je peux vous emmener dîner dehors.

— Non, non. C'est plus sympa de manger chez moi. C'est plus facile aussi.

Il téléphona à Youssef. Il tomba sur la boîte vocale.

— Rappelle-moi. J'aurais besoin que tu m'emmènes chez une amie.

Youssef adorerait. Alan s'attendait à lui parler dans la foulée mais, au bout d'une demi-heure, rien. Youssef avait toujours été disponible jusqu'à présent. Une sourde inquiétude s'empara d'Alan. Il lui envoya un texto et ne reçut rien en retour.

Alan demanda au concierge de lui trouver un autre chauffeur, acheta des fleurs dans le hall de l'hôtel, et une heure plus tard il était devant le portail de Hanne.

Il sonna. Il vit une ombre traverser le premier étage.

La porte s'ouvrit et elle était là. Elle portait un chemisier sans manches en soie et un pantalon noir. Elle était sur son trente et un, calme, le visage rayonnant.

— Quelques fleurs, dit-il.

— Je vois, fit-elle.

Sa maison n'était pas sans ressembler à son bureau — elle aurait pu avoir emménagé quelques heures plus tôt. Il ne devait pas y avoir plus de cinq meubles. Un canapé, une table, quelques chaises en bois peu confortables. Ils s'arrêtèrent dans la cuisine où une casserole mijotait.

— J'ai fait un ragoût, dit-elle.

Alan lui répondit que cela sentait bon, même si c'était surtout l'odeur de peinture fraîche qui primait.

— J'ai du vin. Vous en prendrez ?

Hanne tenait dans les mains une thermos et un verre pour enfant à l'effigie de deux poissons de dessin animé. Alan sourit et elle versa un liquide rosâtre dans le verre jusqu'à ce qu'il soit à moitié plein.

— Un ami ici dans le quartier s'est mis à en faire récemment. Il vient d'Afrique du Sud. Ils s'y connaissent en vin là-bas.

Alan le goûta et grimaça. C'était à la fois doux et amer.

— C'est bon, non ?

— Oui, oui. Merci, dit-il en avalant un tiers d'un coup.

— Je vous ai déniché un autre siddiqi, fit-elle, et elle poussa une bouteille d'huile d'olive sur le plan de travail.

— Vous ne savez pas à quel point je vous suis reconnaissant, déclara-t-il.

Elle rit.

— Les gens ici boivent plus que les Finlandais.

Elle continua jusqu'au salon.

— Venez, asseyez-vous. Personne ne m'a rendu visite depuis un bon moment.

Ils s'installèrent sur le canapé, chacun à une extrémité.

— Ça doit être bizarre de vivre ici, dit-il.

— C'est *tellement* bizarre. Mais c'est tellement tranquille que la plupart du temps j'aime bien. L'absence absolue de responsabilités sociales. Pas de responsabilités familiales, ni de responsabilités envers vos amis en vérité. J'ai la chance d'avoir au moins un invité par mois. C'est monastique. Un vrai soulagement.

Alan acquiesça. Il comprenait.

— Et il y a les fêtes de l'ambassade, fit-il.

Elle alluma une cigarette.

— Oui. Ai-je vraiment été ridicule ?

— Non, pas du tout, répondit-il. Tout le monde faisait des trucs dingues.

Cela permettrait peut-être, songea-t-il, de renvoyer sa tentative quelque part au royaume des fous, d'en faire quelque chose qu'aucune personne saine d'esprit ne pourrait croire.

À ces mots, une lumière parut s'éteindre dans ses yeux.

Mais aussitôt, elle se reprit et s'efforça de sourire.

— Bon, j'ai des nouvelles du roi pour vous. Il sera à Bahreïn la semaine prochaine. Donc vous êtes libre.

— Oh, dit-il, incapable de dissimuler sa déception.

Ce n'était pas le genre de liberté à laquelle Alan aspirait. Il voulait être libre de faire sa présentation, de conclure le marché, de faire sa valise, et de rentrer chez lui. Il voulait être libre de quitter le royaume d'Arabie saoudite.

Hanne mit le couvert sur des sets de table et servit le repas. Bientôt elle connut tous les faits marquants concernant Alan et de même pour lui. Il avait pensé qu'elle était divorcée, et c'était le cas, mais il s'était trompé à propos des enfants, croyant qu'elle en avait, mais en fait non. Elle avait passé un accord avec son ex lorsqu'ils s'étaient mariés. Hanne n'en voulait pas, il n'en voulait pas. Mais cinq ans plus tard, il avait changé d'avis. Ils s'étaient disputés, s'étaient éloignés l'un de l'autre, et il n'avait pas tardé à en mettre une autre enceinte.

Tout avait été très simple à partir de là, dit-elle. Elle fit savoir à McKinsey qu'elle était prête à accepter n'importe quel poste à l'étranger, et quelques mois plus tard elle était à Séoul. Puis à Arusha. Et Djedda, et KAEC.

Le dîner fut bientôt fini, les assiettes lavées, et alors qu'Alan s'attendait à ce qu'elle l'invite à nouveau à s'asseoir sur le canapé, ou qu'elle le raccompagne à la porte en bâillant, elle dit :

— Vous voulez prendre un bain ?

— Un quoi ?

— Un bain. C'est juste une idée comme ça.

— Ensemble vous voulez dire ?

Elle rit en balayant cette perspective d'un geste de la main.

— Ça m'a traversé l'esprit, c'est tout.

Mais soudain elle parut décidée à ne pas abandonner.

— On peut faire comme si c'était un jacuzzi.

Il réfléchit à la proposition, mais en silence. Il se dit seulement qu'il préférait prolonger la nuit en sa compagnie, même de la façon la plus étrange, que de rentrer seul à l'hôtel.

— Pourquoi pas ! fit-il.

— Super ! s'exclama-t-elle gaiement, et elle disparut dans la salle de bains.

Le fracas de l'eau dans la baignoire retentit. Hanne revint sur le canapé tandis que le robinet continuait de couler, elle s'empara de son verre, et le vida d'un trait.

— Vous comptez faire de la plongée ou un truc comme ça ?

Il répondit qu'il n'y avait pas pensé.

— Les fonds marins sont très beaux par ici. Très peu de gens en font, donc c'est encore intact. Je suis allée il y a quelques semaines à la plage à KAEC. Je portais un bikini, en fait, je n'aurais pas dû. Au bout d'une heure un garde-côte est arrivé. C'était *haram* d'être dehors comme ça si peu habillée.

— Il vous a arrêtée ?

— Non, il m'a juste dit qu'il fallait que je les prévienne la prochaine fois. Ils sont très accommodants dans les environs de Djedda avec les Occidentaux, vous savez. Ils tournent la tête la plupart du temps, mais ils veulent savoir ce que vous faites et où vous le faites. Principalement pour s'assurer que d'autres ne sont pas en train de vous regarder, quoi que vous soyez en train de faire, mais bon. Vous en voulez d'autre ?

Elle servit du vin et partit vérifier l'état de la baignoire.

— On dirait que c'est prêt.

Ils se retrouvèrent nus, face à face, ne sachant ni l'un ni l'autre quoi faire ensuite. Elle s'était dévêtue en premier, et enjamba la baignoire avec précaution comme si elle manquait d'habitude. Il l'observa ; elle était ravissante, ses formes généreuses, sa peau pâle, parsemée de taches de rousseur, son dos bronzé. Il attendit qu'elle soit occupée avec les bougies derrière elle et il se précipita dans l'eau avant qu'elle ne le voie entièrement.

Ils s'assirent, les genoux relevés, leur vin à la main. Il aurait aimé pouvoir en boire beaucoup plus à présent que ce qu'il avait dans son verre.

— Vous prenez souvent des bains ? réussit-il à articuler.

— Pas vraiment, répondit-elle.

Hanne avait mis du liquide vaisselle pour essayer de faire des bulles, mais le résultat était peu concluant, et la vague mousse qui s'était formée disparut bientôt.

— Trop chaud ? s'enquit-elle.

— Non, c'est bien, dit-il, et il le pensait vraiment.

Il appréciait sa présence, admirait son courage, et n'avait pas de problème en vérité avec la situation. Il se sentait bien, assis ainsi dans une baignoire confortable avec une nouvelle amie. Mais encore une fois, il pensa : Mais qu'est-ce que je fous dans la baignoire de cette femme ?

Ce qui importait, c'était de ne pas vexer les gens. Il ne voulait offenser personne, donc il répondait souvent oui à des invitations comme celle-ci. Il s'était retrouvé à des mariages, des baptêmes, avec des femmes qui voyaient en lui plus qu'un ami alors qu'il s'efforçait de montrer le contraire. Il était bête.

Il devait vraiment y avoir quelque chose dans cette grosseur sur son cou, pensa-t-il. Elle était trop près de la colonne vertébrale, et perturbait la transmission des messages du cerveau au reste du corps. Cela expliquerait son inaptitude à lire les signaux humains.

Elle se savonnait les genoux à présent, doucement, comme si elle polissait une rampe d'escalier. Il lui sourit. Elle fronça les sourcils.

— Je vous excite à ce point-là ? dit-elle.

Il n'était pas excité le moins du monde, et il savait que dans quelques secondes elle se sentirait insultée. S'il n'était pas entré dans cette baignoire pour commencer, il ne s'en serait que mieux porté. Il ne serait pas question d'érections, ni de la façon dont le sujet portait atteinte à cette Danoise affable et nue face à lui.

— Non, non, fit-il. Vous êtes magnifique.

— Vous vous vexeriez si j'essayais ?

Elle tendit la main vers son pénis.

— Non, je ne me vexerais pas, mais j'aimerais mieux que vous n'essayiez pas.

Elle laissa tomber ses mains le long de son corps et appuya son dos contre la baignoire.

Il tenta de s'expliquer, de dire comme la vie était plus facile sans sexe, il évoqua le sentiment de pureté qu'il éprouvait, affirmant combien son existence était beaucoup plus structurée à présent. Hanne fit une moue d'horreur.

— Mais pourquoi cherchez-vous ce genre de simplicité ?
— Dit la femme qui a carrément quitté l'Europe, fit-il.
— Je n'ai pas quitté tout ce qui est humain.
— Moi non plus. Je suis dans cette baignoire avec vous.
— Mais vous vous mettez tant de barrières. Tant d'interdits.
— Un seul.
Ils restèrent assis dans l'eau calme pendant un moment.
— C'est très frustrant pour moi, dit-elle. Et je n'arrive pas à savoir pourquoi.

Alan connaissait la réponse. Elle avait pensé lui faire une faveur ce soir. Et le soir d'avant. Il n'était pas le plus beau gosse du monde, et elle s'était dit qu'il était facile à prendre. Mais maintenant qu'il était hors de portée, elle était contrariée. Il garda ses pensées pour lui.
Et se contenta de dire :
— Ça m'est déjà arrivé auparavant.
Elle resta silencieuse pendant quelques instants, puis lâcha un petit cri. Plus comique que primal, et cela parut lui rendre sa bonne humeur.
— Pourquoi venir dîner alors ? demanda-t-elle.
— Parce que je vous aime bien. Parce qu'on est au milieu de nulle part.
— Parce que vous êtes seul.
— Aussi.
— Je crois que vous êtes absolument vide.
— C'est moi qui vous l'ai dit.
— Peut-être pas vide. Plutôt vaincu.
Alan haussa les épaules.

— Qu'est-ce qui vous a rendu comme ça ? Il n'y a pas de lumière là-dedans.

Elle se pencha en avant pour tapoter du doigt sa tempe. Ses seins se posèrent, brièvement, sur son genou, et il sentit en lui un frisson d'excitation.

Alan avait réfléchi à cette question pendant presque toute la dernière décennie. Après le divorce, il avait éprouvé de la colère pendant des années, mais dans le même temps il était vivant. Il avait ri, était sorti avec des femmes, avait apprécié les choses qu'il était censé apprécier. Mais désormais il était différent. Il se trouvait dans une situation où il aurait dû prendre beaucoup de plaisir — comme lorsqu'un cousin lui chantait une chanson irlandaise dans un bar, ou que la fillette d'un ami lui faisait une démonstration de trottinette — et il souriait en espérant avoir un sourire chaleureux. Mais il n'éprouvait aucune chaleur. Il n'avait qu'une envie, c'était de rentrer chez lui. Il voulait être seul. Il voulait regarder son DVD des Red Sox en buvant l'eau-de-vie de Hanne.

— Il y a des théories selon lesquelles on pourrait dire que vous ne vous êtes jamais remis de votre ex-femme. Que vous êtes resté figé.

Alan ne s'intéressait pas aux théories, et il le dit à Hanne.

— Vous pourriez me caresser au moins ? fit-elle.

Alan la regarda. Hanne le fixait droit dans les yeux.

— Bien sûr, fit-il.

Elle se leva dans la baignoire, fit volte-face, et se rassit en lui tournant le dos. Elle se laissa aller contre lui, le poids de son corps n'étant pas sans rappeler le tablier de plomb d'un dentiste. La main d'Alan se glissa entre ses jambes mouillées, ses doigts à elle guidant les siens.

— Vous avez assez de place ? demanda-t-elle.

— Pas vraiment, répondit-il.

Elle se redressa de quelques centimètres.

— C'est mieux ?

— Oui.

Elle s'affaissa à nouveau sur lui.

Il pinça son clitoris. Elle inspira brièvement. Puis poussa un gémissement. Il venait de commencer mais elle se mit à faire de plus en plus de bruit. Elle faisait des sons beaux, gutturaux, étranges, et il sentit à nouveau un frisson d'excitation. Il se demanda s'il n'allait pas bander. Il éprouva comme des picotements, mais cela passa.

Elle imprima un mouvement circulaire à ses doigts. Puis en huit. Elle avait les yeux fermés, et il savait qu'elle était très loin, dans la chambre d'un adolescent ou sur une plage, et dans son esprit il était quelqu'un d'autre — un homme plus jeune et plus fort. Un homme vivant, un homme libre. Il continua de faire des cercles, de pincer, de remuer. Elle se mit à respirer bruyamment et de façon irrégulière, et son corps s'alourdit contre lui.

Il avait récemment lu des magazines truffés de prédictions futuristes, par exemple la certitude que nous aurons bientôt des ordinateurs intégrés à des lentilles de contact et que nous serons capables d'accéder à n'importe quelle information à travers le monde via nos seuls yeux. Que nous créerons des organes plus performants, que la nanotechnologie nous permettra d'introduire des agents anticancéreux dans nos propres corps, que nous vivrons jusqu'à deux cents ans. Les gens s'inquiétaient de voir l'être humain devenir un robot, mais nous ressemblions déjà tellement à des robots, nous étions programmés et si faciles à manipuler. Nous étions faits de boutons, de circuits, et tout cela pouvait être répertorié, expliqué, reprogrammé, calibré. Le mouvement mécanique d'une extrême simplicité qui était nécessaire pour remuer cette curiosité, le clitoris — en haut, en bas, autour —, afin de provoquer le plus grand des plaisirs, paraissait ridiculement facile. Et nous le faisions, parce que cela créait un certain état de béatitude. Nous poussions les boutons pour fournir une récompense. Encore une fois, le plus grand intérêt d'un être humain était de se rendre utile. Non pas de consommer, ni de regarder, mais de faire quelque chose pour autrui, quelque chose qui améliore l'existence de l'autre, ne serait-ce que pour quelques minutes.

— Plus vite maintenant, souffla-t-elle, son accent devenant soudain plus prononcé.

Il accéléra le rythme. Il frotta, tourna, et sa respiration devint encore plus laborieuse. D'une main elle agrippait la sienne, de l'autre elle empoignait ses seins, à tour de rôle. Les caresses d'Alan se firent plus pressantes, et elle hurla presque. Il avait eu une vraie aptitude pour ce genre d'exercice il y a des années. Les orgasmes délirants de Ruby, la façon qu'elle avait de secouer la tête encore et encore dans une pluie de *non* provocateurs, de le fouetter avec ses cheveux à chacun de ses mouvements.

Bientôt Hanne fut prise de spasmes entre les *oui* et les *plus vite*. L'eau déborda de la baignoire. Son dos se cambra, elle atteignit le sommet et c'était fini.

Elle se tourna vers lui, toucha sa joue, ses lèvres. Elle scruta ses yeux, avec ferveur, pour savoir si elle avait percé la carapace, si elle l'avait changé. Ne détectant rien, elle fit volte-face, regarda le mur carrelé. Elle pressa son dos contre lui et rit. Viendrait un temps où le monde créerait des êtres plus forts qu'eux. Un temps où tout cela se résoudrait. Mais pour l'instant, les femmes et les hommes étaient imparfaits, à l'instar de Hanne et d'Alan, et ils ne sauraient jamais comment atteindre la perfection.

XXIII

C'était le week-end en Arabie saoudite et un tel laps de temps libre n'était pas bon pour Alan. Il n'avait rien à faire. Il regarda la télé pendant une bonne partie de la matinée, puis il descendit à la salle de sport. Il s'assit sur trois machines, poussa et tira en se sentant rouillé, et regagna sa chambre moins d'une demi-heure plus tard. L'après-midi arriva avant qu'il ait déjeuné. Il commanda donc une omelette et un pamplemousse. Il mangea sur le balcon lumineux en observant les pêcheurs miniatures sur un ponton en contrebas.

À l'intérieur, Alan appela son répondeur : cent dollars pour apprendre que Jim Wong, auquel il en devait quarante-cinq mille, avait pris rendez-vous avec un avocat.

— C'est par précaution, disait Jim. Je sais que je peux compter sur toi, mais je veux juste assurer mes arrières.

Voilà pour le premier message. Le deuxième était encore pire.

Kit avait décidé de travailler durant l'automne dans une coopérative alimentaire de Jamaica Plain. Elle ne voulait même plus retourner à la fac, disait-elle.

Cause toujours, pensa Alan.

Annette, la veuve de Charlie Fallon, avait aussi laissé un message lui demandant des doubles des lettres qu'Alan aurait pu recevoir de Charlie. Comment pouvait-il lui avouer qu'il les avait jetées ? J'ai pensé que Charlie perdait la boule. Non, Alan ne pourrait pas dire cela. Il ne le dira pas.

Il vérifia ses e-mails et découvrit que les jeunes gens de Reliant étaient partis à Riyad. *J'espère que ça ne vous pose pas de problème !!!* écrivait Rachel dans son message. *On voulait faire un tour dans cet endroit de folie !!* précisait Brad dans le sien.

Alan ne tarda pas à regarder le réveil, et il découvrit une espèce de bonne nouvelle : il était dix-huit heures, et il pouvait se permettre d'ouvrir son siddiqi. Hanne l'avait renfloué, et il songea tendrement à elle tout en prenant un verre propre dans la salle de bains et en se versant deux doigts d'alcool.

Il sirota. La concoction descendait facilement. Quelques jours plus tôt, le goût était âcre, déplaisant, mais à présent la gnôle était presque douce, lui murmurait à l'oreille *mon ami, mon ami*, alors qu'il vidait le premier verre.

Il se tint debout et s'aperçut qu'il avait déjà la tête plus légère, les membres plus lourds. Celle-ci était plus forte que la précédente. Hanne l'avait averti en le saluant, les cheveux encore mouillés, sur le seuil de sa porte.

— À un de ces quatre, lui avait-elle dit.

Alan se servit un autre verre et l'emporta dans la salle de bains. Il le vida à moitié, puis enleva le pansement que le Dr Hakem lui avait mis. La plaie semblait à vif, enflammée, et il eut soudain le sentiment qu'elle se trompait probablement. Les médecins avaient souvent tort pour ce genre de choses, n'est-ce pas ? Ils examinaient une tache, une grosseur, et affirmaient que c'était bénin, mais ensuite le truc s'étendait, grossissait, noircissait, et mort et poursuites judiciaires s'ensuivaient.

Alan finit son siddiqi et s'en servit un autre. Le deuxième verre faisait toujours le plus de bien. C'était comme un décollage. Un état d'apesanteur. Les choses bougeaient à présent. Les choses se produisaient. Il regagna le balcon avec un sentiment d'ivresse, de bien-être.

Charlie Fallon avait perdu les pédales, Alan en était sûr. Glisser des pages et des pages transcendantalistes dans sa boîte aux lettres ? C'était l'œuvre d'un malade mental. Tout — les lettres, les coupures de journaux, les photocopies — parlait de Dieu et de la communion avec la nature. C'était le genre de choses qui touchait Charlie. Grandeur, grandeur, tel était le mot qu'il aimait particulièrement. Grandeur, admiration, sacré, communion, communion avec le monde extérieur. « Alan, toutes les réponses sont dans l'air, les arbres, l'eau ! » écrivait-il dans les marges de tel ou tel manifeste de Brook Farm. Et ensuite, il avait marché dans un lac gelé et s'était laissé mourir de froid. Était-ce cela son idée de la communion ?

Charlie avait deux filles, Fiona et l'autre ; Alan ne parvenait pas à se souvenir de son nom. Elles étaient toutes les deux plus âgées que Kit, trop pour pouvoir jouer ensemble quand elles étaient petites. Elles avaient les cheveux raides, les yeux écartés, et chacune tenait la tête penchée en avant, vers le bas, comme un chapeau suspendu à une patère.

Il y avait eu cette fois avec Fiona, cet étrange feu dans l'arbre. L'après-midi était sombre, une bruine tombait accompagnée de quelques rafales de vent hystériques. Alan rentrait tôt chez lui en voiture ce jour-là lorsqu'il vit Fiona debout dans la rue en train de regarder en l'air. Elle devait avoir seize ans à l'époque. Il arrêta la voiture et baissa la vitre.

— Tu es bien courageuse d'être dehors par un temps pareil, dit-il.

Elle avait son téléphone portable à la main, le visage tourné vers le ciel.

— Tu fais une expérience scientifique ou quelque chose comme ça ?

Elle sourit.

— Bonjour, monsieur Clay. Cet arbre est en feu, fit-elle en désignant du doigt un grand chêne.

Alan descendit de voiture et distingua quelques minuscules flammes tremblotant dans un creux de l'arbre, à environ six mètres de hauteur. Le feu était gros comme un écureuil et était situé précisément où aurait pu se trouver l'animal.

— Le poteau électrique est tombé, dit-elle.

À côté de l'arbre, le poteau était cassé en deux. Dans sa chute, il avait arraché un câble qui pendait dénudé, et une étincelle avait allumé un petit tas de feuilles mortes.

Elle avait déjà appelé les pompiers, donc ils restèrent là, tous deux debout à observer le feu blanchir à chaque petit coup de vent.

Une sirène retentit dans le lointain. Les secours étaient en chemin.

— Bon, c'est tout, conclut-elle. À plus tard, monsieur Clay.

Elles étaient adultes à présent, Fiona et l'autre. Où étaient-elles ? Alan les avait vues à l'enterrement. Elles n'avaient pas changé pour ainsi dire, elles semblaient trop jeunes. Mais elles ne l'étaient pas tant que ça. Elles avaient eu un père, il avait tenu bon suffisamment longtemps. *La paternité tue les pères.* Quelqu'un avait lancé cela pour rire une fois pendant une partie de golf. Mais Charlie en avait assez fait. C'était tout ce qui comptait. Elles avaient eu un père, elles avaient grandi et étaient devenues adultes, et maintenant il n'était plus là. Tout cela semblait plutôt dans l'ordre des choses. Ou peut-être que non.

Un homme bien, un homme gentil, un homme gelé sur les rives boueuses d'un lac entouré de personnes en uniforme tentant de le ramener à la vie.

Alan rentra et s'empara d'une feuille de papier.

« Kit, il suffit de vivre suffisamment longtemps pour décevoir tout le monde. Les gens croient que tu es capable de les aider mais en général tu ne le peux pas. Donc il s'agit de choisir une ou deux personnes pour lesquelles tu t'efforceras de te montrer à la hauteur. Cette personne dans ma vie, que je suis déterminé à ne pas décevoir, c'est toi. »

Non, non. Trop con. Merde. Il avala une nouvelle gorgée d'eau-de-vie et recommença.

« Kit, quand je voyageais beaucoup, je rentrais parfois alors que tu étais déjà endormie, et je savais que le lendemain je serais parti quand tu te réveillerais. Tu devais avoir trois ans à l'époque. On vivait à Greenville, dans le Mississippi. Tu as adoré cet endroit pendant un temps. On avait un grand terrain. Plus de quatre hectares. Ta mère détestait. Mon Dieu, ce qu'elle a détesté le Mississippi. Mais je rentrais tard. C'était le bordel à l'usine. Les ouvriers n'avaient aucune idée de ce qu'ils faisaient. Tout Schwinn avait déménagé là-bas, et c'était un désastre. Tu portais encore des couches, même si tu n'aurais peut-être pas dû. Mais parfois tu te réveillais la nuit parce que tu avais fait pipi, et je me levais pour te changer. Je m'assurais que ta mère me laisse faire, et je te changeais. Je ne voulais pas te réveiller complètement, je ne voulais pas que tu t'inquiètes, mais j'espérais que tu ouvrirais les yeux suffisamment longtemps pour savoir que c'était moi. Je n'étais pas assez présent à l'époque, et je voulais juste que tu me voies. Ouvre tes yeux, pensais-je. Juste pour savoir que c'est moi. Voilà ce que je me disais intérieurement. Ouvre tes yeux assez longtemps pour savoir que c'est moi. »

Non, non. Sûrement inutile. Pas une phrase de valable. Ça suffit pour ce soir, songea Alan, et il se récompensa avec une longue gorgée.

Bientôt il se sentit satisfait, la chaleur du siddiqi l'inondait. Grandeur, pensa-t-il. Voilà de la grandeur. Il s'installa sur le lit, tomba sur un vieux match des Red Sox sur le câble, et s'endormit avant vingt et une heures.

Le lendemain matin, il eut enfin Youssef au téléphone et lui proposa de venir pour déjeuner. Non, je ne peux pas, dit Youssef. Pas pour l'instant. Il se cachait chez un cousin, et avait peur de sortir. Les textos du mari et de son homme de main étaient devenus plus menaçants.

Alan déjeuna au restaurant de l'hôtel en lisant l'*Arab News* et en observant un groupe d'hommes d'affaires européens et saoudiens attablés face à lui. Il entendit des éclats de rire longs et sonores. Deux femmes occidentales discutaient avec le concierge. Elles portaient des foulards sur la tête mais le reste de leur tenue ne faisait aucun compromis — pantalon moulant et talons hauts. Elles parlaient trop fort, et gloussaient par intermittence. Elles se renseignaient sur les plages.

Dans l'après-midi il se rendit à la salle de fitness, y passa une heure en prétendant faire de l'exercice sur les machines, et se récompensa avec un faux-filet et le reste de l'eau-de-vie.

Lorsqu'il se sentit bien, libéré de toute autocensure, il chercha à être cohérent avec Kit. Il essaya de traiter ses inquiétudes, ses récriminations une par une. Sur son ordinateur, il tapa comme un fou.

« Kit, dans ta lettre tu mentionnes l'histoire du chien. »

Kit avait six ans. Ils venaient de quitter tous trois l'église, une femme passait par là avec son chien tirant sur sa laisse, un beagle. Ruby demanda si le chien était gentil, la femme répondit oui, et c'est alors que l'animal sauta au visage de Kit et lui mordit le menton. Nom de Dieu ! cria Alan à portée de voix du prêtre et du reste de la congrégation. Il donna un coup au chien qui se recroquevilla en gémissant comme s'il avait conscience à la fois de sa faute et de son destin.

« Le sang coulait dans ta bouche et sur ta robe bleue, et tu hurlais devant des centaines de gens. Oui, ta mère a dit : Ce chien sera mort mercredi. J'étais là. Je l'ai entendu aussi.

Et le chien a effectivement été piqué cette semaine-là. Je sais que tu es persuadée que cela était le signe de sa froideur ou de son sadisme, mais… »

Alan marqua une pause. Il avala une autre longue gorgée.

Il y avait une précision terrifiante, clinique, dans la façon dont Ruby avait prononcé cette phrase, non ? Mais un chien qui attaque comme ça, qui mord une petite fille, il faut le faire piquer. Quelle faute avait-elle commise ? Avoir raison ?

Alan se remémora le venin dans ses paroles. *Ce chien sera mort mercredi.* Sans compter sa présence d'esprit ! Dans les secondes qui suivirent l'incident, Alan paniqua, s'emmêla les pédales, se demanda s'il devait foncer à pied avec Kit à l'hôpital situé à une douzaine de pâtés de maisons de là, ou appeler les urgences, ou la mettre dans la voiture et la conduire jusque-là. Mais Ruby condamnait déjà l'animal. Quel sens de l'anticipation !

Après la mort du chien, les propriétaires envoyèrent une photo à Alan et Ruby. Ou plutôt la déposèrent. Une enveloppe dans leur boîte aux lettres avec une photo du chien à l'intérieur, à une époque plus heureuse, un bandana autour du cou.

Mais assez parlé du chien. Il avait réglé le sujet du chien. Il se resservit, et but encore. Il restait la conduite en état d'ivresse, la fois où Ruby avait fait du tri dans les affaires de Kit pendant qu'elle était à l'école, l'étrange présence des petits amis de sa mère aux moments importants de la vie de sa fille, comme sa confirmation et sa remise de diplôme…

Il se sentait bien, malgré les lettres. Il se sentait plein d'entrain, de souplesse. Il avait envie d'aller courir. Il se leva. Il ne pouvait pas aller courir. Il téléphona au room service et commanda un assortiment de pains et de gâteaux. Pour être présentable devant le valet de chambre, il se brossa les dents, se recoiffa, et face au miroir il eut une idée. Il lui fallait une épingle à nourrice.

Il fouilla les tiroirs de la chambre en vain. Il regarda dans le placard et trouva un kit de couture. Encore mieux.

Le pain arriva, et il signa la facture en retenant son souffle. Il ne voulait pas avoir d'ennuis avec la Mouttawa. Alan s'était lavé les dents, certes, mais le valet de chambre aurait peut-être la puce à l'oreille. Alan lui jeta un regard en coin pendant qu'il déposait le plateau sur le lit. Il avait l'air inoffensif. Il ne s'intéressait pas à Alan, et il partit. Alan ferma la porte derrière lui et se sentit fabuleusement bien. Il s'allongea et mangea les gâteaux en relisant ce qu'il avait écrit à Kit jusque-là. Cela n'avait aucun sens.

« Je ne ferai pas comme Charlie, au cas où tu te poserais la question », écrivit-il, puis il ratura. Kit ne penserait jamais à un truc pareil pour commencer. Reste concentré, se dit-il.

« Oh mon Dieu, Kit, je regrette tellement cette période à Greenville. Et j'ai participé pleinement à cette stupide décision. Les syndicats nous tenaient à la gorge à Chicago et nous avons décidé de déménager dans le Mississippi, où aucune organisation ne viendrait nous mettre des bâtons dans les roues. Oh quel bordel c'était ! On fabriquait des vélos de merde là-bas. On a bazardé cent ans d'expérience.

Et nous qui pensions que ce serait plus efficace. Ça a été tout le contraire. Et j'étais constamment absent. J'étais déjà sur Taïwan et la Chine. J'ai raté plusieurs années de ton enfance pendant que j'étais là-bas. Je ne voulais pas être à Taïwan en fait, mais tout le monde y allait. J'ai raté quelques-unes de tes années importantes et je le regrette. Nom de Dieu ! Plus efficace sans les syndicats, virons-les. Plus efficace sans les ouvriers américains, virons-les. Pourquoi je ne l'ai pas vu venir ? Plus efficace sans moi aussi. Merde, Kit, nous avons rendu la production tellement efficace que je suis devenu inutile. J'ai tout fait pour que ma présence devienne sans importance.

Mais ta mère était là. Même si elle a fait des choses qui t'ont déplu, je veux que tu saches que tu es qui tu es grâce à elle, grâce à sa force. Elle savait quand être un remorqueur. C'est elle qui a trouvé le terme, Kit. Le remorqueur. Elle était constante, elle contournait les dangers qui menaçaient. Tu crois que c'est moi l'élément stabilisateur maintenant, mais sais-tu que c'était ta mère pendant tout ce temps ? »

Il sut dès qu'il eut fini d'écrire ces mots qu'il n'enverrait rien. Il était à côté de la plaque. Mais alors pourquoi se sentait-il si fort ?

Il s'approcha du miroir et saisit une aiguille à coudre. Il pensait au truc pour savoir si un gâteau est cuit — on plante un cure-dents dans la pâte, et on voit si ça colle. S'il reste propre, le gâteau est prêt.

Il chercha une allumette. Il n'en avait pas. Il était saoul et il en avait marre de courir après les affaires. L'aiguille semblait suffisamment stérile. Il se retourna vers le miroir, prit la boule dans sa main gauche, et approcha l'aiguille avec la droite. Il savait ce qu'il ressentirait ; il s'était déjà percé la peau auparavant. Mais maintenant il fallait qu'il aille plus profond, suffisamment profond pour que le cancer quel qu'il soit puisse adhérer à l'aiguille. Bien sûr qu'il adhérerait. Les corps étrangers collent aux corps étrangers.

Il vaudrait mieux faire vite, songea-t-il intérieurement, et il enfonça l'aiguille. La douleur fut vive, incandescente. Il eut l'impression qu'il allait s'évanouir. Mais il resta debout, et enfonça encore l'aiguille. Il fallait au moins aller à trois centimètres de profondeur. Il poussa, tourna, et comme par miracle la douleur s'atténua. Elle était sourde à présent, elle palpitait dans tout son corps, dans son cœur, au bout de ses doigts, et c'était très agréable.

Il retira l'aiguille, s'attendant à voir quelque chose de gris ou de vert, les couleurs de l'avilissement. Mais il ne distingua que du rouge, un rouge visqueux, tandis que de sinueux filets de sang dégoulinaient à nouveau dans son dos.

Il se sentit bien, satisfait, tout en essuyant le sang et en lavant l'aiguille. C'est un progrès, pensa-t-il.

Le lendemain, la semaine de travail saoudienne commencerait. Il était à moitié ivre mais prêt à faire face à la situation. Il téléphona à Jim Wong, et lui dit d'aller se faire voir, que de l'argent arriverait bientôt, et que s'il le voulait il fallait qu'il ait des couilles et qu'il se souvienne de leur amitié. Il sauta une dizaine de fois sur place en écartant les jambes et en frappant des mains au-dessus de sa tête, puis il appela Eric Ingvall et prétendit que le roi viendrait dans la semaine et que tout serait au point. Ingvall n'avait aucune preuve du contraire et Alan pourrait toujours se rétracter. Et de toute façon, Ingvall pouvait bien aller se faire mettre avec un putain de poteau téléphonique. Alan se sentait fort. Il fit deux pompes et se sentit encore plus fort.

Il réajusta son pansement, finit l'eau-de-vie et se coucha. Grandeur, songea-t-il, et il rit. Il parcourut la chambre du regard, s'arrêta sur le téléphone, le plateau, les miroirs, les serviettes tachées de sang. Voilà de la grandeur, dit-il à haute voix, et il se sentit très satisfait de ce qui l'entourait.

XXIV

Le lendemain matin, Alan était en forme et il prit la navette avec les jeunes gens. Le soleil, encore plus chaud que les jours précédents, hurlait des obscénités au-dessus de sa tête mais il n'écoutait pas. Il parla d'une voix forte aux jeunes gens, élabora des plans. Aujourd'hui, leur dit-il, il obtiendrait au moins un semblant de calendrier. Qu'ils sachent à quoi s'en tenir, qu'on leur montre un peu de respect. Il s'occuperait non seulement du wi-fi mais aussi de la climatisation. Il se sentait prêt à tout, et puisqu'il n'avait embêté personne dans la boîte noire depuis un moment, il s'y rendrait directement, il irait les solliciter, les interroger autant qu'il lui plairait.

— Waouh, Alan, d'où vous vient toute cette pêche ? s'exclama Rachel.

Alan n'en avait pas la moindre idée.

Il laissa les jeunes gens à la tente et partit à grandes enjambées vers la boîte noire.

— Bonjour, dit Maha.

— Bonjour, Maha. Comment allez-vous ? Est-ce que Karim al-Ahmad est là aujourd'hui ?

Alan s'entendit parler comme un représentant de commerce venu d'un autre âge. Sa voix était forte, assurée, presque autoritaire.

Argent ! Conte de fées ! Autoconservation ! Reconnaissance !

— Non, je regrette.

— Et a-t-il dit s'il viendrait ?

Maha paraissait le regarder différemment. Maintenant qu'il s'exprimait fort, avec vivacité, maintenant qu'il avait des attentes. Elle semblait se recroqueviller devant lui.

— Je ne crois pas, répondit-elle doucement. Il est à New York.

— Il est à New York ?

Alan criait presque à présent.

— Est-ce que Hanne est là ?

— Hanne ?

Alan s'aperçut qu'il ne connaissait pas son nom de famille.

— Une Danoise ? Blonde ?

Il voulait poser une question mais son dernier mot résonna comme un ordre : *blonde* !

Maha perdit ses moyens et resta silencieuse.

Alan saisit la balle au bond.

— Je vais monter la voir.

Que s'était-il passé ? Le rendez-vous avec le Dr Hakem l'avait drôlement métamorphosé. Il était en bonne santé ! Il se sentait fort ! Il subirait bientôt une petite opération qui le rendrait encore plus puissant ! Il partirait à la conquête du monde, à la conquête du monde ! Blonde !

Il traversa le hall en direction de l'ascenseur. Maha ne broncha pas. Il avait le sentiment d'être capable de voler jusqu'au deuxième étage mais préféra prendre l'ascenseur. Une fois à l'intérieur, comme si la cabine était en kryptonite, il réintégra son moi initial, son pouvoir se volatilisant d'un seul coup.

Lorsqu'il arriva à l'étage de Hanne, il se dirigea vers son bureau, mais il était vide. Elle semblait ne pas être venue ce jour-là.

— Puis-je vous aider ?

Alan se tourna, et se retrouva face à un jeune homme, pas plus de la trentaine, en costume noir et cravate violette.

— Je cherchais Hanne.

Alan cherchait à s'exprimer comme l'homme qu'il était dans le hall d'entrée, mais ne trouvait pas le bon registre. La consultante danoise !

Ah voilà. Était-ce juste une question de volume ? Un poil au-dessus de la courtoisie et on vous prenait pour un président. L'attitude de l'homme changea immédiatement. Il se redressa, adopta un visage plus formel. Le volume faisait toute la différence si on voulait ne pas être traité comme un moins-que-rien mais comme quelqu'un de potentiellement important.

— Je suis désolé, elle est à Riyad aujourd'hui. Puis-je vous aider ?

Alan tendit le bras.

— Alan Clay. Reliant.

L'homme lui serra la main.

— Karim al-Ahmad.

Celui après lequel il courait depuis tout ce temps.
— Vous n'êtes pas à New York, fit Alan.
— Non effectivement, répondit al-Ahmad.
Ils restèrent là debout un moment. Al-Ahmad le dévisagea. Alan ne sourcilla pas. Finalement le visage d'al-Ahmad s'adoucit et afficha un sourire lisse.
— Peut-on se voir cinq minutes, monsieur Clay ?

La salle de réunion offrait une vue panoramique. On voyait le canal, le centre d'accueil et l'eau au-delà. Après s'être excusé d'avoir tardé à rencontrer Alan, al-Ahmad s'efforça de l'accueillir au mieux.
— Un soda ? Un jus de fruits ?
Alan accepta un verre d'eau tout en continuant de se demander pourquoi cet homme inatteignable était dans le bâtiment quand la réceptionniste avait prétendu le contraire.
— La jeune femme de l'accueil m'a dit que vous n'étiez pas là aujourd'hui.
— Je suis désolé, c'est une erreur. Elle est nouvelle.
— Étiez-vous présent ces derniers jours ?
— Non.
Alan fixa Karim al-Ahmad. Il était jeune, beau, trop parfait, comme sculpté dans le chrome et le verre. Ses dents étincelaient, les pores de sa peau étaient invisibles. À le voir, si frais et si bien mis, et à l'entendre parler avec cet accent anglais très chic, Alan avait du mal à lui accorder le bénéfice du doute. Les méchants dans les films étaient incarnés par des hommes comme lui. Précisément à ce moment, comme s'il devinait les pensées d'Alan, al-Ahmad eut une sorte de sourire d'excuse qui le fit grimacer et le rendit un peu moins beau.

— La façon dont nous vous avons traité jusqu'à présent est inacceptable.

Alan était d'accord. Inacceptable.

— Je vous promets qu'aucun fournisseur n'est plus important à nos yeux que Reliant.

Alan décida de le prendre au mot.

— Je suis heureux de vous l'entendre dire. Mais nous avons des problèmes.

— Je suis là pour les résoudre.

Al-Ahmad sortit un carnet relié, un stylo-plume dont il ôta le capuchon, et se tint prêt. La théâtralité de son attitude troubla Alan mais il prit le parti de s'en accommoder.

— Nous ne pouvons pas faire notre présentation dans cette tente.

— Et pourquoi ?

— Nous avons besoin d'une ligne fixe.

— C'est impossible.

— Il nous faut au moins une connexion wi-fi qui marche.

— Je m'en occupe. Quoi d'autre ?

— La climatisation ne fonctionne pas. C'est dur pour mon équipe.

— Ce sera réglé dans les plus brefs délais. Quoi d'autre ?

— Comment peut-on manger ? Nous apportons de la nourriture de l'hôtel.

— Dès demain, nous vous ferons servir des repas par un traiteur.

Alan se sentait immensément puissant. Il ignorait si tout cela allait se produire, mais il était content de faire comme si. Il aborda la question cruciale.

— Combien de temps allons-nous attendre le roi ?

— Je ne sais pas.
— Vous ne pouvez pas nous donner une fourchette ?
— Une quoi ?
— Nous dire approximativement quand il viendra ?
— Non, je n'en ai aucune idée.
Al-Ahmad écarta son carnet.
— C'est une question de jours ?
— Je ne sais pas.
— De semaines ?
— Je ne sais pas.
— De mois ?
— J'espère que non.

Alan n'avait rien d'autre à dire. L'homme lui avait donné ce qu'il demandait. Il s'était bien douté qu'il ne serait pas capable de le renseigner sur le roi de toute façon. Il était résigné sur le fait que personne ici n'était en mesure de savoir quoi que ce fût sur les allées et venues royales. Satisfait et pressé d'annoncer les nouvelles à l'équipe, il se leva et tendit la main à al-Ahmad. Tandis qu'ils se saluaient, une chose curieuse attira le regard d'Alan, au loin sur le canal.
— C'est un yacht ?
— Oui. Il est arrivé hier. Vous aimez naviguer ?

En quelques minutes, Alan et Karim al-Ahmad furent conduits jusqu'au canal, on leur montra les rouages du vaisseau, un yacht de neuf mètres, prévu pour la pêche au gros, blanc et immaculé. Flambant neuf, il comptait trois milles nautiques au compteur.
— Avez-vous déjà conduit quelque chose comme ça ? demanda al-Ahmad.

Une trentaine d'années plus tôt, Alan avait piloté un bateau similaire mais qui valait tout de même quelques millions de moins. Il brûlait néanmoins d'envie d'essayer celui-ci.

— Quelque chose qui y ressemblait, répondit-il.

— Excellent, dit al-Ahmad.

L'homme qui s'occupait du navire, un gringalet nommé Mahmoud, échangea quelques mots en arabe avec al-Ahmad, ce dernier s'efforçant, présuma Alan, de convaincre Mahmoud de le laisser piloter le yacht sur le canal. C'était le genre de privilège auquel Alan était habitué en tant que cadre — ou auquel il était habitué avant. Il y avait des Aston Martin à tester, des petits avions à hélices dont on pouvait brièvement prendre les commandes. Mais plus que tout il y avait la pêche. Les types de Schwinn favorisaient une culture de la pêche, sur le lac Michigan ou ailleurs. Des week-ends sur le lac Léman étaient organisés avec les vice-présidents et quelques-uns des meilleurs détaillants triés sur le volet. Alan se languissait de tout cela.

Al-Ahmad lui tendit les clés.

— Je vous fais confiance pour nous diriger.

Alan mit la clé dans le contact et tourna. Le moteur vrombit instantanément. Alan se demanda quelle vitesse et quelle direction il serait prudent d'adopter ici, dans un canal dont il ignorait la profondeur. Se prolongeait-il jusqu'à la mer, ce qui lui permettrait de naviguer au large ?

— Tant qu'il n'y a pas de bancs de sable cachés, tout va bien, déclara Alan, et ils rirent tous deux car le canal était aussi plat et clair qu'une piscine.

Alan mit les gaz. Ils s'éloignèrent du ponton et glissèrent bientôt sur les eaux turquoise du canal. Elles étaient intactes — aucun débris ne flottait à la surface, aucune rayure n'entachait le fond.

L'air, étouffant quelques instants plus tôt, était à présent divinement rafraîchi par une brise légère qui soufflait sur leurs cheveux par-derrière. Alan se tourna vers al-Ahmad. Il souriait de toutes ses dents en haussant les sourcils comme pour dire : *Je nous ai arrangé le coup ou quoi ?* Alan aimait l'homme, il aimait le bateau, et le canal, il aimait cette ville en devenir.

Il y avait sur leur droite d'autres fondations d'immeubles, et ils aperçurent en aval une passerelle piétonne enjambant l'eau. Al-Ahmad expliqua en détail les projets immobiliers dans cette partie de la ville.

— Vous vivez à Chicago, n'est-ce pas ? dit-il.

Cela ressemblerait un peu à ça, poursuivit-il, un peu comme Venise. Avec des promenades de part et d'autre du canal, beaucoup de pontons, de restaurants bon marché, de bateaux-taxis. C'était un choix esthétique mais aussi une décision environnementale. La pollution dans les environs de Djedda avait tendance à stagner dans l'air, et il y avait les rejets des usines de plastique, donc ils essayaient de réduire au maximum les émissions. Les gens pourraient aller travailler en kayak.

— Prendre un vélo flottant, engager un gondolier, ou autres, s'exclama al-Ahmad. Tournez ici.

Le canal se séparait en deux voies d'eau plus étroites. Alan s'engagea dans l'une, et vit bientôt défiler sous ses yeux le chantier du district financier, l'endroit que l'architecte américain avait évoqué à la fête de l'ambassade. Il n'y avait pas grand-chose pour l'instant si ce n'était un énorme disque de terre cerné d'eau, mais cela n'en était pas moins impressionnant. Ces tours en verre qui s'élèveraient et se refléteraient dans cette eau cristalline.

Alan voulait rester ici. Il avait envie de voir la ville grandir, il voulait être un des premiers propriétaires. Peut-être à Marina del Sol. Qu'avaient-ils prévu comme appartements là-bas ? Quand il aurait signé ce marché, il pourrait se le permettre. Et les choses semblaient bien parties maintenant. Il s'agissait juste d'attendre son heure. Al-Ahmad l'aimait bien, lui faisait suffisamment confiance pour lui permettre de piloter un yacht d'un blanc étincelant sur les eaux vierges de la ville. Alan s'inscrivait déjà dans l'histoire primitive de ces lieux. Il fit deux fois, trois fois, le tour de l'île dédiée à la finance.

Ils étaient tous deux des hommes heureux, des visionnaires. Pour la première fois depuis son arrivée, Alan eut le sentiment d'être à sa place.

Il entra en trombe dans la tente. Deux des trois jeunes gens travaillaient devant leur ordinateur. Cayley dormait dans un coin. Il la réveilla, les rassembla, leur annonça les bonnes nouvelles et, plus ou moins instantanément, ils redevinrent les êtres motivés et compétents que Reliant avait engagés.

En moins d'une heure, la connexion wi-fi était suffisamment forte pour travailler. Al-Ahmad avait tenu sa promesse et se révélait être, au grand soulagement d'Alan, un homme efficace. Peu de temps après, des techniciens répareraient la climatisation. Avant le début de l'après-midi, il faisait un petit vingt degrés et les jeunes gens avaient installé tout l'équipement — les écrans, les projecteurs, les haut-parleurs. Ils avaient collé du gaffeur sur le podium pour leurs placements, et brièvement répété.

Aux environs de seize heures, ils étaient prêts à tester l'hologramme. Ils contactèrent le bureau de Londres, le plus proche avant-poste de Reliant ayant la technologie nécessaire, et à dix-sept heures, au moment même où la navette arrivait, ils avaient procédé à deux démonstrations complètes de vingt minutes chacune. Tout avait parfaitement fonctionné. C'était époustouflant. Un de leurs collègues à Londres était apparu sur le podium dans leur tente au bord de la mer Rouge, avait répondu à des questions en direct, réagi aux propos de Rachel ou Cayley qui se trouvaient à des milliers de kilomètres de lui, tout en déambulant à leurs côtés. Seul Reliant possédait ce genre de technologie, seul Reliant pouvait, contre rémunération, installer un tel système. Élaborer le prototype aux États-Unis avait coûté une fortune, mais ils avaient trouvé un fournisseur en Corée capable de fabriquer les lentilles dont ils avaient besoin à un cinquième du prix qu'elles leur coûtaient en Amérique, et même encore moins chères si les Coréens les sous-traitaient dans une usine chinoise. Reliant ferait un profit considérable sur chaque pièce, certes, mais cette technologie numérique, qui faisait partie de leurs compétences de base en matière de télécommunication et les plaçait en pole position dans le domaine, leur permettait d'équiper toute une ville, et même de proposer quelque chose de magique. Alan croyait dur comme fer que la présentation, lorsque Abdallah arriverait, scellerait très vite l'affaire.

Lorsque la seconde démo fut achevée, il se mit à taper dans les mains de tout le monde, et chacun suivit son élan. Les jeunes gens rirent devant son enthousiasme. Ils rirent, mais avec un respect retrouvé pour sa personne. Il était un homme nouveau, un homme plein de vitalité. Ils savaient qu'il avait assuré. Il avait obtenu ce qu'il fallait, il avait pavé le chemin de leur succès, il était à nouveau le capitaine du vaisseau.

XXV

Alan ne vit pas passer les quelques jours suivants. Mais le mercredi, aux portes de KAEC, c'était l'anarchie. Pour la première fois depuis qu'Alan avait franchi ces arches, il y avait de la circulation. Dix véhicules roulaient à la queue leu leu devant la navette — des 4 × 4, des camions transportant des palmiers, une bétonnière, une file de taxis et de camionnettes. Tout le monde klaxonnait.

Dans la tente, les jeunes gens s'affairaient, réarrangeaient les chaises, fixaient les haut-parleurs avec du gaffeur, vérifiaient le fonctionnement des micros.

Rachel le vit en premier.

— C'est vraiment pour aujourd'hui ?

Alan n'en avait aucune idée.

— On dirait, fit-il.

Brad leva les yeux du projecteur.

— On sera prêts.

Sur un côté de la tente, une grande table, d'une bonne douzaine de mètres de long, avait été installée. Elle était recouverte d'une nappe blanche et des dizaines de plateaux argentés étaient posés dessus. Le traiteur avait déjà disposé la nourriture, un mélange de chaud et de froid, de plats saoudiens et occidentaux, allant des fèves au risotto en passant par le chawarma.

Des ouvriers pakistanais étaient en train d'installer en rangs une ribambelle de canapés blancs face au podium.

Alan quitta la tente, et fonça à la boîte noire pour voir s'il pouvait avoir des précisions quant à l'heure de la visite éventuelle. Il entendit le vrombissement d'un hélicoptère. Il leva les yeux et deux appareils volant à basse altitude atterrirent non loin du centre d'accueil. Il courut jusqu'à la porte d'entrée.

Maha derrière son bureau, qui n'avait pas été d'une grande aide jusqu'ici, sembla heureuse de lui parler. *Blonde !* Elle dit à Alan que la garde rapprochée du roi, si Sa Majesté devait venir ce jour-là, préviendrait de son arrivée vingt minutes avant l'heure prévue. En d'autres termes, Reliant devait se tenir prêt dès maintenant, et ce toute la journée.

Alan regagna la tente. Brad était sur le podium, assis en tailleur, tapant frénétiquement sur son ordinateur. Rachel et Cayley se tenaient debout en contrebas et téléphonaient. Alan s'approcha du jeune homme.

— On est prêts ?

— Dans deux minutes.

Deux minutes plus tard, alors que Brad venait d'annoncer qu'ils étaient prêts à tester le système avec leurs collègues de Londres, un homme qu'ils n'avaient jamais vu pénétra dans la tente. Saoudien, il était grand, vêtu d'une dishdasha blanche, et tenait un attaché-case. Il s'immobilisa dans l'entrée comme s'il hésitait à envahir leur espace personnel, et leva les mains pour attirer l'attention de ceux qui allaient et venaient à l'intérieur.

— Mesdames et messieurs, je regrette mais le roi ne viendra pas aujourd'hui. On vous a induits en erreur.

Il y avait eu un problème de transmission quelque part. Quelqu'un dans le service communication de Sa Majesté avait délivré une information non autorisée et erronée à quelqu'un de chez Emaar, et la nouvelle avait été à tort annoncée partout. Le roi entendait toujours venir à KAEC mais pas dans l'immédiat, il se trouvait en Jordanie, et y resterait les trois prochains jours.

L'humeur des jeunes gens s'apparenta, au moins pendant quelques instants, au désespoir. Alan eut le sentiment, en observant l'abattement de Brad, qu'il éprouvait la plus grande déception de sa vie. Rachel et Cayley, après un court moment de deuil, retournèrent à leurs ordinateurs respectifs, semblant somme toute satisfaites maintenant qu'il y avait des canapés, de la nourriture et une connexion wi-fi digne de ce nom. Elles s'assirent en grignotant un morceau et Brad resta allongé sur le podium entre les divers projecteurs, les genoux pliés et les jambes écartées, ce qui le faisait ressembler à un ours en peluche.

Alan alla faire un tour dehors. Il y avait encore de l'activité à l'extérieur, mais inversée en quelque sorte. Les camions de livraison partaient, les taxis et les pick-up avaient disparu, le site fermait ses portes.

Il parcourut les différents chantiers, remarquant çà et là les progrès du matin. Un vaste parterre de fleurs avait surgi autour de la boîte noire. La promenade était à présent encombrée de palmiers — ils avaient dû en planter une centaine ce jour-là. Au loin, il aperçut les fontaines autour du centre d'accueil, qui crachaient à présent de longues gerbes d'eau écumante.

Debout au pied des marches de la boîte noire, il remarqua un 4 × 4 noir émergeant du parking souterrain. Le véhicule s'arrêta à sa hauteur, la vitre se baissa, et une tête blonde et souriante apparut. C'était Hanne.

— Quelle effervescence ! lança-t-elle.

— Comme vous dites.

— Désolée pour la fausse alerte.

— Non, je vous en prie. C'est bien qu'on répète un peu.

— Je vais à Djedda. Vous voulez que je vous ramène ?

Alan réfléchit à la proposition. Il n'avait pas besoin de rester sur place. Mais il n'avait pas vraiment envie de se retrouver seul avec Hanne.

— Il faut que je reste avec mon équipe, fit-il.

— Ça va ?

— Oui, répondit-il.

Elle haussa les sourcils, comme si elle avait voulu en savoir plus. Mais il ne lui avait pas laissé entendre qu'elle pouvait se le permettre, et il ne dit rien de plus. Elle lui fit un geste de la main et disparut.

Avant qu'il ait eu le temps de faire le moindre mouvement, il entendit son nom.

— Alan !

Il leva les yeux vers la boîte noire. Un homme qui ne lui était pas inconnu dévalait les escaliers. Alan ne put le remettre immédiatement. Les traits du visage se précisèrent juste à temps. L'homme se tenait devant lui, la main tendue.

— Mujaddid. Le jour de votre arrivée. Vous vous souvenez ?

— Naturellement. Heureux de vous revoir, Mujaddid.

— Beaucoup d'excitation aujourd'hui, hein ?

Alan en convint.

— Je vous cherchais, poursuivit Mujaddid. J'ai parlé avec Karim al-Ahmad, et il m'a raconté votre balade en bateau, il m'a dit combien vous étiez enthousiaste sur les chantiers en cours.

— J'ai été très impressionné. Je *suis* très impressionné.

— Excellent. Eh bien, comme vous le savez, je m'occupe du marché de l'immobilier, et j'espère que ce n'est pas présomptueux de ma part de penser que vous chercherez peut-être à acquérir un bien ici dans la ville économique du roi Abdallah.

Avant qu'Alan ait pu protester, Mujaddid lui avait exposé les divers avantages qu'il y avait à posséder une résidence secondaire — un pied-à-terre selon son propre terme — à KAEC, en particulier pour un homme comme lui, qui passerait certainement du temps ici afin de mettre en place les réseaux d'information et de communication. Entendre ce qui semblait presque une certitude dans les propos de Mujaddid, à savoir la mainmise quasi inébranlable de Reliant sur le marché des télécoms de KAEC, donna à Alan un regain de confiance. Il accepta de visiter l'immeuble résidentiel.

— Savez-vous que certains de vos compatriotes vivent déjà ici ? s'enquit Mujaddid.

Alan n'était pas au courant, mais cela expliquait les visages qu'il avait aperçus, à quelques reprises, par les fenêtres des étages.

Ils pénétrèrent dans l'immeuble et Mujaddid s'arrêta dans le vaste hall d'entrée circulaire. Le plafond, haut d'une dizaine de mètres, était surmonté d'une coupole en verre.

— C'est à la fois grandiose et accueillant, n'est-ce pas ?

C'était à la fois criard et intimidant, mais Alan acquiesça allègrement.

— Bon, comme vous le savez peut-être, seul un étage de l'immeuble est achevé, et un certain nombre des membres du personnel occupent actuellement les lieux. J'aimerais vous faire visiter leurs appartements afin que vous puissiez vous faire une idée de la qualité du service et du luxe qu'ils offrent, même à ce stade précoce de…

Mujaddid s'interrompit, s'empara de son téléphone, et observa l'écran. Quelque chose l'alarma et il répondit. Une brève conversation en arabe s'ensuivit et, lorsqu'il eut fini, il sourit comme pour se faire pardonner.

— Vous voudrez bien m'excuser un instant ? Je viens de recevoir des nouvelles extrêmement importantes du bureau, et ils veulent que je rentre immédiatement. Je ne peux pas faire autrement, je regrette.

— Pas de problème.

— Je vais revenir très vite.

Alan dut paraître contrarié, et peut-être l'était-il, car il n'avait aucune envie de rester seul. Mujaddid improvisa un autre plan.

— Pourquoi n'allez-vous pas au quatrième étage tout

seul ? Sonnez au 401. Je vais prévenir le propriétaire de votre visite, et il vous montrera l'appartement. Oui, en fait, c'est mieux. Il vit ici depuis le début et il saura mieux que moi vous en parler. Il s'appelle Hassan.

Mujaddid s'excusa encore, et s'éclipsa.

Alan erra au rez-de-chaussée, dans ce qui deviendrait Wolfgang Puck et Pizza Uno. Le sol était recouvert de poussière et de sable. Un énorme chariot de refroidissement se tenait seul au milieu de l'espace tel le squelette d'un gratte-ciel solitaire et mobile. Alan se sentait idiot à déambuler ainsi dans un immeuble vide, mais il ne voulait pas se montrer impoli. Il fallait qu'il visite. Il s'agissait peut-être d'un malentendu : en échange de l'achat d'un appartement, ils lui donneraient le marché des télécommunications. Ce serait tout au moins la chose à faire.

Il marcha jusqu'au bout du bâtiment et, là, tomba sur un autre escalier, sombre et en béton. Une fois au deuxième étage, il entendit des voix, proches, juste de l'autre côté de la porte coupe-feu. Mujaddid avait-il voulu dire le deuxième quand il avait mentionné le quatrième étage ?

Alan ouvrit la porte coupe-feu et une vague de clameurs déferla sur lui. Il était dans un grand espace à l'état brut face à un groupe d'hommes, certains en sous-vêtements, d'autres en combinaison rouge, en train de crier. Alan eut l'impression d'avoir pénétré dans un gymnase de prison reconverti en dortoir. Il y avait une cinquantaine de couchettes, avec entre chacune du linge suspendu à un fil. Mais les lits étaient vides — tous les hommes étaient rassemblés au centre de la pièce, et aboyaient en se poussant. Alan interrompait une espèce de bagarre. Il s'agissait des ouvriers qu'il avait vus sur le site ; Youssef avait dit qu'ils étaient malaisiens, pakistanais, philippins.

Alan voulait partir, et vite, mais ne pouvait détacher les yeux de ce qui se déroulait devant lui. Que se passait-il ? Il fallait qu'il comprenne au moins la raison de leur dispute. Deux hommes se tenaient au milieu, les bras entremêlés. L'un d'eux avait quelque chose à la main. Alan ne parvenait pas à savoir quoi — quelque chose de très petit. De l'argent ? Des clés ?

Un homme à la périphérie de l'attroupement remarqua Alan et attira l'attention de son voisin. Ils le fixèrent tous deux, éberlués. Le premier fit signe à Alan d'approcher, très certainement pour mettre un terme à l'altercation qu'ils ne parvenaient pas à désamorcer. Alan fit un pas en avant, mais l'autre type, d'un revers de la main, lui communiqua l'information contraire, comme s'il voulait le chasser. Alan s'immobilisa.

À présent d'autres se tournaient vers lui et, en quelques secondes, la nouvelle de sa présence se répandit telle une traînée de poudre à travers la pièce. Le calme revint, et la bagarre prit fin. Tous les hommes, une petite trentaine environ, restèrent cloués sur place. Croyaient-ils qu'Alan venait faire une inspection ? L'homme qui lui avait initialement fait signe de s'approcher réitéra son geste. Alan fit un autre pas en avant, mais ne vit pas la profonde ornière juste devant lui. Son pied se déroba et il se sentit basculer à la renverse. Il se remit d'aplomb l'espace d'un instant, mais glissa sur le sol couvert de sable et chancela sur la gauche. Il était sur le point de se retrouver les quatre fers en l'air lorsqu'il rencontra un mur et réussit à se stabiliser. Trente hommes avaient assisté à la scène.

Alan avait deux possibilités. Soit il battait tout simplement en retraite, s'étant tourné en ridicule avant même d'avoir ouvert la bouche. Soit il poursuivait dans la mesure où les hommes n'avaient pas ri, et qu'ils semblaient encore lui accorder une certaine aura. Il avait quelque chose de différent, quelque chose dans sa tenue vestimentaire qui laissait penser qu'il appartenait plus à ce monde qu'eux.

Alan leva la main.

— Bonjour.

Quelques hommes hochèrent la tête.

Alan s'approcha d'eux, pénétrant l'odeur des travailleurs, l'odeur de cigarettes, de transpiration, de linge sale.

— Bon, qu'est-ce qui se passe ? lança-t-il. Qu'est-ce qui se passe ici ?

Il entendit sa propre voix prendre un léger accent anglais. D'où sortait-il ça ? Personne ne dit mot, mais au moins ils étaient attentifs.

Alan se fraya un chemin dans le groupe, gonflé à bloc par l'apparente foi qu'ils avaient en lui en tant que médiateur, et exigea que les deux hommes qui se battaient quelques instants auparavant ouvrent leurs mains. L'un n'avait rien. L'autre tenait dans la main droite un téléphone portable. C'était un vieux modèle à clapet escamotable dont l'écran était fissuré. Quelqu'un semblait l'avoir jeté. Puis, en un éclair, Alan comprit que c'était le cas. Il devait s'agir de celui de Cayley. C'était le téléphone dont elle s'était débarrassée le premier jour.

— Où avez-vous trouvé ça ? demanda-t-il à l'homme qui le tenait.

Ce dernier demeura silencieux. Il n'avait aucune idée de ce qu'Alan venait de dire.

— Est-ce que quelqu'un parle anglais ici ? reprit-il.

Quelques hommes comprirent la question, mais secouèrent la tête. Personne ne parlait un mot d'anglais. Les choses se compliquaient. Alan ne parviendrait pas à savoir comment ils avaient obtenu ce téléphone, ni qui pouvait y prétendre. Il ne connaîtrait pas les raisons qui les avaient poussés à se battre, ni qui avait raison, ni l'histoire entre ces deux hommes, ou les hommes qu'ils représentaient. Peut-être s'agissait-il d'une vieille rivalité, d'une querelle remontant à plusieurs mois, voire plusieurs siècles ? Il n'avait aucun moyen de savoir à quoi s'en tenir.

Il espérait avoir une pièce de monnaie. Il mit la main à la poche et en trouva une. Décider à pile ou face semblait être un moyen comme un autre de régler cette affaire.

— OK, commença-t-il, celui qui trouve la bonne face, celui qui dit de quel côté la pièce va retomber aura le téléphone. D'accord ?

Il agita la pièce de vingt-cinq cents sous les yeux des deux hommes. Ils semblèrent comprendre. Il la lança en l'air, la rattrapa d'une main, et la renversa comme une crêpe en la maintenant cachée sur le dessus de sa paume restée libre. Il se tourna vers l'homme qui avait le téléphone.

— À vous de dire, proclama-t-il.

Le type resta silencieux. Ils n'avaient jamais joué à ce jeu. Tandis qu'Alan essayait de trouver un moyen d'expliquer le fonctionnement de pile ou face, l'autre homme s'empara du téléphone, quitta la pièce et dévala l'escalier. Pendant quelques longues minutes, le premier homme resta interdit. Il sembla attendre qu'Alan proposât une solution. Mais Alan n'avait pas de solution et, une fois que cela fut établi, il se précipita dehors, à la poursuite de son compère dans l'escalier.

L'ambiance dans la pièce ne tarda pas à se dégrader. Le reste des ouvriers encercla Alan en lui criant dessus. On lui tira la manche. Quelqu'un le poussa dans le dos. Ils voulaient qu'il parte. Il recula en s'excusant, se demandant s'il devait tourner le dos et courir. Il choisit finalement cette option, et ouvrit la porte de l'escalier à la suite des deux hommes tout en sachant qu'il ne pouvait descendre — il aurait pu rencontrer celui qui avait perdu le téléphone en train de revenir. Il monta donc quatre à quatre en entendant des pas derrière lui. Quelques hommes au moins étaient à ses trousses.

Il atteignit le troisième étage. Il ouvrit d'un coup la porte en grand et traversa l'espace vide. Il n'y avait rien d'autre que des colonnes — pas de murs, pas d'ossatures, rien. La porte ne se referma pas derrière lui. Il entendit les pas s'approcher. Ils continuaient de le suivre. Allaient-ils vraiment lui faire du mal ? *Il portait une chemise blanche et un pantalon beige !* Sans se retourner il atteignit l'autre extrémité et gagna l'autre escalier. Il enfonça la porte et continua de grimper.

Il fallait qu'il trouve l'appartement 401. Les pas résonnaient toujours derrière lui. Ils le suivaient, c'était sûr. Le souffle commençait à lui manquer, il avait du mal à respirer. Au quatrième, il poussa la porte coupe-feu, s'appuya contre le battant après l'avoir refermé pour bloquer l'entrée et se reposer. Lorsqu'il leva les yeux, il eut l'impression d'avoir fait un bond dans le temps. Comme s'il se trouvait dans un bâtiment complètement différent. Le quatrième étage était terminé, moderne, aucun détail ne manquait.

Il s'attendait à ce que les hommes à ses trousses fassent irruption derrière lui, mais le silence régnait. L'étage achevé leur avait-il fait peur ? Leur course à travers l'immeuble s'arrêtait-elle ici ? Cela paraissait relativement logique.

Il courut à petites foulées le long du couloir illuminé par une enfilade de lustres. Le plafond était du bleu profond d'un orage d'été, le papier peint une symphonie de rayures bleu-gris et ocre. La moquette luxueuse, d'un blanc crème, ondulait comme si une légère brise la balayait. L'aménagement était impeccable, il y avait des prises, des tables en teck, des extincteurs, tous les signes du monde civilisé.

Abasourdi et incrédule, il trouva l'appartement 401 et frappa à la porte. Elle s'ouvrit immédiatement comme si l'homme, qui portait un costume et ce qui semblait être un foulard Ascot, avait gardé la main sur la poignée toute la journée.

— Monsieur Clay, je présume.

Environ de l'âge d'Alan, l'homme était rasé de près, portait des lunettes, et affichait un sourire sournois.

— Hassan ?

— Ravi de vous rencontrer.

Ils se serrèrent la main.

— J'ai eu peur que vous ne vous soyez perdu.

— Je crois que c'est effectivement ce qui s'est passé.

— Entrez.

L'espace à l'intérieur était vaste, ouvert, et baigné d'une lumière ambrée. L'appartement occupait toute la largeur de l'immeuble, et les baies vitrées se succédaient. La décoration était sophistiquée : un parquet étincelant, des tapis faits main, un mélange de canapés et de tables design et une élégante antiquité — un énorme miroir doré à la feuille d'or traversé en plein milieu d'une fissure en forme d'éclair. Au-dessus du manteau de cheminée étaient disposés quatre dessins de Degas ou de quelqu'un qui dessinait les danseurs exactement comme lui. Un flot de musique classique s'élevait dans la pièce.

— Ça va ? demanda Hassan. On dirait que vous venez de courir plusieurs kilomètres.

Alan n'entendit aucun bruit dans le couloir. Il était certain à présent que ceux qui le suivaient ne viendraient pas ici. Il était loin, il était en sécurité. Cet endroit n'avait absolument rien à voir.

— Oui, ça va, fit-il. C'est à cause des escaliers. Je manque de forme en ce moment.

Alan se dirigea vers les fenêtres faisant face à la mer, et resta là, debout, à contempler. Il pouvait voir la tente, en contrebas ; elle paraissait beaucoup plus petite qu'elle n'aurait dû d'un quatrième étage. Au-delà s'étendait la plage. Très vite il se rendit compte que l'eau où il s'était prélassé était visible de là où il se trouvait.

— Du thé ?

Alan se retourna pour répondre.

Hassan haussa les sourcils.

— Ou quelque chose de plus passionnant ?

Alan sourit, pensant qu'il blaguait, mais Hassan se tenait devant une desserte roulante en verre et en laiton garnie de toutes sortes de bouteilles, la main posée sur une carafe en cristal.

— Oui, merci.

Alan ne comprenait rien à ce pays. Aucune règle n'était suivie de façon rigoureuse. Quelques instants auparavant, il était encerclé d'une armée d'ouvriers malaisiens pauvres qui squattaient selon toute vraisemblance un immeuble en construction, et à présent il se trouvait à deux étages de là dans une demeure des plus sophistiquées. À boire avec un homme qu'il croyait être un musulman influent.

Hassan lui tendit ce qui semblait être du scotch, et désigna d'un geste le canapé. Ils s'assirent tous deux aux extrémités opposées du sofa en cuir en forme de U d'un blanc immaculé.

— Bon-on-on-on, dit Hassan en étirant le mot jusqu'à ce que cela implique un nombre incalculable de choses, toutes insipides.

Il croisa sa jambe gauche par-dessus la droite presque avec élégance. Il y avait quelque chose de légèrement agaçant chez lui, et Alan mit le doigt dessus — un tic au niveau du visage, ou deux, agissant de concert. Sa paupière gauche clignait, et sa bouche se frônçait comme si elle désapprouvait à chaque fois le mouvement intempestif de l'œil. C'était encore le cas : clignement, froncement.

— Vous avez eu le temps de visiter l'immeuble ?

Alan lui raconta comment il était tombé sur des hommes au deuxième étage. Il passa sous silence la bagarre, étant donné que les ouvriers, que l'on considérait sans aucun doute comme interchangeables, pourraient très bien se faire virer en masse et être remplacés illico par d'autres.

— Je suis vraiment désolé. Comment vous êtes-vous retrouvé dans cette partie du bâtiment ?

— Par hasard, j'imagine.

— Avez-vous remarqué quelque chose de particulier ?

— Je les ai juste vus, vous savez, aller et venir.

— Avez-vous été choqué de les trouver là ?

— Pas franchement. Rien ne me surprend ici.

Hassan ricana.

— Tant mieux. C'est très bien. Nous hébergeons les autres à l'extérieur du site. Vous avez peut-être vu les caravanes. Encore un ?

Il resservit Alan. Le premier scotch avait disparu plus vite qu'il aurait dû.

— Comment vont les affaires ? s'enquit Alan, considérant la question comme rhétorique.

L'homme essayait de vendre des appartements à KAEC. Sa réponse serait par définition enthousiaste.

— Sincèrement ? Plutôt difficiles.

Hassan expliqua qu'il avait du mal à obtenir des engagements fermes, et que les quelques chaînes qui avaient initialement acheté, il y a des années, lorsque le projet avait été annoncé et que les premiers coups de pelleteuse avaient été donnés, s'étaient depuis rétractées. La viabilité d'Emaar, la société immobilière, était remise en cause. Le bruit courait que l'entreprise de construction de la famille Ben Laden était impliquée. Et, plus que tout, on craignait que la ville ne meure avec le roi Abdallah. Que sans son esprit de réforme, sa tolérance, ses actions progressistes, les choses ne régressent et que les libertés promises à KAEC ne redeviennent poussière.

— Mais au rez-de-chaussée vous avez des restaurants qui sont sur le point d'ouvrir, remarqua Alan.

— C'est de l'esbroufe, j'en ai bien peur. Nous n'avons pas vendu ces locaux. Un autre verre ?

Alan avait vidé le deuxième.

Hassan retourna au bar et fit ses mélanges.

— Alan, il y a des coups à faire ici. Si vous êtes partant pour un appartement, vous ne paierez qu'une fraction de ce que les gens débourseront dans un an ou deux. Vous pourriez le revendre et faire une énorme plus-value.

Les prédictions de Youssef résonnaient à présent dans la tête d'Alan. Que la ville était ruinée, qu'Emaar était à deux doigts du dépôt de bilan, que le projet ne verrait jamais le jour. Que l'idée même disparaîtrait avec la mort du roi Abdallah.

Hassan tendit son verre à Alan.

— Merci mon cher, fit Alan.

Hassan sourit.

— Je suis très heureux d'avoir un partenaire pour boire.

Alan posa des questions sur le roi. Pourquoi ne mettait-il pas tout simplement lui-même l'argent nécessaire à l'aboutissement du projet, pour voir la ville terminée, ou au moins fonctionnelle, de son vivant ?

— Nous avons une expression en arabe : « On ne peut pas applaudir d'une seule main. » Nous ne pouvons pas bâtir cette ville seuls. Il nous faut des partenaires.

— Allez, répliqua Alan, Abdallah pourrait construire

cette ville en cinq ans s'il le voulait. Pourquoi faire durer les choses pendant vingt ans ?

Hassan rumina la question un bon moment.

— Je n'en ai pas la moindre idée, dit-il.

Ils se firent ainsi part de leurs frustrations respectives. C'était difficile d'être à la merci de facteurs échappant à leur contrôle ; et il y en avait trop pour les compter. Hassan vivait à KAEC depuis un an, il avait voulu être un pionnier, il avait accueilli des douzaines d'hommes comme Alan, et les avait aidés à se projeter ici eux aussi.

— Ce pourrait être fantastique de vivre ici un jour, dit-il. Mais j'ai bien peur que la volonté de finir le travail ne soit pas là.

Et, manquant de volonté pour partir ou pour faire autre chose, Alan resta avec Hassan à jouer aux échecs et à boire du scotch pendant plusieurs heures. Lorsqu'il prit enfin congé, il était presque ivre et se sentait merveilleusement bien. Il s'engagea dans l'escalier, avec l'intention de descendre, au lieu de quoi il monta. Il arriva à un étage fermé, mais les marches continuaient et il poursuivit son ascension jusqu'à la porte du toit. La vue était époustouflante : plage, immeubles, canaux, désert, le tout enveloppé d'un murmure doré. Il fallait qu'il parte mais il ne parvenait pas à s'arracher à ce spectacle.

XXVI

Alan dormit bien, sans savoir pourquoi, et lorsqu'il se réveilla, la lumière rouge du téléphone de la chambre clignotait à nouveau. Alan écouta le message ; c'était Youssef. Il devait s'absenter pendant un moment, disait-il, et il voulait passer dire au revoir. Il viendrait ce matin, sauf si Alan le rappelait pour faire autrement. Ce dernier se sentit extrêmement soulagé. Une espèce de terreur l'avait gagné la veille, le pressentiment que quelque chose était arrivé à son ami. C'est un curieux problème en ces temps de connectivité constante : un silence de plus de quelques heures provoque des pensées apocalyptiques.

Alan s'habilla et plongea dans l'atrium pour gagner le hall d'entrée.

— Tu es là.

— Oui.

Youssef n'avait pas l'air bien.

— Ça va ?

— Je ne sais pas trop. Je suis un peu flippé.

— Le mari ?

— Et son homme de main, ouais. Ils se sont pointés chez moi.

— Je croyais que tu étais chez ton cousin.

— Je l'étais, mais il est devenu nerveux. Il vit avec sa grand-mère et il ne voulait pas qu'il y ait de problèmes en sa présence, donc je suis rentré à la maison. J'étais là-bas depuis une heure quand ils ont débarqué.

— Qu'est-ce qu'ils ont fait ?

— On s'assoit une seconde ?

Le garçon arriva, et Youssef commanda un expresso.

— Bon, la nuit dernière j'étais tranquillement assis à regarder Barcelone-Madrid… Tu as vu ce match ?

— Youssef !

— Ah oui. Donc j'ai entendu du bruit dehors. Je me suis levé et j'ai vu trois types à la fenêtre. J'ai failli en chier dans mon froc.

— Et qu'est-ce qu'ils ont fait ?

— Ils sont restés là. C'est tout. Mais ça suffit. Ça veut dire qu'ils savent où j'habite et qu'ils n'ont pas peur de venir chez moi, de se planter devant ma fenêtre et de me regarder. Il faut que je parte.

— Je suis désolé.

— Ouais, enfin.

— Où vas-tu aller ?

— Chez mon père, dans les montagnes. Ils n'iront pas là-bas. Et les autres dans le village veilleront sur moi. On a des flingues et tout.

Alan s'imagina une espèce de règlement de comptes façon Far West. Cela l'intriguait plus qu'il ne pouvait l'expliquer.

— Non, non, dit-il. Reste ici. Je vais te prendre une

chambre. Il y a un service de sécurité dans l'hôtel. Tu seras à l'abri. Invisible.

Ce qu'Alan décrivait semblait jouable mais Youssef balaya l'idée d'un revers de la main.

— Non, non. Je veux être chez moi. C'est le week-end. C'est un bon moment pour y aller.

— Tu pars combien de temps ?

Alan eut soudain peur de ne plus revoir Youssef.

— Je ne sais pas. Il faut que je me pose quelques jours. J'ai besoin d'un endroit où je peux voir ce qui se passe clairement. Pour, tu sais, évaluer la situation. C'est pour ça que je voulais te voir. Je vais peut-être rester là-bas un certain temps, et je voulais te dire au revoir, au cas où ce serait la dernière fois que je te vois.

Le visage de Youssef ne trahissait aucune émotion. Il n'était pas ce genre d'homme. Mais Alan songea qu'il fallait qu'il reste avec Youssef, que ce dernier était le seul homme raisonnable à des kilomètres à la ronde.

Dix minutes plus tard, Alan était dans la voiture de Youssef, son sac de sport dans le coffre et, ensemble, ils étaient en route pour les montagnes. Ils roulaient depuis un petit moment, Alan se sentait euphorique, quand Youssef quitta l'autoroute.

— Il faut qu'on passe à la boutique de mon père. Je dois prendre les clés de la maison, et lui demander la permission d'aller là-bas, et tout.

— Tu n'as pas tes propres clés ? demanda Alan.

— C'est ce que je te disais. Il me traite comme un adolescent.

Ils gravirent la rampe d'accès d'un parking en plein centre-ville, jusqu'au cinquième niveau.

— C'est la vieille ville ?

Tout paraissait très neuf.

— La vieille ville se résume à environ trois pâtés de maisons maintenant, répondit Youssef. Ils ont détruit le reste dans les années soixante-dix.

Le parking jouxtait un centre commercial. Alan et Youssef descendirent une série d'escalators, passèrent devant une demi-douzaine de magasins de bagages et de bijoux, croisèrent plusieurs groupes de femmes en abayas portant des sacs scintillants au bras, et des hommes les inspectant avec convoitise.

Lorsqu'ils atteignirent le rez-de-chaussée, Youssef emmena Alan vers la sortie, puis ils s'engouffrèrent dans une ruelle, laissant derrière eux un siècle ou deux. Cette partie de la vieille ville était constituée d'un réseau de petites rues pleines de boutiques. Les marchands vendaient des graines et des noix, des bonbons, du matériel électronique, des maillots de foot, mais la plupart proposaient de la lingerie féminine exposée bien en évidence dans les vitrines. Alan leva un sourcil en regardant Youssef et ce dernier haussa les épaules comme pour dire : Quoi ? Tu viens de découvrir les contradictions du royaume ?

— Voilà, c'est là, fit Youssef en s'arrêtant à cinq ou six mètres d'une devanture en angle.

On pouvait voir des milliers de sandales à l'intérieur du magasin. Deux hommes se tenaient derrière le comptoir. L'un d'eux avait environ l'âge d'Alan, et devait probablement être le père. L'autre, beaucoup plus vieux, était très voûté et s'appuyait sur le rebord du comptoir devant lui, comme sur une canne. Il avait au moins quatre-vingts ans.

— Lequel est… ? commença Alan.

— Contre toute attente, le plus vieux, répondit Youssef d'un air maussade. Je vais te le présenter.

Alors qu'ils s'approchaient, le vieil homme regarda Youssef de haut en bas. Ses yeux se plissèrent, ses lèvres se pincèrent. Youssef toussa dans son épaule, laissant échapper malgré lui le mot *connard*. Ils pénétrèrent dans le magasin.

— Salaam, claironna Youssef.

Père, fils et employé échangèrent des poignées de main, quelques mots furent prononcés en arabe et, après ce qu'Alan prit pour des présentations, le père lui jeta un bref coup d'œil. Alan lui tendit la main, et le vieil homme la lui tapota comme il l'aurait fait avec la patte d'un chien quémandant quelque chose. Youssef et son père parlèrent moins d'une minute, puis l'homme fit demi-tour et disparut dans l'arrière-boutique. Son assistant le suivit.

— Voilà, tu l'as rencontré. Quel homme fantastique ! déclara Youssef.

Alan garda le silence.

— Je lui ai dit que je partais dans les montagnes. Il m'a répondu qu'il préviendrait l'homme qui s'occupait de la maison. Je n'ai pas besoin de clé, j'imagine. Donc on peut y aller.

Ils s'apprêtèrent à partir mais Youssef s'immobilisa sur le seuil.

— Attends, tu veux une paire de sandales ? Il t'en faut une.

— Non, non.
— Mais si, Alan. C'est quoi ta taille ?

Il y avait des sandales partout, du sol jusqu'au plafond. Elles étaient en cuir, abondamment décorées et brodées. Faites main, elles avaient une apparence un peu brute. Ils en choisirent une paire, Youssef laissa de l'argent sur le comptoir, et ils regagnèrent la ruelle.

— Bon, c'est mon cher vieux papa, fit Youssef en allumant une cigarette. Il n'est pas très sympathique en règle générale. En plus, il n'aime vraiment pas mon boulot. Et quand je balade des Américains ? Ce n'est franchement pas ce qu'il préfère.

Ils retournèrent à pied au parking.

— Mais tu fais des études. Que veut-il de plus ?

— Que je travaille à la boutique, c'est dingue, non ? Je m'y suis collé pendant un moment, mais c'était terrible. Nous n'avons plus aucun respect l'un pour l'autre. C'est horrible de travailler avec un type comme lui. Un vrai tyran. Et il trouvait que j'avais un poil dans la main. Donc j'ai arrêté. Je ne devrais emmener personne au magasin.

— Je dois dire..., commença Alan, mais il s'interrompit. Il était sur le point d'aller dans le sens de Youssef au sujet de son père, mais il se rappela qu'il ne pouvait se le permettre. Maintenant qu'il prenait la défense de Ruby, il était devenu le médiateur entre les enfants et leurs incompréhensibles parents — c'était bien cela ?

Alan s'inquiétait pour Youssef. Pour sa vie, et il s'inquiétait pour son père. Aux yeux de Youssef ces questions étaient triviales, parce que tous les problèmes, à son âge, avaient soit une solution, soit ne valaient pas la peine qu'on s'y attarde.

— Je dois dire, reprit Alan, que je respecte ce qu'il a fait. Ton père fabrique des chaussures et les vend. C'est propre et c'est honnête.

Youssef prit un air railleur.

— Mon père ne fabrique pas ces sandales. Il les vend. Ce sont d'autres personnes qui les font. Il y appose sa marque.

— Mais quand même. C'est un art.

Joe Trivole aurait appelé cela une danse, songea Alan.

— Je suis sûr qu'il pourrait les fabriquer s'il le voulait, poursuivit-il.

— Non, non, rétorqua Youssef. Il les achète en gros, c'est tout. Elles sont fabriquées au Yémen. Il n'a jamais fait une chaussure de sa vie.

Quelques minutes au volant et Youssef retrouva sa gaieté. Il semblait avoir hâte de montrer à Alan cette forteresse, ce vaste ouvrage que son père avait construit. Il a surélevé la montagne, affirma-t-il. Alan ne savait plus combien de fois Youssef lui avait dit cela. C'était un point crucial à ses yeux, le fait que son père, même s'il luttait constamment contre lui, soit assez fort, puissant, riche ou visionnaire pour surélever une montagne. Il en était extrêmement fier.

Ils traversaient la ville en direction du sud. Le centre moderne, les faubourgs avec leurs immeubles d'appartements couleur sable, les concessionnaires automobiles somaliens ou nigérians défilaient par la vitre lorsque Youssef reçut un coup de téléphone. Il rit, échangea quelques mots en arabe avant de soudain faire demi-tour.

— Salem vient avec nous, dit-il, agitant les sourcils.

Il expliqua que Salem, un de ses plus vieux amis, travaillait au service marketing d'une usine américaine de couches-culottes. Mais c'est un hippie, pas un représentant de commerce pur et dur, dit-il, avant de sembler inquiet d'avoir froissé Alan. Désolé, ajouta-t-il, mais Alan ne se sentait pas le moins du monde offensé. Quel que soit le contexte, la locution nominale *représentant de commerce* ne pouvait jamais le vexer.

Ils se garèrent dans une ruelle au cœur d'une demi-douzaine de petits immeubles résidentiels. Youssef klaxonna, et un homme d'environ vingt-cinq ans déboula des escaliers, une guitare acoustique à la main. Il s'installa sur la banquette, serra la main d'Alan, et ils étaient repartis.

Salem avait tout l'air de quelqu'un qui aurait pu vivre à Venice Beach ou à Amsterdam. Il avait de longs cheveux grisonnants, un bouc poivre et sel, de grands yeux et une paire d'élégantes lunettes. Il portait une chemise à motif cachemire avec un jeans. Son anglais était encore plus américain que celui de Youssef, même si Alan n'aurait pas cru que cela fût possible dans ce pays.

Salem passa les dix premières minutes les mains posées sur les dossiers des sièges avant, le visage entre ceux de Youssef et d'Alan, à parler de l'étrange expérience qu'il avait récemment vécue : il avait rencontré un esclave dans son immeuble.

— Raconte-lui quand tu l'as trouvé en train de pleurer, dit Youssef.

Salem relata comment il était tombé, quelques jours plus tôt, sur un homme d'âge moyen assis sur les marches à l'intérieur de son immeuble. Salem l'avait contourné, puis avait remarqué que l'homme était désemparé et en pleurs.

— Je lui ai demandé ce qui n'allait pas. Il m'a dit qu'il était esclave, et que ces maîtres venaient juste de l'affranchir. Mais il ne savait pas quoi faire. Ces gens étaient sa famille.

— Et c'étaient des voisins ?

— Ils habitent l'appartement du dessous.

Salem vivait là depuis un an, il avait vu cette famille, ils étaient cinq, et ils allaient et venaient. Salem avait aussi croisé l'homme à quelques reprises. Mais il n'avait pas compris qu'il ne s'agissait ni d'un ami ni d'un oncle, mais d'un esclave qu'ils avaient ramené du Malawi.

— Il faut que je me trouve un autre appart, déclara Salem.

— Comme ça on est deux, répliqua Youssef.

Ils évoquèrent la possibilité d'emménager ensemble, dans une autre partie de la ville, ou à l'étranger. Salem en avait assez du royaume d'Arabie saoudite pour l'instant. Le pays n'avait plus rien à lui offrir.

— L'ennui est infini, conclut-il.

Alan se remettait à peine de l'histoire de l'esclave lorsque Youssef et Salem se mirent à parler de la dépression et du suicide en Arabie saoudite.

— La situation n'est certainement pas aussi terrible que là où tu vis, dit Salem à Alan. Mais tu serais surpris. La moitié des femmes sont sous Prozac. Et les hommes, comme nous, mettent leur énergie dans des choses dangereuses.

Il évoqua une certaine imprudence face à l'écrasant manque de perspectives, et la mort qu'on ne craignait plus guère. Des courses automobiles qui avaient lieu dans le désert, au cours desquelles de jeunes gens riches conduisaient leurs BMW ou leurs Ferrari, et se blessaient ou se tuaient fréquemment sans qu'aucune information à ce sujet ne soit relayée dans les médias. Youssef et Salem échangèrent quelques mots en arabe, débattant, comme Alan l'apprit bientôt, pour savoir si oui ou non ils l'emmèneraient assister à une course de voitures.

— Peut-être au retour, dit Salem. Et peut-être à un concert aussi, ajouta-t-il.

Les concerts avaient également lieu dans le désert. Salem était musicien, réalisateur, poète, mais principalement auteur-compositeur-interprète, même s'il ne pouvait répéter librement, même s'il ne pouvait jouer en live hormis dans des concerts underground ou dans le désert. C'était encore pire à Riyad, mais rien qu'à Djedda la vie d'un chanteur était une lutte permanente. Cette existence, qui avait eu au début un certain attrait romantique, avait perdu à présent de sa superbe. Salem pensait partir vivre dans une île des Caraïbes pour jouer dans un bar avec un groupe.

Ils laissèrent la ville derrière eux et bientôt la route fila, tout droit, à travers le désert, plat et rouge, avec de temps à autre une aire de repos ou un rocher affleurant. La voie était large et rapide, le soleil suspendu immobile dans le ciel, et Alan se sentait fatigué. Il s'assoupit, la tête posée au creux de la ceinture de sécurité, les discussions très sérieuses, en arabe, de Youssef et Salem le berçant d'autant plus.

Le bruit d'une portière qui claque le réveilla. La voiture était arrêtée. Ils étaient sur un grand parking entouré de restaurants et de magasins. Youssef n'était plus là, et Salem tripotait son téléphone. Alan plissa les yeux en apercevant Youssef qui entrait en courant dans un supermarché.

Il se redressa et essuya la bave sur sa joue.

— J'ai dormi longtemps ? demanda-t-il.

Salem ne leva pas les yeux de son portable.

— Une heure peut-être. Tu as ronflé. C'était très mignon.

Une fillette dans les sept ans, vêtue d'une burqa, s'approcha de la vitre de Salem. Celui-ci verrouilla immédiatement les portes. Elle resta devant lui, tapotant au carreau, et frottant son pouce contre son index et son majeur.

Alan remarqua que plusieurs douzaines de femmes et d'enfants, principalement des filles, toutes en burqa, déambulaient d'une voiture à l'autre, s'approchant des vitres, et s'éloignant comme si elles flottaient.

Alan baissa la sienne. Voyant un visage nettement plus sympathique, la fillette se précipita vers lui, les mains tendues.

— Non, non, cria Salem. Ferme-la.

Alan s'exécuta, et la vitre, en remontant, coinça presque les doigts minuscules de la gamine. Elle se mit à taper au carreau avec une urgence grandissante, la tête inclinée d'un air suppliant, remuant fiévreusement la bouche. Alan sourit et lui montra ses paumes ouvertes et vides. Elle ne parut pas comprendre ou faire attention. Elle continua de frapper.

Salem attira son attention et pointa un doigt vers le haut. Elle fit alors volte-face et s'éloigna. Comme s'il s'agissait d'un tour de magie.

— Qu'est-ce que ça veut dire, demanda Alan, lorsque tu pointes le doigt en l'air comme ça ?

Il imita le geste.

Salem était retourné à son téléphone.

— Ça veut dire « Dieu y pourvoira ».

— Et ça marche ?

— Ça met fin à la discussion.

Lorsqu'une autre enfant s'approcha de la voiture, les yeux jaunes et vitreux, Alan désigna le ciel. Elle disparut.

— Ne te sens pas coupable, dit Salem. Elles s'en sortent très bien.

Alan parcourut du regard le parking, se rendant finalement compte de ce qui aurait dû être évident depuis le début : il y avait un nombre anormal de voitures toutes en partance dans la même direction. Il comprenait à présent. Un homme dans la Mercedes devant eux ne portant que quelques draps blancs et des sandales. Les familles réunies s'approvisionnant pour le voyage.

— C'est le pèlerinage de La Mecque ? demanda Alan.

Salem pianotait toujours sur son téléphone qui faisait des bruits de compteur Geiger.

— Pas celui du hadj. C'est en novembre cette année. En ce moment c'est la oumra, c'est un petit pèlerinage, pour ceux qui ne peuvent pas faire le grand.

Youssef sortit du supermarché en poussant un caddie rempli de provisions. Salem déverrouilla la voiture, et Youssef chargea le coffre. Quelques secondes plus tard, ils roulaient à nouveau, et Alan s'était rendormi. Le bitume si noir, si lisse, et le soleil si petit l'avaient à nouveau poussé dans les bras de Morphée. Une conversation houleuse entre Youssef et Salem le réveilla.

— Que se passe-t-il ? fit Alan.

Youssef se tourna vers lui et désigna du doigt un panneau au-dessus de la route devant eux. L'autoroute se divisait en deux, les trois voies principales étant réservées aux musulmans. Un panneau rouge indiquait la sortie pour contourner La Mecque, à l'attention des non-musulmans. Youssef caressait l'idée de faire passer Alan par l'itinéraire principal.

— On pourrait te mettre une dishdasha. Ils n'y verraient que du feu.

— Ça ne vaut pas le coup, interrompit Salem, mécontent. Le détour ne rallonge le trajet que de vingt minutes. Je t'en prie.

Youssef regarda à nouveau Alan.

— Ça te dit de passer en contrebande ?

Alan n'en avait aucune envie. Il n'avait nullement envie d'enfreindre ce genre de règle. Mais ils roulaient encore dans la file de gauche, et la sortie pour les non-musulmans, de l'autre côté de la quatre-voies, était sur la droite, et approchait à toute allure.

Salem lança un flot de paroles en arabe. Youssef ne répondit pas. Ce fut soudain le chaos. Salem s'engouffra sur le siège avant, s'efforçant de s'emparer du volant. Alan fut poussé contre la portière. Youssef frappa les mains de Salem et le gifla. En entendant le claquement retentissant, il rit avec délice. Salem battit en retraite sur la banquette arrière, vaincu.

Finalement, dans un mouvement fluide, Youssef se faufila latéralement entre les voitures et gagna bientôt la voie réservée aux non-musulmans.

Dans le rétroviseur, il lança un regard désappointé à Salem.

— Mec. C'était pour rigoler. *Rigoler*. Détends-toi !

Salem était encore furieux.

— Détends-toi toi-même.

Youssef fit un grand sourire.

— Non, toi, détends-toi toi-même.

La nuit tomba vite tandis qu'ils grimpaient à travers la montagne.

— C'est la chaîne d'Al-Sarawat, expliqua Salem. Attends d'être au sommet. Tu verras les babouins. Tu aimes les babouins ?

Et ils y arrivèrent enfin. Au sommet. Youssef se gara sur le parking d'un panorama, à environ mille cinq cents mètres de hauteur. Le désert s'étendait en contrebas sur des centaines de kilomètres, et partout des babouins se tenaient assis, mangeaient, se baladaient, apprivoisés tels des chats domestiques.

Ils traversèrent Taif, une ville en altitude aux couleurs vives, balayée d'un vent frais, et ils descendirent ensuite la route accidentée. Plus ils s'approchaient du village natal de Youssef, plus elle était déserte, et le temps d'arriver à bon port, Salem dormait à poings fermés et Alan s'assoupissait.

Youssef arrêta brusquement la voiture.

— Réveillez-vous, bande d'incapables !

Salem gémit et donna un coup de poing dans le dossier du siège conducteur.

Devant eux, une crête en dents de scie encerclait un chapelet de lumières nichées dans une petite vallée. Il ne devait y avoir que quelques douzaines de bâtisses, une centaine de personnes tout au plus.

— Voilà le village en entier, déclara Youssef. On le verra demain.

Ils tournèrent dans un chemin privé et grimpèrent à nouveau une côte sur une centaine de mètres, en revenant sur leurs pas à deux reprises, jusqu'à ce qu'ils arrivent devant un énorme édifice. Qui ne ressemblait en rien à une maison.

— C'est ça ? demanda Alan.
— Oui, répondit Youssef. La maison que les sandales ont construite.

Elle avait plutôt l'air d'un hôtel, d'un bâtiment municipal. C'était une construction à deux étages en briques d'adobe et en verre. Ils s'étaient garés sur un vaste parking pouvant accueillir une vingtaine de véhicules. Il y avait même une petite mosquée sur le terrain, juste en bas de la pente.
— Je n'avais pas compris..., articula Salem. Lui aussi, c'était la première fois qu'il venait.

Tandis qu'Alan et lui s'émerveillaient de tout, un homme sortit de la maison et se précipita vers eux. Il était corpulent mais plus petit que Youssef. Il avait le visage rond, et un grand sourire édenté. Il saisit la main de Youssef et la lui serra chaleureusement. Youssef lui présenta Salem, auquel il serra également la main. Mais lorsque Alan tendit la sienne, l'homme parut embarrassé. Il lui prit finalement la main, la lui serra avant de la lâcher doucement, comme s'il la retirait de la bouche d'un animal féroce qu'il redoutait de provoquer.
— Voici Hamza. Il s'occupe de la maison, expliqua Youssef. Il travaille pour mon père depuis vingt ans. Je n'ai pas dit à mon père que tu venais.
— Pourquoi ? demanda Alan.
— Sans vouloir t'offenser, cette maison c'est sa fierté, et il n'aurait pas voulu qu'elle soit souillée par, tu sais, toi en fait. Non je rigole.
Mais il ne rigolait pas.
Hamza se détourna, les mena jusqu'à la porte et l'ouvrit.

Youssef franchit le seuil et fit volte-face.

— Vous êtes prêts ? On y est, dit-il, passant de l'adolescent blasé au fils fier de l'œuvre paternelle.

Ils pénétrèrent dans ce qui ressemblait plus à une série de salles de réception vides, entièrement moquettées, assez grandes pour accueillir une centaine de personnes, voire plus, qu'à une maison. Chaque pièce était illuminée par quelques énormes lustres, et les seuls meubles étaient les bancs qui longeaient les murs. L'ouvrage dans son ensemble semblait conçu exclusivement pour recevoir.

— Le village tout entier tient ici. Il s'en est assuré. Tous les mariages ont lieu ici. Il faudra que je te fasse venir un jour pour voir, dit-il à Alan. Tu adorerais. Tu pourrais porter une des tenues traditionnelles, avec un poignard et tout.

Alan s'efforça de trouver des points communs entre le bâtisseur de cette demeure et l'homme brusque et aigri qu'il avait brièvement rencontré. Il paraissait impossible que *cet* homme ait construit *cela*. C'était un acte visionnaire et généreux, et le père de Youssef ne semblait posséder ni l'une ni l'autre de ces qualités. Ils montèrent au deuxième étage. Les marches en béton étaient inégales, comme si le maçon n'avait pas soigné son travail jusqu'au bout.

— Ils ont fini cet étage un peu vite, dit Youssef, le sourire aux lèvres. Mais la vue vaut le détour.

Ils sortirent sur un grand balcon. L'air était pur et frais, la vue magnifique. Alan, Youssef, Salem et Hamza restèrent là, debout, à contempler la vallée.

— Oh, il faut que je vous montre ! s'exclama Youssef, et il se précipita dans l'escalier.

Il mena Alan et Salem dans une pièce plus petite dans laquelle il n'y avait qu'un coffre gigantesque d'un côté et, de l'autre, plusieurs matelas empilés contre le mur.

— Quelque part là-dedans..., dit-il en empoignant les matelas pour les étaler sur le sol.

Alan eut une seconde le sentiment de redevenir un petit garçon, quand ses copains l'emmenaient dans leurs chambres et lui montraient leurs jouets avec extase. Youssef dégagea sept ou huit matelas avant de trouver ce qu'il cherchait : une cache d'armes. Il y avait au moins une douzaine de fusils, certains neufs, d'autres vieux avec des poignées en bois soigneusement sculptées.

— Celui-là, c'était celui de mon grand-père, dit-il, tenant un vieux fusil à deux mains.

Il le tendit à Alan comme il l'aurait fait d'un nouveau-né. Il était lourd, taillé dans un bois dur et solide.

— Celui-ci est plus récent.

Youssef s'empara du premier fusil et le passa à Salem. Il tendit le nouveau modèle à Alan, on aurait dit une classique carabine Winchester 44. Alan vérifia, c'était bien le cas. Salem admira poliment les fusils, mais il avait du mal à dissimuler son manque d'intérêt. Alan, lui, était fasciné. Il avait été plutôt bon tireur dans sa jeunesse, et avait gardé une certaine affection pour les vieilles armes. Il avait terriblement envie d'essayer un des fusils, de tirer, mais ne connaissait pas trop le protocole. Il choisit de s'émerveiller devant chacun d'entre eux, et lorsque Youssef se mit à les ranger dans les matelas, il supposa qu'il ne les reverrait plus.

Il espérait à moitié que Youssef aurait véritablement besoin d'eux pour repousser les alliés du mari de son ex-femme. L'idée même qu'ils viennent ici et lancent un raid contre la forteresse était grotesque mais, en même temps, cela donna à Alan un élan d'espoir, il y vit une occasion. Il s'imagina perché sur le balcon, à faire le guet. Il voulait accomplir quelque chose de grand pour protéger ses amis.

— Il y a des chances que ces mecs viennent ici ? demanda-t-il.

— Quels mecs ?

— Le mari et ses hommes ?

— Tu es sérieux ? Ils ne savent même pas que cette maison existe. Tu crois qu'ils seraient prêts à conduire quatre heures dans le désert pour me suivre jusqu'ici ?

Alan secoua la tête, se débarrassant de cette idée, mais quelque chose passa entre lui et Youssef. Ce dernier comprit ce qu'il voulait dire. Comprit qu'Alan, loin d'avoir peur d'une telle attaque, n'était pas contre cette idée, qu'il l'accueillait même avec un certain enthousiasme. Il posa la main sur l'épaule d'Alan, le fit pivoter, le poussa doucement hors de la salle d'armes, et éteignit la lumière.

Ils s'installèrent sur la terrasse du premier étage. Hamza apporta des tapis, des coussins, et les aligna parfaitement. Il retourna en hâte à l'intérieur, revint avec un service à thé, et servit solennellement les convives.

Alan but son thé — il avait un goût sucré de menthe — tandis que Salem accordait sa guitare. Alan ne savait pas à quoi s'attendre, mais lorsque Salem commença à gratter les cordes, en tapant sur la caisse pour faire les percussions, cela sonna comme une chanson pop occidentale, quelque chose qu'il aurait pu entendre en faisant les courses.

La nuit fraîchit, et un vent faible remonta de la vallée

balayant la forteresse. Comme poussée par la brise, une lumière apparut en contrebas. Puis deux autres. C'était une moto suivie d'un petit camion, et tous deux gravissaient le chemin menant à la maison.

Youssef désigna du menton la guitare, et Salem comprit le signal. Il la rangea à toute allure, disparut à l'intérieur, et revint sans.

Trois jeunes garçons arrivèrent bientôt sur la terrasse. Ils devaient avoir entre treize et seize ans, étaient bâtis comme Youssef, petits et un peu râblés. Ils portaient tous trois une dishdasha blanche et un ghutra rouge — des hommes d'affaires miniatures avec de grands sourires lumineux. Ils se jetèrent dans les bras de Youssef.

— Ce sont mes cousins, dit Youssef à l'attention d'Alan. Deux d'entre eux en tout cas. Le troisième, c'est un copain à eux.

Alan leur serra la main, et Youssef et les cousins parlèrent pendant un moment en arabe. Salem resta appuyé à la balustrade comme s'il savait que ces jeunes gens étaient d'une espèce différente. Youssef était le pont entre eux, qui grandissaient dans un village, et Salem et Alan, qui venaient de la ville. Ce dernier pensait que l'éducation qu'ils recevaient devait être plus conservatrice, loin de la musique pop ou de ce que lui, invité américain, représentait. La soirée se poursuivit, un autre thé fut servi ; ils semblaient avoir beaucoup de choses à se dire, d'histoires à se raconter, et Alan se sentit de trop. Lorsque Salem s'apprêta à partir, en prétextant la fatigue, Alan le prit aussi comme un signal. Youssef leur souhaita bonne nuit, et donna des instructions à Hamza pour qu'il leur montre leurs chambres.

Celle d'Alan était aussi grande qu'une salle à manger d'apparat, et un des fins matelas pliables qui dissimulaient les fusils était à présent étalé par terre, avec un drap et une couverture en laine soigneusement bordés. Son sac de sport avait été déposé sur une chaise en bois près du lit. Hamza leur montra la salle de bains, leur donna des serviettes, des gants de toilette, et même des sandales en cuir souple.

Alan s'allongea sur le matelas et remonta la couverture sur lui. La maison se rafraîchissait vite.

Salem passa la tête par la porte.

— Bonne nuit, fit-il.

— Bonne nuit, répondit Alan.

Il devait être près de minuit. Par la fenêtre, il voyait le versant le plus proche de la montagne à moins d'une dizaine de mètres et, au-dessus, un ciel gris acier parsemé d'étoiles grosses comme des têtes d'épingle. Maintenant qu'il était couché, et au chaud, il aurait voulu flâner dans la montagne, dans la nuit, avec Youssef ou Salem ou seul. Il n'était pas fatigué. Il leva à nouveau les yeux vers la fenêtre, le flanc de la montagne était si bleu sous la lumière de la lune. Il se sentait de plus en plus éveillé.

Il songea à une lettre mais il n'avait pas de papier. Il trouva une grande enveloppe près de la porte et commença : « Chère Kit, je t'écris d'un château. Je ne rigole pas. Je suis dans une espèce de forteresse moderne, sur un coteau dans les montagnes d'Arabie saoudite. L'homme qui a construit cet endroit vend des chaussures. Il possède un magasin de quarante mètres carrés à Djedda et vend de simples chaussures, principalement des sandales, à des gens normaux. Et avec l'argent qu'il a gagné et économisé en vendant des souliers, il est retourné dans son village, a nivelé la montagne et a construit un château. »

Il posa son stylo. Il avança lentement jusqu'à la porte en faisant attention à ne pas réveiller Salem. La maison était silencieuse, mais la plupart des lumières étaient restées allumées. Il grimpa avec précaution l'escalier jusqu'au dernier étage. Là, il arpenta le balcon d'un bout à l'autre, contemplant la vue sous chaque angle. Il pourrait vivre ici, décréta-t-il intérieurement. Une maison comme celle-ci lui irait parfaitement. Ce qu'il lui fallait, c'était de l'espace, un endroit éloigné de tout, où la terre n'était pas chère et où il était facile de construire. Il partageait les aspirations du père de Youssef, il comprenait ce besoin de retourner à ses origines, de construire du durable, de bâtir quelque chose d'ouvert et d'étrange comme cette forteresse, quelque chose pouvant accueillir la famille et les amis, tous ceux qui l'avaient aidé à devenir celui qu'il était. Mais où s'ancraient les origines d'Alan ? Il n'avait pas de village ancestral. Il avait Dedham. Est-ce que Dedham était un village ancestral ? Personne là-bas ne savait qui il était. Était-il originaire de Duxbury ? Avait-il des attaches dans cette ville, ou des liens avec quiconque là-bas ?

À Duxbury Alan n'avait même pas pu construire un mur.

Il n'avait pas envie de penser au type du service de l'urbanisme, mais sa tête de faux jeton lui revint en mémoire. Alan avait voulu construire un jardin, entouré d'un petit mur de pierre, c'est tout. Le sol était rocailleux dans la partie du terrain qu'il avait choisi derrière chez lui, donc il s'était dit qu'il ferait un jardin en hauteur, surélevé de quelques dizaines de centimètres. Il en avait vu un dans un livre et cela lui avait paru logique, et beau aussi. Celui du livre était entouré de bois, comme un bac à sable, mais Alan voulait quelque chose qui ressemblât aux vieux murs de pierre qui bordaient certaines des propriétés en ville — des murs qui, pour certains du moins, existaient depuis des centaines d'années. Ces vieux murs n'avaient parfois même pas de mortier, c'était juste des pierres soigneusement empilées les unes sur les autres, mais Alan pensait utiliser du ciment pour bien maintenir les siennes ensemble. Ainsi, après avoir feuilleté un livre à la bibliothèque sur la maçonnerie, il se rendit à la quincaillerie et acheta deux sacs de ciment prêt à l'emploi.

Ensuite il se rendit au-delà de l'autoroute, dans un endroit qui vendait des pierres. Il parcourut le magasin, qui était en fait un espace à ciel ouvert. C'était formidable, il n'en avait jamais entendu parler avant. Il y avait de grands tas de pierres dans de petits enclos, on aurait dit un zoo de cailloux. Il trouva finalement des pierres grises et roses, plus ou moins arrondies ; elles semblaient être assorties à celles qui se trouvaient devant sa maison.

— Comment ça marche ? demanda-t-il à un des types qui travaillaient là.

L'homme était grand, mince, trop en fait pour travailler dans un endroit plein de cailloux. Il ne semblait même pas capable de lever son pantalon jusqu'à la taille, alors les pierres qu'il était censé vendre !

— Vous voulez transporter vos propres pierres ?

Alan ne savait pas.

— Je devrais ?

— Pourquoi pas, répondit l'homme, à moins que vous ne construisiez un château.

Alan pouffa. La blague lui parut très drôle sur le moment.

— Nan, juste un mur.

— C'est votre voiture ? demanda le gars en faisant un signe de tête en direction d'un break.

— Oui. Ça va aller ?

— Bien sûr, mais il faut qu'on la pèse avant, dit l'homme. La balance est là-bas.

Alan retourna à sa voiture, puis la conduisit sur deux rails menant à une plateforme surélevée située à côté du bureau d'accueil. Une fois sur la balance, Alan vit qu'un autre homme dans le bureau levait les pouces en l'air dans sa direction.

Alan redescendit la rampe d'accès, alla se garer dans la zone où il avait choisi les pierres, et commença à les charger. Il ne savait pas du tout combien il souhaitait en acheter, et il n'y avait pas de panneau indiquant le prix. Mais tout le processus l'amusait tellement — la balance, mettre les pierres dans le coffre, chacune faisant rebondir les amortisseurs, la voiture s'alourdissant un peu plus au fur et à mesure. Il décida de la remplir jusqu'à ce que le pare-chocs s'abaisse suffisamment et qu'il se dise qu'il était plus prudent d'arrêter. Et c'est ce qu'il fit, puis il ferma le coffre et repartit jusqu'à la balance en voiture.

L'homme par la fenêtre leva à nouveau les pouces en l'air, Alan redescendit, et se gara près du bureau. Il pénétra à l'intérieur et l'homme derrière le comptoir lui fit un clin d'œil amical.

— Deux cent dix kilos.

Si le prix au kilo était supérieur à un dollar, songea Alan, il était cuit. Il avait prévu une centaine de dollars pour l'ensemble de son projet de jardin.

L'homme était en train de faire le compte avec une calculatrice, puis il leva les yeux vers Alan.

— Du ciment ?

Alan secoua la tête.

— OK, ça fera cent soixante-dix dollars et soixante-huit cents.

Alan en rit presque. En tout cas il sourit durant tout le trajet du retour. Ce genre de transaction était si simple. C'était facile et cela faisait du bien. Il avait vu des pierres. Les avait chargées à l'arrière de son break, avait pesé sa voiture, le type avait calculé la différence, déterminé le poids des pierres, et lui avait facturé environ quatre-vingts cents le kilo. C'était merveilleux.

Construire le mur lui donna autant de plaisir sinon plus qu'il n'en avait connu ces dernières années, même s'il n'avait en réalité aucune idée de ce qu'il faisait. Il avait oublié d'acheter des outils de maçonnerie, donc il utilisa une brouette pour mélanger le ciment et une pelle pour l'appliquer. Il s'efforça de disposer les pierres au mieux en étalant le ciment sur le dessus et sur les côtés. Il ignorait combien de temps il faudrait pour que cela sèche, ni à quel point cela serait solide une fois terminé. Il aurait dû attendre, faire une rangée de pierres l'une après l'autre, mais il savourait beaucoup trop ce moment pour ralentir la cadence. Comme avec bon nombre de ses projets dans et autour de la maison, il voulut tout finir d'un coup, et quatre heures plus tard le tour était joué.

Il recula de quelques pas et se rendit compte qu'il avait plus ou moins fait un carré. Les murs s'élevaient à environ quatre-vingt-dix centimètres. Leur côté brut et dépouillé leur donnait un air vraiment moyenâgeux. Il posa le pied sur la première portion qu'il avait faite : c'était déjà solide. Il poussa plus fort, et cela ne bougea pas d'un centimètre. Il grimpa dessus : c'était aussi costaud que les sols de sa maison. Il était profondément ému. Le ciment ! Pas étonnant que les architectes l'affectionnaient. En quelques heures, il avait monté un mur qu'on ne pourrait détruire qu'à coups de marteau-piqueur. En quelques jours, rêva-t-il, il pourrait certainement construire une maison de la même façon. Il pourrait bâtir n'importe quoi. Il était euphorique.

Mais ensuite, il y eut la visite du service du zonage. Alan se réveilla le lendemain et trouva un papier rouge collé à sa porte. L'avis lui demandait de se présenter à la mairie, avec les plans de construction, de faire une demande de permis de construire. Tout cela pour un mur de quatre-vingt-dix centimètres de haut. Ensuite il y eut les disputes avec ce connard de l'urbanisme. Elles furent toutes vaines. Alan n'avait pas fait le mur selon les règles de construction de la ville, n'avait pas travaillé avec un entrepreneur habilité, donc le mur devait être détruit. Par-dessus le marché, il dut payer deux types pour démolir au marteau-piqueur son mur, son jardin, jusqu'à ce que ce ne soit plus que des gravats. Ils piétinèrent ses légumes, foulèrent tout sur leur passage. Les plantes moururent. Le désastre fut douloureux à regarder. Et ensuite il fallut encore qu'Alan paye deux autres types pour dégager les ruines.

XXVII

Lorsque Alan se réveilla, le ciel était d'un gris blafard. Il descendit au rez-de-chaussée. Il n'entendit aucune voix, ne perçut aucun mouvement, aucun signe que la journée avait commencé. Les salles de réception étaient vides, la cuisine déserte. Quelqu'un avait finalement éteint les lumières. Il songea à se remettre au lit mais était certain que cela ne lui servirait à rien.

Il ouvrit la porte d'entrée et regarda la vallée bleu et brun dans la faible lumière. Il s'assit sur la rambarde et remarqua pour la première fois que sur le terrain, à une quinzaine de mètres en contrebas, il y avait un troupeau de moutons. Ils étaient dans un enclos, et le sol sous leurs pieds, hormis quelques taches vertes rebelles, était principalement constitué de pierre et de poussière. Un panache de fumée déchirait le ciel bleu au-delà des montagnes. Alan rentra pour aller chercher son appareil photo.

Il descendit un peu l'allée et prit quelques photos : des coteaux en contrebas, des collines surplombant la propriété au-delà de la maison. Puis il poursuivit son chemin, se retrouva sur la route principale, et continua de descendre la pente.

La vallée était plongée dans le silence. Il s'arrêta pour photographier un arbre hérissé d'épines, une touffe de fleurs blanches, un vieux bus pakistanais aux couleurs vives, en panne sur le bord de la route. Il prit aussi la photo d'une chèvre égarée.

Un nuage de poussière se souleva au-delà de la côte. C'était un camion, un pick-up blanc en fait, qui avançait en direction d'Alan, et s'arrêta à sa hauteur. Une vitre se baissa. Un homme dans les quarante ans, portant une dishdasha grise impeccable. Il ressemblait un peu à Youssef, en plus grand et plus maigre.

— Salaam, dit-il.

— Salaam, répondit Alan.

— Vous voulez monter ?

— Non merci. Je me promène.

— En prenant des photos ?

— Ouais. Le lever du jour est magnifique.

— Je vous ai vu de là-haut, fit-il.

Alan regarda autour de lui, s'efforçant de déterminer de quel perchoir l'homme avait bien pu l'observer. Ce dernier sourit à contrecœur.

— Vous prenez beaucoup de photos.

— Oui, faut croire, dit Alan.

Quelque chose ne tournait pas rond, mais il ne parvenait pas à mettre le doigt dessus. Puis il comprit.

— Américain ? demanda l'homme.

Ah ! Comme toujours, Alan eut un instant l'envie de mentir.

— Oui, répondit-il.

— Toutes ces photos... Vous travaillez pour la CIA ou quoi ?

Le sourire de l'homme parut plus sincère cette fois, et cela parut détendre quelque peu Alan.

— Juste en free-lance, plaisanta-t-il. Je ne fais pas que ça.

La tête de l'homme eut un bref mouvement de recul, comme s'il venait de sentir quelque chose de nauséabond, d'anormal. Il passa ensuite la première et repartit.

Lorsque Alan rentra à la maison, Youssef et Salem étaient réveillés, habillés, et Hamza avait disposé le service à thé. Salem se trouvait sur la terrasse et, comme la nuit précédente, jouait de la guitare. Youssef vit Alan s'approcher.

— Alan ! On a cru que tu t'étais fait enlever !

Youssef et Salem affichaient tous deux un large sourire.

— Je suis juste allé faire une balade. Je me suis réveillé tôt. L'aube est splendide par ici.

— C'est vrai, c'est vrai. On va prendre le petit déjeuner dehors. D'accord ?

Hamza étala une grande nappe blanche sur la terrasse et ils s'assirent dessus. Il apporta plus de thé, du pain et des dattes. L'air était frais mais le soleil montait dans le ciel et Alan sentit un avant-goût des températures à venir, de la chaleur des rochers autour d'eux. Ils restèrent à l'ombre. Alan voulait leur raconter sa rencontre avec l'homme du pick-up, il savait qu'il s'y était mal pris, et que les ennuis ne tarderaient pas à arriver, ne serait-ce que sous la forme d'un coup de fil. Mais il continuait d'espérer que l'homme passerait l'éponge, que ses propos resteraient sans conséquence, que cette mauvaise blague en demeurerait là et rien de plus.

Après le petit déjeuner, Youssef, inspiré, s'éclipsa d'un bond à l'intérieur. Il réapparut avec deux des fusils qu'il leur avait montrés la veille. Alan s'attendait à une autre séance d'information quand Youssef agita une boîte de cartouches sur la nappe. C'étaient des balles de calibre 22, et Youssef chargea une des carabines.

Entre amis ou personnes se connaissant depuis peu, charger une arme déclenche toujours un moment de flottement. Alan fréquentait les armes à feu depuis des années, il n'avait pas de problème avec, et il se sentait bien avec Youssef, pourtant il marqua une brève pause et pensa à son ami, au fusil, à leurs positions respectives, et à n'importe quel motif ou possible conséquence. La vie d'Alan était loin de vraiment compter pour eux. Alan avait confiance en Youssef, il le considérait comme un ami, voire comme un fils, mais quelque chose en lui murmurait : *Tu ne connais pas véritablement ces gens en fait.*

Youssef posa la carabine sur la nappe et se dirigea de l'autre côté de la terrasse, où le terrain remontait à flanc de montagne. Il récupéra une canette dans un buisson et la plaça sur le dessus du muret. Puis il regagna sa place en quelques foulées.

— Voyons voir si j'ai de bons restes, déclara-t-il.

Alan s'apprêtait à voir Youssef s'allonger sur le ventre, ou se lever, au lieu de quoi il s'assit, les genoux pliés devant lui. Il posa ses coudes dessus, et nicha le manche du fusil au creux de son épaule. Alan n'avait jamais vu personne tirer de la sorte, mais cela semblait assez logique.

Youssef visa la canette — elle était à une vingtaine de mètres — et tira. Le son ne fut pas très fort, pas aussi puissant qu'une balle de 45. Ces calibres 22 étaient paisibles, élégants, leur bruit et leurs exigences étaient presque polis.

La balle disparut dans le fourré. Il avait manqué la cible. Il marmonna en arabe, vida le chargeur et glissa une nouvelle cartouche. Il mit en joue, tira, et cette fois, après avoir vacillé une seconde, la canette tomba du rebord dans l'allée, tel un cow-boy d'un toit au cinéma.

— Très bien, s'exclama Alan.

Hamza se précipita pour remettre la canette en place.

— À toi maintenant ?

Youssef lui tendit l'arme à feu.

Alan la saisit, chargea une des petites balles dorées. La carabine était très légère. Il avait envie de se lever, ou de s'allonger, mais il eut le sentiment que la coutume lui imposait de faire comme Youssef.

C'était assez confortable, un peu comme s'il s'appuyait sur un trépied. Alan visa la canette, souffla, et appuya sur la détente. Une traînée de poussière fusa à côté de la cible. Youssef et Hamza parurent passablement impressionnés, mais aussi satisfaits qu'Alan ne soit pas si bon tireur. De quoi auraient-ils l'air si Alan, homme d'âge moyen, lourd et vêtu d'un pantalon beige, pouvait s'asseoir, s'emparer d'une carabine et faire mieux qu'eux ?

C'était ce qu'Alan était déterminé à faire.

— Je peux recommencer ? demanda-t-il.

Youssef haussa les épaules et hocha la tête en direction de

la boîte de balles. Alan chargea à nouveau la carabine, et mit en joue. Il soupira, inspira, et pressa. Cette fois la canette prit la balle en plein flanc et tomba du mur.

Tout le monde, même Salem, approuva d'un murmure. Alan tendit le fusil à Youssef, qui souriait de toutes ses dents.

Ils poursuivirent ainsi, à tour de rôle, remettant la canette en place, la criblant de trous, pendant vingt minutes, jusqu'à ce qu'un véhicule remonte en trombe l'allée. C'était le pick-up blanc qu'Alan avait croisé plus tôt. Dès que l'homme ouvrit la portière, l'air agité, Alan sut qu'il allait bientôt devoir s'expliquer. Le fait qu'Alan tenait une carabine à la main lorsque l'homme se gara n'aida pas. Alors que ce dernier marchait à grands pas dans leur direction, Alan posa le fusil sur la nappe, aussi près de Youssef qu'il le put, en le laissant tout de même à sa portée. Comment pouvait-il savoir ce qui se passerait ? Il lui fallait assurer ses arrières.

D'emblée, l'homme s'adressa à Youssef en arabe sans s'arrêter tout en désignant Alan du doigt. Puis Youssef se leva, Salem se leva, et les trois hommes crièrent ; Hamza ne semblait pas trop savoir quoi faire. L'homme de la camionnette était sûrement quelqu'un qu'Hamza voyait tous les jours, il vivait certainement au village, mais il ne pouvait ouvertement le défier, ni se ranger aveuglément aux côtés de Youssef. Alan restait assis, essayant de paraître aussi inoffensif que possible.

Pour finir Youssef s'approcha d'Alan.

— Tu as dit à ce gars que tu étais de la CIA ?

Alan roula les yeux.

— Il m'a demandé si j'étais de la CIA et pour blaguer je lui ai répondu que je travaillais pour eux en free-lance.

Youssef plissa les yeux.

— Pourquoi lui as-tu dit ça ?

— Je rigolais. C'était une blague. Il m'a demandé. C'était ridicule comme question.

— Pas pour *lui*. Maintenant il faut que je le convainque du contraire. Et comment je fais ?

Alan voulait disparaître, aller sur le toit, n'importe où. Mais il eut une idée.

— Dis-lui que si j'étais de la CIA, je n'irais pas le claironner au premier type qui me pose la question.

Là-dessus, Youssef éclata de rire. Dieu merci, songea Alan. Toute cette histoire avait commencé à lui échapper, à leur échapper à tous, et les ennuis avaient bien failli arriver pour Youssef, pour son père et pour Alan. Il aurait pu se retrouver avant l'heure du déjeuner dans un taxi en direction de Djedda. Mais son explication avait éclairé la situation, elle avait rappelé à Youssef qui il était, et ce qui le rapprochait d'Alan. Ils étaient amis, ils se faisaient confiance.

Youssef se retourna vers l'homme, le prit par l'épaule et le raccompagna à son pick-up. L'homme monta à bord, et resta assis derrière le volant tandis que Youssef lui parlait par la fenêtre ouverte, calmement, faisant parfois un geste énergique en direction d'Alan. Youssef continua d'éteindre la fureur de l'homme et bientôt ce fut fini.

Lorsque le pick-up fut parti, Youssef revint et s'assit.

— Tu n'aurais jamais dû dire ça, soupira-t-il avec emphase.

— Je sais.

— Les gens n'aiment pas ce genre de blagues.

— Je l'ai su immédiatement après lui avoir parlé.
— C'est comme dire que tu as une bombe quand tu passes la sécurité dans un aéroport.
— Exactement ce que j'ai pensé.
— Bon, on est d'accord alors.
— On est toujours d'accord.
— La plupart du temps.
— Je suis désolé.
— Ça va. Allez, tirons-en encore quelques-unes.

Et c'est ce qu'ils firent, jusqu'à ce que Salem déclare vouloir voir au moins un peu le village et la campagne alentour. Ils partirent donc dans un des camions du père de Youssef et, Hamza au volant, descendirent dans la vallée jusqu'au village. Le camion roulait si doucement sur la route accidentée qu'il semblait presque inutile d'être véhiculé. Il aurait peut-être même été plus rapide et moins ridicule de marcher. Ils passèrent devant des bicoques extrêmement modestes et devant une rangée de maisons et de petits immeubles résidentiels soigneusement construits en briques d'adobe. Le village ne devait pas compter plus de deux cents habitants, et pourtant il y avait une minuscule école, une clinique, une mosquée et même ce qu'Alan crut être un hôtel.

Après le principal groupe d'immeubles, ils remontèrent la route poussiéreuse jusque de l'autre côté de la vallée et, après avoir traversé un étroit passage entre deux énormes pierres, ils débouchèrent dans une autre vallée plus petite. Ils continuèrent un moment en direction du village suivant, et Youssef arrêta le camion.

— Voici la maison de mes grands-parents, dit-il en désignant une bâtisse petite et vieille.

Elle était construite avec quelques milliers de pierres plates sans mortier et ne devait pas avoir plus de quatre-vingts ans, mais elle n'aurait pas été anachronique dans une tout autre époque.

Ils descendirent de voiture, et Alan suivit Youssef qui entrait dans la maisonnette par une fenêtre. Il n'y avait qu'une petite pièce sans toit, mais les poutres avaient survécu. Youssef enleva ses lunettes de soleil et les glissa dans le col de sa dishdasha. Il avala une gorgée d'eau à sa bouteille en plastique.

— Je ne saurais pas vivre comme ça, fit-il. Tu imagines ?

Et ils regagnèrent le camion.

Ils passèrent les heures suivantes à rouler tranquillement sur les terribles routes qui passaient d'une vallée à l'autre. En chemin, ils croisèrent une succession de formations rocheuses improbables. Deux pierres hautes de deux étages creusées qui ressemblaient à deux casques vides. Ils atteignirent la crête la plus haute à l'extrémité de la vallée du père de Youssef, et observèrent le village en contrebas. De là où ils se trouvaient, il paraissait invraisemblablement petit et fragile, le genre de hameau susceptible d'être noyé par n'importe quelle crue subite, ou complètement enseveli par la moindre avalanche. Il semblait ridicule de vouloir y vivre ne serait-ce qu'un jour ou deux, alors des siècles… Les gens étaient complètement à la merci de la sécheresse et de l'unique route qui à tout moment pouvait devenir impraticable à cause d'une coulée de boue ou d'une chute de pierres. Dans la vallée, le travail de l'homme avait l'air si insignifiant comparé à l'œuvre du vent et de l'eau, et Alan eut une pensée qu'il avait souvent eue par le passé, à savoir *Les gens ne devraient pas vivre ici.* Ils ne devraient pas s'installer sur un terrain rocailleux où l'eau manque. Mais alors où vivraient-ils ? La nature dit à l'homme qu'elle le tuera quel que soit l'endroit. Sur le plat, une tornade le tuera. Près d'une côte, ce sera un tsunami qui dévastera des siècles de labeur. Les tremblements de terre ridiculisent toute entreprise de construction, toute idée de permanence. La nature veut tuer, tuer, tuer, se moquer de notre travail, tout balayer sur son passage. Mais les êtres ont toujours vécu là où ils voulaient, et ils ont vécu ici, aussi, dans cette vallée impossible, et ils ont prospéré. Prospéré ? Ils ont vécu. Ils ont survécu, ont eu des enfants, et les ont envoyés dans les villes gagner de l'argent. Ces derniers ont réussi leur vie et ils sont revenus niveler les sommets des montagnes, et construire des châteaux précisément dans cette redoutable vallée. Le travail de l'homme s'accomplit dans le dos de la nature. Et quand elle le remarque, elle rassemble suffisamment d'énergie, et fait à nouveau table rase.

Alors qu'ils rentraient à la forteresse, ils passèrent devant deux hommes qui bâtissaient un mur. Leur chantier ressemblait en tout point à celui qu'Alan avait connu des années plus tôt — un tas de pierres, une brouette pleine de mortier.

— On peut s'arrêter ? demanda-t-il avant même de comprendre pourquoi il en avait envie.

Hamza stoppa le véhicule. Les deux hommes levèrent les yeux et les saluèrent de la main. Youssef leur répondit par la fenêtre ouverte en plaisantant en arabe. Les deux hommes rirent et s'approchèrent.

— Demande-leur s'ils ont besoin d'aide, fit Alan.
— Je ne vais pas aller leur donner un coup de main !
L'espace d'une seconde Youssef resta perplexe.
— Tu veux dire toi ? Tu veux les aider ?
— Oui. J'en ai vraiment envie.

Youssef et Salem tentèrent pendant quelques minutes de raisonner Alan mais, pour finir, Youssef proposa l'aide d'Alan aux deux hommes qui acceptèrent. Ils mirent Alan au travail, et Hamza, Youssef et Salem repartirent.

Alan devait empêcher le mortier de durcir en remuant et en ajoutant de temps en temps de l'eau et, une fois sa mission accomplie, il aidait à trouver les bonnes pierres pour poursuivre le mur. Le travail était lent, la barrière de la langue rendait les choses frustrantes des deux côtés, mais Alan se sentait bien en plein air, à faire fonctionner ses bras et ses jambes, et ils construisirent un peu plus de cinq mètres de mur. Il faisait quatre-vingt-dix centimètres de hauteur, et avait bien meilleure allure que celui qu'Alan avait bâti sur son propre terrain. Les deux hommes lui firent un signe de tête approbateur, lui serrèrent la main, et ce fut tout.

Le soleil se couchait tandis qu'Alan rentrait à pied vers le château. Se perdre était inenvisageable : la forteresse était visible de partout dans la vallée. Alan y arriva au bout de vingt minutes, et Youssef et Salem étaient, comme toujours, perchés sur le muret de la terrasse, Salem à la guitare.
— Tu t'es bien amusé ? demanda Youssef.
— Pendant un moment, oui. Ensuite c'était carrément chiant, répondit Alan.

Youssef et Salem éclatèrent de rire. Ils avaient un fou devant eux.

Une lumière traversa les yeux de Youssef.

— Après le dîner, j'ai une surprise pour toi. Tu vas adorer.

Salem, dans la confidence, haussa les sourcils comme pour surenchérir.

— De quoi s'agit-il ?

— Tu veux chasser les loups ?

— Quoi ? Où ?

— J'ai appris qu'il y a des loups en ce moment qui tuent des moutons. Les villageois organisent une battue. Ils ont besoin de tous ceux qui savent tirer.

Alan n'avait pas reçu d'invitation aussi étonnante depuis des années.

— Ça me branche carrément, s'exclama-t-il.

— Tu vois, fit Youssef à l'attention de Salem.

— Je n'ai jamais dit le contraire, répondit Salem.

Il reprit sa guitare en main et composa une chanson, aussitôt, sur Alan et la chasse aux loups.

Et elle n'était pas si mal.

XXVIII

Après dîner, deux pick-up blancs se garèrent devant la forteresse. Salem se précipita à nouveau pour cacher sa guitare. Dans chacun des véhicules, il y avait quatre hommes, aussi vieux sinon plus qu'Alan — celui qui avait pris Alan pour un agent de la CIA n'en faisait pas partie —, et quelques adolescents.

Alan se vit offrir une place à l'avant, mais il préférait rester dehors. La nuit était claire et l'air vivifiant. Il voulait tout voir. Des voix s'élevèrent, mais Youssef intervint et leur confirma qu'Alan souhaitait réellement monter derrière, et que leur hospitalité s'exprimerait d'autant mieux s'ils accédaient à sa demande. En temps normal, Alan n'aurait pas insisté mais ce soir si, parce que après des semaines dans cet hôtel aseptisé il avait envie de respirer la nuit, de voir les étoiles, d'être bringuebalé sur le plateau du pick-up.

Il grimpa donc à l'arrière avec les deux plus jeunes cousins et un homme plus vieux. Ils étaient tous trois armés. Youssef s'installa sur le siège passager.

— Tu viens ? demanda Alan à Salem.

— Tu rigoles ou quoi ? répondit-il. À plus tard.

Le pick-up vrombit et commença à descendre lentement l'allée. L'homme en face d'Alan devait avoir son âge et était bâti comme lui ; il lui souriait. Alan tendit la main.

— Alan, fit-il.

L'homme la lui serra.

— Atif.

Un nid-de-poule les fit tous valdinguer. Lorsqu'ils se relevèrent, ils rirent. Atif, espérait Alan, n'était pas au courant de cette histoire de CIA. Il préférait simplement être lui-même, c'est-à-dire personne.

Atif leva le menton vers Alan.

— Vous avez déjà chassé le loup, monsieur Alan ?

Alan secoua la tête.

— Mais vous avez...

L'homme ne savait comment dire *tiré* donc il mima le geste.

— Vous avez déjà fait ça ?

— Oui très souvent, répondit Alan.

L'homme inclina la tête comme s'il ne saisissait pas la logique.

— Mais pas pour un animal ?

— Non, dit Alan.

L'homme sourit. Il lui manquait la plupart des dents.

— Vous avez tué un homme ?

Alan rit.

— Non.

— Vous mangez les animaux ? demanda l'homme.

— Oui, répondit Alan.

L'homme parut satisfait pendant un instant, puis un éclair de malice illumina ses yeux.

— Vous mangez les hommes ?

Alan choisit de rire.

— Non.

L'homme sourit.

— Jamais ?

Alan choisit de rire derechef.

L'homme tendit le bras et serra à nouveau la main d'Alan.

— Bien, ajouta-t-il.

Les routes étaient dans un état déplorable, et plus ils prenaient de l'altitude pire c'était. Le pick-up grinçait et grondait. Alan se demanda à voix haute s'il resterait des loups dans les alentours de leur bruyant convoi.

Enfin, au sommet d'une crête, ils s'arrêtèrent, les cousins sortirent et aidèrent Alan à descendre. Youssef surgit de l'autre pick-up, chargeant un fusil.

— C'est dans la ferme là en contrebas que le dernier mouton a disparu.

Alan regarda la bergerie. Elle était à environ soixante-dix mètres de là où ils se trouvaient.

— OK, c'est quoi le plan ?

— Bah, on va attendre ici.

— Mais ils vont nous sentir, non ? demanda Alan.

Personne ne répondit, et il supposa que sa question était sans intérêt.

— Toi et moi on va aller là-bas, fit Youssef.

Ils marchèrent une petite centaine de mètres jusqu'à des rochers, petits et lisses, et Youssef s'étendit sur l'un d'eux. Alan fit de même, ils braquèrent tous deux leurs armes en direction de la bergerie. Leur angle de tir était parfait. Le propriétaire de l'endroit avait laissé un projecteur allumé — cela n'avait pas dissuadé les loups auparavant, avait-il affirmé — et le vent était faible, donc Alan pourrait sans problème tirer sur l'animal s'il avançait lentement, sans faire de mouvements intempestifs. Il n'avait jamais vraiment suivi une cible mouvante, mais sans obstacles, dans un endroit ouvert et éclairé comme celui-ci, il pourrait au moins toucher la bête.

Il observa les autres membres de la partie de chasse se positionner tout autour de l'enclos. Il compta neuf tireurs, y compris les jeunes cousins. Si un loup pénétrait dans le périmètre, il serait accueilli par une flopée de fusils.

Alan ne voulait pas tuer d'animaux. Il redoutait le moment où le loup, touché, tressaillirait, vacillerait ici et là, pour s'immobiliser, criblé de balles. Il craignait d'entendre son souffle laborieux quand ils se tiendraient autour de lui, attendant sa mort. Mais il paraissait peu probable qu'aucun animal, si stupide ou désespéré fût-il, pénètre dans l'enclos avec autant de personnes présentes dans les environs, et autant de lumière. Mais, encore une fois, Alan ne connaissait rien à la chasse, et encore moins à la chasse au loup dans les montagnes d'Arabie saoudite.

C'est son père qui lui avait appris à tirer, du moins l'avait-il emmené plusieurs fois à la chasse. Il ne lui avait pas montré grand-chose en fait. Quand Alan avait dix ans, il lui avait tendu une vieille Winchester 22 en disant : Fais comme moi. Ron utilisait un 45 semi-automatique, et Alan lui avait emboîté le pas. Lorsque Ron avait mis en joue, Alan avait fait de même. Ron lui avait indiqué toutefois de souffler au moment du tir, de maintenir son arme aussi près du corps que possible, au niveau de la joue. Mais Alan n'avait pas réagi comme Ron l'avait espéré, et au bout de trois ou quatre fois il avait cessé de l'emmener.

De l'autre côté de la vallée, deux phares apparurent, dessinant un rayon bleu au-delà de la silhouette hérissée de la crête. Alan regarda Youssef. Ce dernier haussa les épaules.

— C'est un événement ici. Tout le monde veut participer. C'est comme Noël — Youssef réfléchit une seconde à ce qu'il venait de dire. Peut-être pas comme Noël.

Alan scruta l'enclos et ne vit rien. Les moutons étaient à l'abri sous leur préau en tôle ondulée, et le loup n'osait toujours pas traverser la scène. Youssef baissa son fusil, se massa l'épaule et le cou.

Il se tourna vers Alan.

— Au fait, comment va ton cou ?

— Bien. Encore sensible.

Alan surprit Youssef tout sourire en train de le regarder allongé sur le rocher, prêt à tirer.

— Tu as été dans l'armée ? demanda-t-il.

— Non, je te l'ai déjà dit.

— Tu m'as dit que tu n'étais pas à la CIA.

— Je n'ai pas fait l'armée non plus. Mon père oui.

— Et il a combattu ?

— Oui. Pendant la Deuxième Guerre mondiale.

Youssef fit un son impressionné.

— Où ?

L'usage chez les vétérans de la Deuxième Guerre mondiale voulait qu'ils n'évoquent pas cette période, mais Ron ne s'était jamais montré avare de détails. Tout le mettait sur les rails. Un accent italien à la télévision lui rappelait immédiatement deux soldats de Mussolini — il n'employait pas l'adjectif *italiens* car il affirmait que les vrais Italiens n'écoutaient pas, ne combattaient pas pour ce fou furieux — qu'il avait tués, ou aidé à tuer. La vue d'une infirmière déclenchait des histoires d'infirmières allemandes, anglaises qui se trouvaient sur le navire le ramenant au pays, de la Polonaise qu'il avait connue plutôt intimement. Il avait commencé à raconter cette histoire après la mort de la mère d'Alan. Ron était vraiment devenu difficile à supporter sur ses vieux jours, non ? Mais il y avait ces histoires, des histoires bien meilleures que toutes celles qu'Alan ne pourrait jamais raconter, des histoires qui débutaient toujours avec une blessure, des histoires inspirées par Schubert, Wagner, ou n'importe quel documentaire d'History Channel.

Alan raconta à Youssef les meilleurs passages, quand son père avait été capturé par les nazis, et emprisonné à Mühlberg, quand les Soviets avaient envahi la région, que les prisonniers s'étaient crus libres, mais qu'en fait non. Ils avaient eu le sentiment que Staline marchandait les prisonniers, qu'il les retenait pour évaluer ses options. Ron et son compagnon de couchette savaient que quelque chose ne tournait pas rond, et même s'ils avaient reçu l'ordre de rester tranquilles, d'être patients et de laisser faire, ils voulaient sortir de là. Ils voulaient rentrer chez eux. Donc une nuit ils avaient volé deux vélos aux Soviets, avaient foncé vers les clôtures, trouvé une brèche, s'étaient faufilés, et avaient déguerpi dans la campagne allemande.

Youssef adora.

— Ah, c'est pour ça que tu as choisi le vélo, dit-il.

— Comment ça ?

— Parce que ton père s'est échappé à vélo.

Alan rumina un moment cette dernière phrase.

— Hmm, fit-il enfin. Je n'avais jamais fait le lien.

Youssef ne le crut pas. Quoi, il n'avait pas fait le rapprochement avec l'évasion de son père à vélo, le seul moyen de locomotion suffisamment silencieux et rapide pour qu'il puisse se sauver ? Est-ce qu'il y avait un rapport ? Alan n'essaya même pas d'analyser.

— Mais tu n'as pas voulu faire l'armée ?

— Non.

— Pourquoi ? Il n'y avait pas de guerres dignes de ce nom ?

— Exactement.

— Mais tu aurais combattu pendant la Deuxième Guerre ?

— Je n'aurais pas eu le choix.

— Mais si tu l'avais eu ?

— Le choix ?

— Oui.

— J'y serais allé. J'aurais essayé d'éviter le Pacifique.

— Et si tu étais jeune aujourd'hui ?

— Est-ce que je m'enrôlerais ? Non.

— Pourquoi ? Il n'y a toujours pas de conflits dignes de ce nom ?

— Pourquoi toutes ces questions, Youssef ? Tu penses à entrer dans l'armée ?

— Peut-être. J'aimerais bien être pilote.

— Eh bien, ne le fais pas.

— Pourquoi pas ?

— Parce que tu devrais continuer la fac et finir tes études. Tu es intelligent. Reste sain et sauf, va à l'université, donne-toi les moyens de réussir.

— Mais la réussite est impossible ici. Je te l'ai dit.

— Alors pars.

— Je pourrais partir.

— Eh bien, pars.

— Mais ce serait mieux de rester ici, et de changer les choses.

Ils restèrent allongés en silence un moment. Youssef se tourna vers Alan.

— Tu combattrais à nos côtés ?

— Aux côtés de qui ?

— De gens comme moi, en Arabie saoudite.

— Combattre, c'est-à-dire ?

— Comme vous vous êtes battus pour les Irakiens, ou ce pour quoi vous disiez combattre. Pour qu'ils puissent *choisir* leur destin.

— Est-ce que je me battrais personnellement, c'est ça ?

— Oui.

— Peut-être. Si j'étais plus jeune, je le ferais.

— Et il y en aurait d'autres qui le feraient ?

— Youssef, tout ça est dingue. Personne n'envahit l'Arabie saoudite.

— Je sais. Je suis juste curieux. À propos des individus, c'est tout.

— Tu veux savoir si les Américains individuellement seraient prêts à venir ici pour se battre à vos côtés ?

— Exactement.

— Je ne sais pas. Probablement. Je crois que bon nombre de gens en Amérique sont prêts à se battre pour soutenir ceux qui veulent se libérer. Les Américains aiment défendre une cause. Du moment que ça ne les oblige pas à réfléchir.

Alan rit de sa blague. Youssef non.

— Donc si je lançais une révolution pour la démocratie ici, tu me soutiendrais ?

— C'est ce que tu veux faire ?

— Non. Je demande, c'est tout. Tu me soutiendrais ?

— Évidemment.

— Comment ?

— Je ne sais pas.

— Tu enverrais des troupes ?

— Moi personnellement ?

— Tu sais bien ce que je veux dire. Les Américains.

— Envoyer des troupes ? Aucune chance.

— Un soutien aérien ?

— Non, non.

— Tu ferais une démonstration de force ?

— Ici ? Sûrement pas.

— Tu posterais des observateurs peut-être ? Des espions ?

— Ici en Arabie saoudite ? Il y en a déjà plein.

— Et personnellement ? Est-ce que tu me soutiendrais à titre personnel ?

— Oui, répéta Alan.

— Tu n'hésites pas.

— Mais je suis sûr de moi.

— Avec ton calibre 22.

— Exactement.

Youssef sourit.

— Bien, bien. Quand je commencerai ma révolution, je t'aurai au moins à mes côtés.

— Absolument.

— Tu es fou.

Youssef secoua la tête en souriant, et reprit sa position. Puis il regarda à nouveau Alan.

— Tu sais que je plaisantais, n'est-ce pas ?

— À propos de quoi ?

— Quand je disais que je voulais que les États-Unis envahissent notre pays.

Alan ne trouva rien à répondre. Youssef souriait toujours.

— Tu es tellement prêt à y croire ! C'est plutôt marrant, non ?

— Je ne sais pas si c'est drôle, fit Alan. Je suis désolé. Je n'avais pas compris que c'était pour rire.

— C'est pas grave. Je suis quand même content de voir que tu apporterais ton 22 pour te battre à mes côtés. Même si je ne suis pas près de lancer une révolution.

Ils observèrent à nouveau la pente, mais Alan était remué. Youssef s'était exprimé avec légèreté mais il y avait quelque chose de sérieux, de triste derrière son sourire, et Alan avait compris de quoi il s'agissait. Youssef savait au fond qu'il n'y aurait pas de combat, pas de lutte, pas de parti pris, il savait qu'aucun d'entre eux — parce qu'ils ne manquaient matériellement de rien, parce que, malgré les injustices dans leurs pays respectifs, ils bénéficiaient d'une abondance absurde — ne lèverait le petit doigt. Ils étaient satisfaits, ils avaient gagné. D'autres se chargeraient de se battre, ailleurs.

Plus bas, mouvement. Alan souleva son fusil et pressa sa joue contre le bois lisse. Mais il s'agissait d'un mouton. Il avait dû s'égarer, et cherchait à présent à rejoindre ses frères sous le préau. Alan le visait, et il avait très envie de lui tirer dessus. Il ne nourrissait aucune rancune envers l'animal, et il s'attirerait des ennuis s'il le tuait, mais après tout il était armé et il avait attendu là quarante minutes. Il avait attendu et observé. S'il lui tirait dessus, il se passerait au moins quelque chose. Les munitions étaient faites pour être tirées. Il fallait mettre un terme à cette attente.

Un vent balaya la vallée et remonta vers l'endroit où ils se trouvaient. Une fine poussière tourbillonna, rendant la vue difficile, mais Alan sentit monter en lui, avec la brise, l'étrange et absolue certitude qu'il tuerait le loup.

Et il n'était pas du genre à croire aux prémonitions, il n'avait jamais eu le sentiment d'avoir un destin quelconque, mais là, la joue écrasée contre le bois froid de la carabine, il était persuadé qu'il tirerait la balle qui atteindrait le loup en plein cœur. Il en était tellement convaincu qu'il se sentit merveilleusement calme, tellement calme qu'un sourire se dessina sur ses lèvres.

Ça fera du bien, songea-t-il. Ça fera du bien d'être celui qui verra et tuera le loup. Abattre un loup dans les montagnes d'Arabie saoudite ce ne sera pas rien. L'homme qui aura appuyé sur la détente aura accompli quelque chose.

Il attendit ainsi, satisfait et déterminé, pendant un certain temps. Même si des voix se rapprochaient dans son dos, il ne regarda pas derrière lui, mais certains des autres tireurs avaient vraisemblablement abandonné leur poste, et arrivaient soit pour s'installer avec eux à guetter l'animal, soit pour venir les chercher. Mais, comme s'ils pressentaient qu'Alan ne pouvait quitter sa position, qu'il savait quelque chose qu'ils ignoraient, ils gardèrent leurs distances. Dans le vent constant, leurs voix étaient lointaines et, pour Alan, inaudibles.

Que feront-ils quand il aura tué la bête ? Ils lui serreront la main, frapperont sur sa poitrine du plat de la paume. Ils diront tous qu'ils savaient que ce serait lui. À la seconde où ils l'avaient vu, ils avaient compris qu'Alan serait celui qui ferait le nécessaire.

Soudain, encore du mouvement en bas. Une silhouette, grande, sombre, et rapide, glissa dans son axe de tir. Le doigt d'Alan effleura la détente. Le canon resta immobile. La silhouette réapparut, et Alan distingua la tête d'un loup.

Maintenant.

Il expira et appuya. La balle fila dans la nuit avec un bruit sourd et Alan comprit qu'il serait le tireur. Qu'il serait le tueur.

Puis il vit une tête. Une tignasse noire. Ce n'était pas le loup. C'était un garçon. Le berger. Il était sorti de la bergerie pour faire rentrer ses bêtes. Il y eut une fraction de seconde durant laquelle Alan sut que la balle allait peut-être atteindre le garçon, allait peut-être le tuer.

Il attendit. Le berger levait les yeux dans leur direction, vers le coup de feu, et Alan était prêt à le voir sursauter en arrière ou s'effondrer.

Mais il ne tomba pas. Il n'était pas touché. Il les salua de la main.

Alors que son cœur battait à tout rompre, Alan dégagea la carabine de sa joue, et la posa sur la pierre près de lui. Il ne voulait plus voir le gosse, et il ne voulait plus que ce dernier le regarde non plus, alors il tourna le dos à la vallée. Et il se retrouva face aux hommes.

Youssef était là, et les jeunes cousins, et le type qui lui avait demandé s'il mangeait les animaux ou les hommes, et celui auquel il avait raconté être de la CIA. Ils se tenaient tous là, debout, leurs armes à leurs côtés. Ils avaient vu Alan tirer sur le berger, et personne ne paraissait surpris.

Sur le chemin du retour, Youssef s'assit avec Alan dans la cabine du pick-up. Ils n'échangèrent pas une seule parole avant d'atteindre la forteresse et d'être à l'intérieur.

— Tu devrais dormir un peu, déclara Youssef.

Il accompagna Alan jusqu'à sa chambre.

— Je suis désolé, dit Alan.

— Une voiture te reconduira demain à Djedda.

— Entendu.

— Bonne nuit, fit Youssef, et il ferma la porte.

Alan ne dormit pas. Il tenta de calmer son esprit, mais il revenait systématiquement à ce qu'il avait failli faire. Parce qu'il n'avait rien accompli pendant des années et même de toute sa vie, il avait presque commis l'irréparable. Parce qu'il n'avait aucune histoire intéressante à raconter, il avait presque commis l'irréparable. Parce que les efforts qu'il avait déployés pour essayer de laisser un héritage derrière lui avaient échoué, il avait presque commis l'irréparable.

Vers l'aube, une voiture arriva.

Alan descendit dans l'allée. Youssef l'attendait.

— Voici Adnan. Il va te reconduire à Djedda.

Adnan resta au volant, il paraissait fatigué et mécontent. Youssef ouvrit la portière arrière et Alan monta à bord.

— Je suis désolé, répéta-t-il.

— Je sais, répondit Youssef.

— C'est important pour moi que tu restes mon ami.

— Laisse-moi du temps. Il faut que je me rappelle ce que j'aime chez toi.

Alan essaya en vain de dormir dans la voiture. Il ferma les yeux sous le soleil blanc, mais ne vit que le visage du berger, ceux des hommes, l'expression placide de Youssef lorsqu'il avait tourné le dos à la vallée et qu'il les avait vus tous rassemblés derrière lui. Une expression qui disait que tous ses soupçons étaient confirmés.

Lorsqu'il regagnerait Djedda toutefois, il verrait le Dr Hakem et elle l'opérerait. Il saurait enfin ce qui clochait chez lui, et elle l'en débarrasserait.

XXIX

Alan était nu sous une légère blouse bleue dans un hôpital saoudien dont il ne savait rien. Il était sur le point de subir l'ablation d'une grosseur dans la nuque, une grosseur qu'il suspectait encore d'adhérer à sa colonne vertébrale, et de le priver d'une bonne part de son esprit, de sa volonté et de son jugement.

Étendu sur un lit médicalisé dans cette chambre blanche, Alan se sentit soulagé d'être loin de la forteresse et loin des montagnes. Après son départ, il avait passé un jour et une nuit à se demander : Qu'est-ce que j'ai fait ?

La réponse était : Rien. Il n'avait rien fait. Mais cela le soulageait bien peu. Le soulagement serait du ressort du Dr Hakem.

Il se trouvait dans le centre hospitalier spécialisé du roi Fayçal. Il y avait été admis, et on lui avait demandé de se déshabiller et de mettre toutes ses affaires dans un sac en plastique. Il était à présent assis sur le lit, frissonnant dans la fine blouse, à observer le sac, lire le bracelet en plastique qu'on lui avait donné, regarder par la fenêtre en se demandant si ce qu'il s'apprêtait à vivre marquerait le tournant après lequel il deviendrait un homme malade, un homme mourant.

Il attendit vingt minutes dans cette pièce vide. Puis quarante.

— Bonjour !

Alan leva les yeux. Un homme venait d'entrer en poussant un brancard. Il le positionna près du lit d'Alan.

— Allez, on y va, dit-il, indiquant à Alan de passer du lit au brancard.

Ce dernier s'exécuta, et l'aide-soignant, peut-être philippin, étala soigneusement une couverture sur lui.

— C'est bon, fit-il, et ils quittèrent la chambre.

Ils parcoururent une douzaine de couloirs gris avant d'arriver enfin dans une pièce modeste avec des rails de lumières et des murs en parpaings bleus très clairs. Alan ne s'attendait pas à voir une table d'opération et pourtant il y en avait une. On lui demanda de passer du brancard au billard. Il s'était imaginé quelque chose ressemblant à un cabinet de dentiste — petit, privé, pas très éloigné finalement de la salle de consultations dans laquelle le Dr Hakem l'avait tout d'abord reçu. Maintenant il craignait que tout ne soit devenu plus grave. Il eut encore une fois le sentiment que ses inquiétudes étaient justifiées : cela prouvait que la grosseur dans sa nuque était très sérieuse, le résultat de l'opération d'autant plus décisif.

Mais où était-elle ? Il n'y avait qu'une personne dans la pièce : un homme en blouse blanche, peut-être saoudien, qui se tenait dans un coin. Il s'était tourné vers Alan avec ce qui avait semblé de l'espoir, comme s'il escomptait voir un ami proche, mais il s'était rendu compte qu'il ne s'agissait que d'Alan, et son visage s'était refermé pour afficher un sourire méprisant. Il ôta ses lunettes, les posa dans une boîte, et sortit. Alan se retrouva seul.

Quelques instants plus tard, la porte s'ouvrit et un jeune Asiatique entra en poussant une machine sur roulettes. Il hocha la tête en direction d'Alan et lui sourit.

— Bonjour, monsieur, lança-t-il.

Alan répondit à son sourire et l'homme entama la longue installation de sa machine.

— Vous êtes l'anesthésiste ? demanda Alan.

L'homme sourit à nouveau, les yeux pétillants et rieurs. Mais, au lieu de répondre, il se mit à fredonner, fort, presque comme s'il délirait.

Alan se rallongea et observa le plafond qui ne lui révéla rien. Il ferma les paupières, et en quelques secondes fut sur le point de s'endormir. Si ce n'était le fredonnement insensé de l'Asiatique à la machine roulante, il se serait assoupi immédiatement. Des gens mouraient pendant une opération, pensa-t-il. Il avait cinquante-quatre ans, il était suffisamment vieux pour disparaître sans que personne n'en soit vraiment consterné. Sa mère s'était éteinte d'une attaque cérébrale à soixante ans. Elle était en voiture en route pour Acton où elle allait rendre visite à une cousine lorsque cela s'était produit. En faisant une embardée, elle avait heurté un poteau téléphonique, sans que la collision ne soit vraiment catastrophique pour elle ni pour sa voiture d'ailleurs — elle l'avait presque raté. Mais elle n'avait été retrouvée que le lendemain matin et, entre-temps, elle était morte. Mourir seule, quelque part au bord d'une route en pleine nuit. Alan le percevait comme un message : dans la mort, on peut espérer de la dignité mais il ne faut s'attendre qu'à du désarroi.

— Bonjour, Alan. Comment allez-vous aujourd'hui ?

Il connaissait cette voix. Il ouvrit les yeux. La tête du Dr Hakem était à contre-jour. Il ne distingua qu'une tache au niveau de son visage.

— Bien, répondit-il en regardant autour de lui.

Sans qu'il sache pourquoi, la pièce était à présent pleine de gens. Il compta six ou sept personnes, toutes portant des masques.

— Heureuse de vous voir, dit-elle, sa voix aussi apaisante que l'eau fraîche. Nous avons une équipe très internationale aujourd'hui pour participer à l'opération. Voici le Dr Wei de Chine, poursuivit-elle en désignant l'homme à la machine sur roulettes. Il sera notre anesthésiste. Et voici ici le Dr Fenton qui vient d'Angleterre. Il sera présent en tant qu'observateur.

Elle lui présenta ainsi les autres membres originaires d'Allemagne, d'Italie, de Russie. Ils hochèrent la tête les uns après les autres beaucoup trop vite pour qu'Alan puisse véritablement se souvenir de qui était qui, d'autant qu'il ne distinguait que leurs yeux au-dessus des masques. Allongé sur le dos, nu à l'exception d'une blouse bleue enfilée devant derrière, Alan fit de son mieux pour sourire en adressant de petits signes de tête.

— Quand vous serez prêt, vous pourrez vous tourner sur le ventre, conclut le Dr Hakem.

Alan se mit à plat ventre, la joue contre l'oreiller rêche qui sentait l'eau de Javel. Il savait qu'il avait les fesses à l'air, mais instantanément une infirmière posa un drap sur lui, puis une couverture sur ses jambes et le bas de son dos.

— Vous avez assez chaud ? s'enquit le Dr Hakem.

— Oui. Merci, répondit Alan.

— OK. Pouvez-vous mettre votre tête de ce côté ?

Il tourna le visage vers la gauche et aplatit les bras sur la table.

— Je vais préparer la zone autour de votre cou, expliqua-t-elle.

Il sentit qu'elle lui dénouait la blouse dans la nuque. Puis quelque chose d'humide sur sa peau. Une éponge, qu'elle tapotait. Un filet d'eau lui coula sur la clavicule.

— OK. Le Dr Wei va maintenant injecter un anesthésiant dans cette partie de votre cou. Vous allez sentir quelques picotements à cause de la seringue.

Alan sentit l'aiguille pénétrer juste sous son kyste. Puis à nouveau sur la gauche. Et encore une fois, et encore une fois. Le Dr Hakem avait annoncé quelques picotements, le Dr Wei avait piqué quatre, cinq, et finalement six fois. S'il n'avait pas été averti, Alan aurait pu penser qu'il le faisait pour le plaisir.

— Vous sentez, là ? demanda-t-elle. J'appuie sur votre kyste.

Alan sentit quelque chose mais ne dit rien. Il ne voulait pas qu'on lui injecte trop de produit. Il préférait conserver une certaine sensation de la douleur, si sourde fût-elle.

— Bien. Vous êtes prêt ? fit-elle.

Il répondit par l'affirmative.

— Je vais commencer.

Il s'inventa des images mentales correspondant aux pressions qu'il ressentait, aux sons et aux mouvements qu'il percevait au-dessus de lui. Il y eut une série de petites incisions, vraisemblablement. C'est du moins ce que le geste du bras du Dr Hakem lui laissait à penser. Après chacune d'entre elles, elle tapotait de l'autre main avec une espèce d'éponge. Il sentait la pression contre sa peau. Incision, éponge, incision, éponge. En fond sonore, l'anesthésiste continuait de fredonner, et venant du plafond une musique — peut-être du Édith Piaf — résonnait.

— Bon, j'ai pratiqué des incisions, expliqua le Dr Hakem. Vous allez peut-être sentir maintenant des tiraillements pendant que j'extrais le kyste lui-même. Ils adhèrent parfois.

Et d'un coup, quel que soit l'instrument chirurgical qu'elle avait à la main, elle s'empara d'une chose en lui et tira. La poitrine d'Alan se serra. La pression était intense. Il s'imagina une espèce d'hameçon pénétrant dans son dos, embrochant la chose visqueuse, tirant dessus, et l'extrayant. On ne lui avait jamais rien retiré du corps, songea-t-il. Comme c'est étrange d'avoir des mains à l'intérieur de soi. Des instruments qui attrapent, qui raclent. Mon Dieu. Alan était creux, son corps une cavité faite de tissus humides, une collection désordonnée de sacs et de tubes, le tout imbibé de sang. Mon Dieu. Mon Dieu. Elle continuait de gratter. De tirer. Il sentit une serviette essuyer les filets liquides qui coulaient dans son cou, droit sur le matelas.

S'il s'en sortait vivant et sans séquelle, Alan faisait le serment de mieux se comporter. De se montrer plus fort. Sa mère avait tenté de l'aider à trouver de la force intérieure, tenté de l'inspirer. Elle lui avait lu des passages du journal intime d'une parente lointaine, une femme qui vivait dans les bois, dans une région qui correspondait à présent à l'ouest du Massachusetts. Elle avait vu son mari et deux de ses enfants se faire trucider par les Indiens, et elle s'était fait elle-même enlever. Elle avait vécu avec ses ravisseurs pendant presque un an avant d'être rendue aux siens. Elle avait retrouvé sa fille, seule survivante du massacre, et elles s'étaient lancées dans la construction d'une ferme laitière de deux cent cinquante hectares dans le Vermont. Elle avait survécu à un terrible hiver durant lequel son toit s'était effondré sous le poids de la neige, et une poutre lui était tombée sur la jambe, ce qui lui avait valu de se faire amputer peu après. Elle avait ensuite réchappé à une épidémie de variole qui avait emporté sa fille ; la jeune femme venait juste de se fiancer. Le futur gendre avait emménagé avec sa future belle-mère dans la ferme et avait continué de la faire fonctionner après la mort de la vieille femme à quatre-vingt-onze ans. *Alors préfères-tu être ici, maintenant*, aimait demander la mère d'Alan à son fils, *ou voudrais-tu te faire enlever et vivre dans les bois avec une jambe en moins ?* Elle avait une tolérance zéro pour les jérémiades, pour le moindre mal-être quand ils avaient des vies florissantes de banlieusards. *Quarante millions de morts pendant la Deuxième Guerre mondiale*, disait-elle. *Quinze millions à la guerre précédente. Alors de quoi te plains-tu ?*

Alan entendait des conversations dans différentes langues. Un peu d'italien murmuré à sa gauche. Un bavardage en arabe au niveau de ses pieds. Et toujours le joyeux fredonnement de l'anesthésiste chinois. C'était curieux que chacun s'accommodât de cette mélodie démente et frénétique, que personne ne lui dise rien. L'anesthésiste semblait être dans son propre monde, content de lui, n'observant que du coin de l'œil l'opération en cours.

— Je vais aller plus profond, maintenant, Alan, dit le Dr Hakem.

Le mouvement était à présent celui d'un vendeur de glaces qui creuse, tourne, et soulève. Puis éponge encore, et serviette. Alan visualisa son sang remontant à la surface, s'étalant dans son dos, enfin libre.

Il entendait le Dr Hakem respirer avec difficulté lorsqu'elle tirait et épongeait. Il y eut une série de claquements, comme s'il fallait déployer une grande énergie pour extraire la substance gluante. Alan envisagea que le silence du Dr Hakem était la preuve qu'elle avait trouvé quelque chose. Sous la grosseur bénigne du lipome, elle avait découvert une masse noire qui changerait son destin à tout jamais.

Alan s'efforça d'emmener son esprit ailleurs. Il pensa à la mer, à la tente, à ce que faisaient les jeunes gens. Il les imagina apprenant sa mort, ici, sur cette table d'opération dans cette pièce aux murs en parpaings bleu ciel. Que diraient-ils ? Ils se rappelleraient qu'il aimait les longues marches sur la plage. Qu'il aimait faire la grasse matinée.

Il songea à Kit. Kit seule sans lui. Cela serait plus inquiétant. Il faudrait quelque chose pour contrebalancer Ruby. Il avait emmené Kit un an auparavant, alors qu'elle et sa mère ne cessaient de se quereller. Il lui avait fait manquer les cours pour aller à Cape Canaveral voir la navette. Il ne restait que quelques vols.

La veille du lancement, ils avaient visité le site. L'état d'esprit des gens de la NASA était sens dessus dessous — ils étaient à la fois sombres, amers, détendus, sur la défensive. Une vidéo promotionnelle insistait sur le fait que la NASA *ne se contentait pas de mettre des milliards de dollars dans des fusées et de les envoyer dans l'espace.*

Leur guide était un homme qui venait de fêter ses quatre-vingts ans et s'appelait Norm. Il travaillait à la NASA depuis 1956. Il monta dans le bus, canne à la main, s'assit à l'avant, saisit le micro et, avec un fort accent texan, il dit, la voix éraillée : Ceci sera ma dernière visite et je suis heureux d'être ici avec vous.

Kit parla tout du long, ce qu'elle faisait toujours quand ils étaient ensemble. Ils passèrent des heures dans des bus, à aller et venir du centre spatial au site d'observation du lancement, peut-être dix heures en tout dans ces bus, et ils abordèrent tous les sujets. Elle évoqua la fille qui partageait sa chambre, le magnifique campus où il ne se passait jamais rien, et avoua qu'elle avait besoin de trouver rapidement des amis parce qu'elle se sentait déracinée et sans attache. Alan s'efforça de la rassurer, comme il l'avait toujours fait.

— Je suis l'œil dans le ciel, dit-il. Je vois où tu as commencé et où tu vas, et tout m'a l'air parfait de là-haut. Il utilisait cette métaphore depuis le collège. *Tu y es presque. Presque.*

Norm les emmena dans le bâtiment où des techniciens réparaient et préparaient les navettes, avant et après les vols. *Atlantis* était là, subissant les derniers réglages pour son dernier vol, le dernier de tous. Il y avait d'autres visites guidées autour d'eux, toutes enthousiastes et bruyantes, mais Norm restait sombre.

— Je ne peux plus faire ce genre de visites, se justifia-t-il. Je ne veux pas être le type qui dit : *On faisait ça, on faisait ci avant.*

La plupart des employés de la NASA qu'ils rencontrèrent ce week-end-là perdraient bientôt leur emploi. Ils n'étaient pas les technocrates coincés auxquels Alan s'était attendu. Non, ils étaient simples, toujours prêts à se laisser aller à leurs pensées, à partir dans leurs souvenirs à l'évocation d'un certain vol, ou de la météo d'un certain jour lorsque la navette s'était glissée dans un trou dans les nuages.

Quelque chose perça la poitrine d'Alan. Comme une traverse épaisse et contondante. Son corps se crispa.

— Je suis désolée, Alan, dit le Dr Hakem.

La douleur s'atténua. Les mouvements retrouvèrent un certain rythme, une cadence sur laquelle on pouvait compter. Elle creusait, grattait, tirait, puis relâchait la tension, moment durant lequel Alan supposait que quelque chose avait été extrait. Ensuite elle tapotait avec l'éponge, une pause, et creusait à nouveau.

C'était intéressant d'être dans cette position, d'être un cadavre, une expérience. Qui disait que : « l'homme est matière » ? Alan avait le sentiment d'être encore moins que ça.

Le soir, à l'hôtel Orlando, ils achetèrent avec Kit leur dîner au distributeur automatique et regardèrent des films en s'efforçant de ne pas parler de Ruby, ni de l'avenir avec Ruby, ni du passé avec Ruby, ni des blessures que Ruby leur infligeait.

Le lendemain matin, ils prirent un bus pour Banana Beach, le site le plus proche pour assister au lancement. Tout ce qui avait rapport avec la NASA sur place était réduit au strict minimum. Les barrières étaient rouillées. La chaussée fissurée. Mais, de l'autre côté de l'eau, une navette spatiale allait décoller dans un bruit de tonnerre, et c'était l'œuvre de l'homme.

Tandis qu'ils attendaient, ils rencontrèrent un véritable astronaute, Mike Massimino. Il était là avec sa fille. Il était drôle, sincère, modeste. Il avait participé à deux missions, dont celle qui avait suivi la désintégration de *Columbia* après son retour dans l'atmosphère. Il ressemblait à un astronaute, les cheveux argentés et coupés court, costaud dans sa combinaison bleu ciel, mais il était plus grand que la moyenne, il devait mesurer dans les un mètre quatre-vingt-dix, et avait un nez romain et un fort accent de Long Island. Il parla de sorties dans l'espace pour réparer le télescope Hubble et des dix-huit levers et couchers de soleil par vingt-quatre heures quand on est là-haut, ce qui rendait la vie difficile pour certaines religions — ceux qui doivent prier le matin, l'après-midi, le soir —, très difficile. Mais pour les catholiques c'est bon, dit-il. On a juste besoin de faire le point une fois par semaine.

Kit rit. Il expliqua que les étoiles, vues de l'espace, ne scintillaient pas. Parce qu'il n'y a pas d'atmosphère, elles sont juste de parfaits points de lumière. Et raconta comment l'équipage, durant une des rares heures d'obscurité, avait tout éteint à bord de la navette pour mieux les voir. La NASA est pleine de romantiques de tout poil.

À présent, le Dr Hakem pénétrait plus profond. Alan grimaça, son corps sursauta.

— Alan ?

Sa voix était surprise, inquiète.

— Ça va, fit-il.

— Je vais demander au Dr Poritzkova de vous maintenir immobile.

Alan acquiesça d'un grognement, et il sentit ce qui semblait être l'avant-bras d'un homme s'appuyer sur sa tête. C'était lourd, beaucoup trop pour ce qui était en train de se dérouler. Alan essaya de bouger en dessous, pour soulager un peu la pression, mais en vain.

Le Dr Hakem continua de gratter, de tirer, et la douleur s'intensifia. Quel genre d'imbécile préférait être moins anesthésié ? C'était trop tard maintenant pour rectifier le tir. Il endurerait. Il fallait qu'il supporte. Son père rirait devant son état, et lui montrerait les fragments de shrapnel encore dans le bas de son dos soixante ans après la guerre. Alan ne pouvait s'empêcher de comparer ce qu'il vivait à ce que son père avait vécu ou enduré. Il ne lui arrivait jamais à la cheville.

— Alan ? Ça va ?

— Ça va, grommela-t-il.

Puis il vit un ciel noir. Peut-être mourait-il. Il mourait tandis qu'un fou asiatique fredonnait. C'était quoi cette mélodie, d'ailleurs ?

La pression sur sa tête ne cessait d'augmenter. Le Russe cherchait apparemment à faire passer un message. Qu'il pousse, Alan pouvait le supporter. Il s'obligea à dissocier son esprit de son corps, à laisser sa tête sous l'assaut de ce bras.

Alan ne s'était jamais pris de coup de couteau, ou de

balle, il ne s'était jamais fait piquer, ne s'était jamais rien cassé. Les cicatrices étaient-elles la meilleure preuve d'une existence accomplie ? Si on n'avait survécu à rien, et qu'en conséquence on n'avait pas de preuves tangibles, on pouvait se scarifier soi-même, n'est-ce pas ? Était-ce cela, la réponse pour Ruby ?

— Vous êtes toujours avec nous, Alan ?
— Oui, répondit-il, les yeux rivés par terre.
La pression de l'avant-bras s'intensifiait encore. C'en était trop.
— Est-ce que vous pouvez dire à l'homme qui m'appuie sur la tête d'y aller mollo ? demanda-t-il.
La pression se relâcha, l'homme exhalant un son surpris. Comme s'il n'avait pas pensé une seconde à ce qu'il était en train de faire.
Cela le soulagea grandement.

Les lancements précédents avaient été retardés. Les gens venaient des quatre coins du monde et rien ne se passait pendant des jours, des semaines. Mais cette fois, Alan et Kit étaient là, sur les estrades en aluminium avec mille autres, à regarder le compte à rebours, prêts à le voir s'interrompre à tout instant. S'attendant à voir le lancement reporté. Nous avons fait tant d'erreurs, semblait dire le décompte des secondes, nous ne pouvons plus nous en permettre. Mais il continuait. Alan prit la main de Kit. Si tout se passe bien, songea-t-il, je suis un bon père. Si je lui montre cet exploit, j'aurai accompli quelque chose.
Le compte à rebours se poursuivait. Lorsqu'il atteignit 10, puis 9, Alan était certain qu'il irait jusqu'au bout mais

n'arrivait pas à y croire. Puis 1, et 0. La navette, à des kilomètres de là, de l'autre côté de l'eau, s'éleva alors en silence. Pas le moindre bruit. Juste une intense lueur jaune qui la propulsait par en dessous, et ce n'est que lorsqu'elle fut à mi-chemin des nuages que l'air claqua bruyamment.

— Papa.

— Le bang supersonique.

Lorsque la navette disparut derrière la couche nuageuse, Alan pleura, et Kit sourit en regardant les larmes couler sur ses joues, après quoi il se tourna avec frénésie vers Massimino. Il voulait se mettre tout entier à sa disposition. J'ai vendu des vélos, lui dirait-il. J'ai vendu le capitalisme aux communistes. Laissez-moi vendre la navette. Je vous aiderai à aller sur Mars. Donnez-moi quelque chose à faire.

Mais il ne put le trouver. Le parking ensuite était bondé, tout le monde était tellement heureux, tellement fier, beaucoup de gens pleuraient sachant que c'était fini. Les routes seraient congestionnées, et il leur faudrait toute la journée pour regagner leur hôtel.

— Alan ?

Il tenta de répondre oui, mais seul un sifflement sortit de sa bouche.

— Nous sommes en train de recoudre maintenant. Tout s'est bien passé. Nous avons tout enlevé.

XXX

Une heure plus tard, il était de retour dans la chambre où il s'était déshabillé, et ressortait ses vêtements du sac plastique dans lequel il les avait fourrés. Alors qu'il laçait ses chaussures, le Dr Hakem pénétra dans la pièce.

— Eh bien, c'était un peu plus difficile que prévu.

Elle s'assit sur le tabouret face à lui.

— C'était coriace. Vous vous sentez mieux maintenant ?

— Comment ça ?

— Maintenant que vous savez que c'était un lipome et rien d'autre.

— Oui, j'imagine. Vous êtes sûre que ça n'adhérait pas à la colonne vertébrale ?

— Non. Il n'y a aucun impact sur les nerfs ou quoi que ce soit.

Alan fut soulagé, mais l'instant d'après une grande confusion l'envahit à nouveau. S'il n'y avait pas de tumeur attachée à sa colonne, pour le tirer vers le bas comme c'était le cas ces derniers temps, alors quelle était l'explication ?

— Comment vous sentez-vous ? Vous avez mal ?

Alan était faible, sonné, dérouté. La douleur avait été intense.

— Je me sens bien, dit-il. Et vous ?

Elle rit.

— Ça va.

Et elle se leva.

Mais Alan n'avait pas envie qu'elle parte. C'était important pour lui qu'elle reste encore quelques minutes.

— Les autres médecins semblent vraiment vous respecter.

— Eh bien, on a une bonne équipe ici. En tout cas la plupart d'entre eux sont des gens bien.

— Vous opérez encore aujourd'hui ?

— Pardon ?

— Je veux dire maintenant. Vous allez en faire d'autres comme ça, ou… ?

— Vous posez beaucoup de questions, Alan.

Il aimait lorsqu'elle prononçait son prénom.

— J'ai juste quelques consultations, ajouta-t-elle. Plus de chirurgie.

Il observa ses ongles, durs et courts.

— C'est un travail stressant ? demanda-t-il sans conviction.

Il s'attendait à la voir partir, en finir avec ce bavardage inepte, mais elle s'adoucit et se rassit sur le tabouret. Cela faisait peut-être partie de cette relation médecin-patient, quelque chose qu'elle se devait de faire.

— Oh, ça l'était avant. Quand je faisais les urgences. Maintenant, seulement parfois.

— Quand ?

Son visage, l'espace d'un instant, parut à nouveau dire : *Est-ce qu'on parle vraiment encore ?*

— Quand ? Quand je suis à la limite de mes capacités, j'imagine.

— Pas avec un lipome.

Elle sourit.

— Non, non. Plus avec quelque chose comme une trachéotomie. Je ne ferai plus de trachéotomie. J'ai fait des erreurs une fois là-dessus quand j'étais interne. Et je deviens nerveuse généralement. Quand les choses tournent mal, je tombe dans une spirale.

— Une spirale ?

— Une spirale de doutes. Vous voyez ce que je veux dire ? Jusqu'où aller quand ça le prend ? Il pourrait continuer pendant des jours.

— Oui, fit-il, content de ne pas s'épancher davantage.

— Vous avez besoin de quelque chose, au fait ? Contre la douleur ?

— Non, ça va.

— Vous avez de l'aspirine ? Du paracétamol ?

— Oui.

— Prenez-en pour les gonflements.

Elle se leva pour s'en aller. Il sauta du lit.

— Je vous suis très reconnaissant, déclara-t-il en tendant la main.

Elle la lui serra.

— Euh, je vous en prie.

Il osa la regarder dans les yeux. Elle avait de la tendresse au coin des paupières, une ligne partant vers le bas qui indiquait qu'elle avait vu des choses terribles et se préparait à en voir d'autres.

— Je voulais vous dire, je crois que vous êtes très forte. Je sais que ce ne doit pas être facile de faire ce que vous faites, ici en Arabie saoudite.

Son corps se détendit.

— Merci, Alan. Sincèrement.

— Alors est-ce que je vais vous revoir ? demanda-t-il.

— Pardon ?

— Pour le suivi.

— Oh, bien sûr, dit-elle.

Le fil de ses pensées sembla changer.

— Dans une dizaine de jours, il faudrait que je voie où vous en êtes. Pour vérifier que les points se résorbent bien. S'il se passe quoi que ce soit entre-temps, appelez-moi.

Elle lui tendit une carte de visite. Sur laquelle elle avait inscrit son numéro de téléphone. Puis elle quitta la pièce sur la pointe des pieds, comme s'il dormait et qu'elle craignait de le réveiller.

XXXI

Durant les trois jours qui suivirent son opération, Alan se réveilla à l'heure, put manger, s'habiller à temps pour prendre la navette avec Brad, Cayley et Rachel. Ils attendirent, fins prêts pour leur présentation, les jeunes gens passant leur temps sur leurs ordinateurs, à jouer aux cartes, ou à dormir. Youssef téléphona deux ou trois fois de la montagne, où il était encore, certain que son absence de Djedda n'était que bénéfique. Les menaces se faisaient de plus en plus rares. Alan lui enjoignit de rester là-bas jusqu'à ce que les hommes de main le croient mort ou concluent qu'il avait quitté le pays. Chaque jour à cinq heures, Alan et les jeunes gens montaient à bord de la navette et rentraient à l'hôtel, où Alan mangeait et dormait sans problème. Durant ces trois jours toutefois, il se produisit de nouveaux événements.

Un jour, après être resté l'après-midi au bord de l'eau, Alan rentra à la tente et trouva les jeunes gens endormis, tous les trois sur le long canapé blanc, dans une configuration inédite. Brad et Rachel étaient d'un côté, elle étalée sur lui comme un pardessus. Cayley avait la tête posée à l'autre extrémité, les mains glissées sous la joue comme une enfant, les jambes enlacées avec celles de Brad. Alan choisit de ne pas penser à ce qui s'était passé ou ce qui pourrait se passer, et décida de ne pas les réveiller.

Un soir à l'hôtel, sachant qu'il s'agissait d'une terrible idée mais n'ayant rien à perdre, Alan envoya un e-mail au Dr Hakem, pour la remercier. Contre toute attente, elle répondit.

> Cher Alan,
> J'étais aussi contente que vous de savoir qu'il s'agissait bel et bien d'un lipome. Même si je le savais, j'avais quand même quelques doutes qui perduraient. Maintenant que vous êtes en bonne santé, que vous n'êtes pas à deux doigts de la mort, j'espère qu'on se croisera dans Djedda un de ces jours. J'espère aussi que savoir qu'une tumeur maligne n'est pas en train de vous tuer vous remonte le moral !
> Ha ha,
>
> Dr Zahra Hakem

Alan passa presque toute la journée suivante au bord de la mer à élaborer une réponse, quelque chose d'intelligent, de spirituel, et qui pourrait faire avancer les choses. Ce qui, croyait-il par ailleurs, était hautement improbable.

> Chère Dr Hakem,
> J'ai le moral au plus haut en effet — peut-être trop ? Je suis abasourdi. Je ne sais pas trop pourquoi, mais je sens à nouveau une curieuse grosseur dans mon dos. Je ne suis pas médecin, mais on dirait un gant en plastique. Est-ce que vous pourriez en avoir laissé un là ? Parfois les gens oublient un objet, un

gant par exemple, chez ceux qu'ils aiment bien, dans l'espoir de revoir la personne en question pour récupérer leur bien.
À vous,

Alan

Il savait qu'il ne manquait pas d'audace, mais tout en écrivant ces mots il était de plus en plus persuadé qu'elle voudrait le revoir, et il avait raison.

Cher Alan,
J'ai en effet dû laisser quelque chose. Je pense plutôt à une éponge, non ? Ou un morceau de l'en-cas que j'ai mangé pendant l'opération ? Nous étions tous en train de grignoter, donc c'est difficile à dire. Je crois qu'il faut que je vous voie. Peut-être en dehors de l'hôpital ? Il ne faudrait pas affoler votre assurance.

Dr Zahra

Ce message arriva la nuit, trop tard pour venir du bureau, donc ils continuèrent à s'écrire pendant des heures, jusqu'à ce qu'ils se mettent d'accord pour se voir en chair et en os. Alan ignorait comment ce genre de choses devait se dérouler en Arabie saoudite et il lui laissa le soin de l'organisation.

Je viendrai vous chercher mercredi, écrivit-elle. Je serai là à midi. Dans un 4 × 4. J'inscrirai vos initiales sur une pancarte et la glisserai derrière le pare-brise.

Le lendemain, Alan ne tint pas en place dans la tente, et déambuler sur la plage ne lui suffit pas. Il choisit de marcher dans la ville, croisa les hommes en combinaison et leur fit un signe de tête tel un contremaître. Il arpenta pendant des heures des routes désertes, son énergie grandissant à chaque kilomètre. Il fit finalement demi-tour et tomba sur le canal sur lequel il avait navigué. Il le longea un moment, stupéfait devant la clarté et la couleur de l'eau. Au milieu de la poussière, des immeubles qui peut-être ne verraient jamais le jour et du sable qui éternellement essaierait de tout ensevelir, il y avait cette bande turquoise immaculée ; une couleur irrationnelle, inutile. Personne n'avait fabriqué cette couleur, mais certains avaient permis qu'elle existe ici. Ils avaient construit un ouvrage et l'eau avait afflué. Ainsi ces hommes avaient-ils apporté une beauté ahurissante dans un endroit auquel elle n'appartenait pas.

Alan passa un long moment au bord du canal d'un bleu superflu, et lorsqu'il rentra dans la tente, il fut surpris — enfin pas tant que cela — de voir Rachel assise sur les genoux de Brad, face à lui, tous deux en nage, s'efforçant chacun d'avaler la bouche de l'autre, tandis que Cayley travaillait à moins de dix mètres sur son ordinateur.

Cette dernière remarqua Alan, et fit un signe. Mais Brad et Rachel n'étaient pas près de s'arrêter. Ils le regardèrent, attendant de voir s'il avait l'intention de rester. Ce qu'ils fabriquaient ne l'intéressait pas le moins du monde. Le week-end s'annonçait le lendemain et Zahra l'emmènerait dans la maison de son frère au bord de la mer, donc il ne trouva aucune raison d'intervenir. Il fit demi-tour et marcha jusqu'à la fin de la journée.

XXXII

Un énorme 4 × 4 pénétra dans l'allée du Hilton. Il était étincelant, toutes les fenêtres et les lumières de l'établissement se reflétaient sur sa carrosserie d'un noir obsidienne. Derrière le pare-brise Alan repéra ses initiales, AC, comme si le véhicule faisait la promotion de son propre système d'air conditionné. Il sourit, et la portière arrière s'ouvrit.

Alan vit d'abord ses jambes. Elle portait une abaya, mais ses chevilles et ses pieds, sanglés dans des chaussures à talons avec des lanières, surgirent devant lui. Il leva les yeux, et elle lui sourit, le visage amusé et lumineux.

Il grimpa à bord, devant une douzaine de portiers et de membres du personnel. À la vue de tous un Occidental montait dans la voiture d'une femme saoudienne. Comment cela allait-il fonctionner ?

Alan prit place et ferma la portière. Il faisait très sombre à l'intérieur. Il salua le chauffeur d'un sourire et d'un hochement de tête, et ils tournèrent autour du rond-point de l'hôtel, passèrent devant le militaire au sommet de son tank, et s'engagèrent sur la voie rapide.

Zahra portait un foulard lâche sur la tête, mais son visage était découvert. Dans la lumière dorée ses yeux semblaient plus grands et plus foncés qu'à l'hôpital, et ils étaient rehaussés d'une ombre bleue parfaitement dessinée. Ses cheveux, avec lesquels elle se battait, disait-elle, étaient si épais qu'ils avaient l'air d'avoir été non pas coiffés mais sculptés. Sur le front, toutefois, elle avait encore deux mèches qui tombaient tel un rideau de part et d'autre de ses yeux. Elle les repoussa, avec deux doigts, révélant de plus belle son visage.

Alan cherchait quelque chose de marquant à dire. Il y avait tant de choses qu'il avait envie d'exprimer, mais tout ce qu'il formulerait serait sujet à vérification. Que pouvait-il dire devant le chauffeur ?

— Comment ça se passe à KAEC ? demanda-t-elle.

À l'instar de Youssef, elle trouvait amusants la réflexion et l'espoir qu'il avait mis dans la ville en devenir. Elle articulait *KAEC* comme si elle considérait que ce nom était gauche et stupide, qu'il s'éloignait de l'essentiel.

— Bien, je crois. Ils avancent.

Elle parut sceptique.

— Non franchement, fit-il. Il faut du temps.

— *Beaucoup* de temps, renchérit-elle.

Ils traversèrent la ville à toute allure, laissant derrière eux les centres commerciaux scintillants et les résidences entourées de murs d'enceinte. Le chauffeur pointa un doigt sur la vitre et prononça quelques mots en arabe.

— Il dit que c'est la maison du Maradona saoudien. Il

croit que ça nous intéresse. Ça vous intéresse ? s'enquit-elle.

Alan ne parvint pas à savoir quelle demeure le chauffeur désignait, mais ils étaient dans un quartier étrange, pourtant commun à Djedda, où d'un côté de la rue s'alignaient de somptueuses résidences protégées par des murs d'enceinte et de l'autre s'étalait un vaste terrain vague dans lequel des centaines de camions avaient déchargé des gravats. Des tas de décombres soigneusement éparpillés. Alan songea à interroger Zahra à ce sujet mais décida qu'elle pourrait y voir une insulte. Il ignorait à quel point elle était fière ou non de son pays, en admettant que ce fût bien le sien. Il ne le savait toujours pas.

— De l'eau ?

Deux verres d'eau étaient posés dans les porte-gobelets.

Il avala une gorgée.

— Ça fait du bien ?

— Oui, merci, répondit-il.

Elle leva son verre à sa bouche, et la voir ainsi, les yeux fermés, déclencha chez Alan une flopée de pensées sauvages. Elle posa le verre, sa langue récupérant subrepticement une goutte au coin de ses lèvres.

— Il faut plus d'une heure pour aller là-bas, dit-elle. Le temps d'y arriver nous connaîtrons tout ce que nous avons besoin de connaître l'un de l'autre.

Et c'était plus ou moins vrai. Elle lui raconta ses années de lycée à Genève. Un de ses ex-petits amis essayait à présent de renverser le gouvernement tunisien. La fois où elle avait expérimenté le LSD. Un passage au Secours islamique durant lequel elle avait travaillé dans des camps de réfugiés au Kurdistan. Une année dans un hôpital à Kaboul. En l'écoutant, Alan eut l'impression d'être d'une espèce nettement moins nécessaire.

— Alors vous allez rencontrer le roi, s'exclama-t-elle.

Il espérait qu'elle serait impressionnée.

— C'est ce qui est prévu.

— C'est vous qui lui ferez la présentation personnellement ou… ?

Alan aurait aimé pouvoir dire oui. Mais il était beaucoup trop habitué à se dévaloriser, donc il répondit :

— Je ferai partie d'une équipe. Je n'y connais pas grand-chose en technologie. Je suis ici parce que je connais son neveu, ou du moins je l'ai connu.

— Et qui est dans la course ? demanda-t-elle.

— Je ne sais pas. Pour l'instant on est les seuls dans la tente.

— La tente ?

— Ne m'en parlez pas.

— D'accord.

Elle se détourna vers la fenêtre, comme si elle cherchait l'inspiration.

— Ça va être intéressant maintenant que les Chinois achètent de plus en plus de pétrole au roi.

Alan ignorait cette information.

— Je me demande, poursuivit-elle, si tout le reste en découlera. Si Abdallah et son entourage changeront leur fusil d'épaule et passeront d'autres alliances. Vous n'êtes peut-être plus les favoris.

Alan fut soudain transporté loin de la voiture, loin de Zahra. Il se retrouva instantanément dans une pièce à Boston, avec Eric Ingvall lui demandant ce qui n'avait pas fonctionné, pourquoi il n'avait rien vu venir, pourquoi il n'avait pas envisagé cette possibilité. Puis Kit et sa fac. Et enfin l'argent qu'il devait à tous ceux qu'il connaissait.

— Je suis désolée, dit Zahra. Ne vous en faites pas. Je suis certaine qu'il ne faut pas vous inquiéter. Je suis sûre qu'il vous reste encore quelques années de traitement préférentiel.

Elle souriait en coin, son index tapotant le rebord de la fenêtre. Mais avait-elle raison ? Personne ne pouvait battre Reliant sur le prix et sur la technologie. Qui d'autre maîtrisait l'hologramme ? Il ne savait pas vraiment en fait.

— Je suis désolée, Alan, répéta-t-elle. Je vous ai inquiété.

— Non, non. Pas du tout.

— Vous avez l'air préoccupé tout à coup.

— Non, non. Désolé.

— Vous avez un contact avec le neveu, je suis sûre que ça aidera. Abdallah est très loyal. Et ceux qui font des affaires dans le royaume ont tout intérêt à connaître un ou deux membres de la famille royale.

Ils parlèrent d'Abdallah. Zahra l'aimait beaucoup plus que les monarques précédents. Alan évoqua l'avantage qu'il y avait à avoir un réformateur comme Abdallah au pouvoir, et se retrouva bientôt à le comparer à Gorbatchev et De Klerk. Quand il eut fini, il comprit qu'il avait été trop loin. Mais Zahra choisit de passer par-dessus son manque de clairvoyance et lança un autre sujet.

— J'ai des enfants, déclara-t-elle.

— Je le savais, fit-il.

— Vous le saviez ?

— Enfin non. Je veux dire, j'imaginais que c'était peut-être le cas.

— J'ai cru que vous aviez deviné quelque chose à la forme de mes hanches. Vous savez, comme ceux qui arrivent à dire si une femme a eu des enfants ou non en fonction de sa démarche.

— Je ne suis pas aussi averti.

— Enfin. J'ai deux adolescents maintenant. Ils vivent avec moi.

— Et comment s'appellent-ils ?

— Raina et Mustafa. Elle a seize ans, et lui quatorze. Je m'efforce d'empêcher mon fils de devenir un connard comme son père. Vous avez des conseils ?

— Est-ce qu'il vous parle ? demanda Alan.

— Est-ce que vous parliez à votre mère ?

Alan ne parlait pas à sa mère. À qui parlaient les jeunes gens ? Ils n'avaient personne à qui parler, et même s'ils essayaient parfois, ils ne savaient pas quoi dire ou comment le dire. Et c'est pourquoi ils étaient responsables de la plupart des crimes dans le monde.

— Envoyez-le tout seul quelque part. Faire du camping ou quelque chose comme ça.

Le rire de Zahra déchira l'air.

— Alan, je ne peux pas envoyer mon fils camper. Personne ne campe ici. Ce n'est pas le Maine.

— Mais vous n'allez pas dans le désert ?

Elle soupira.

— Certains peut-être. Les garçons le font, ils organisent des courses de voitures. Ensuite ils se plantent avec, et débarquent aux urgences. J'en ai sauvé deux comme ça. Mais la plupart d'entre eux meurent.

Alan dit qu'il en avait entendu parler.

— Votre chauffeur ?

— Youssef. C'est un gars bien.

— Et il ne trouve rien à faire ici.

— C'est ce qu'il dit lui aussi.

Zahra repoussa à nouveau le rideau de ses cheveux et cette fois, parce qu'ils étaient dans la voiture, longeant le littoral, le soleil dessinant dans l'habitacle des rais de lumière, Alan en eut le souffle coupé.

— Quoi ? fit-elle.

Il sourit malgré lui.

— C'est ce que je fais avec mes cheveux qui vous fait rire. Mon mari se moquait toujours de moi à ce sujet.

— Non, non. J'adore ça.

— Arrêtez.

— Non, vraiment. Vous n'imaginez pas à quel point j'aime ça.

C'était comme si la route respirait, étreignant la côte. Il avait l'impression qu'il aurait pu goûter la lumière du soleil dehors, la toucher. Il aimait tout : les parcelles de terrain vide où s'entassaient les ordures, la fac de médecine où il y avait un département féminin et un département masculin — aux deux extrémités d'un même bâtiment ressemblant vaguement à Monticello.

— C'est grotesque, n'est-ce pas ? dit-elle.

— Il y a une certaine clarté là-dedans.

Elle rit, puis le réexamina.

— Ne soyez pas nerveux.

— Est-ce que j'ai l'air de l'être ?

Il était seulement en extase.

— Vous ne me regardez pas.

— Je contemple le paysage. Ça me rappelle tant d'autres bords de mer. Le rose des briques d'adobe qui contraste avec l'eau. Les yachts blancs.

Il s'enfonça dans son siège, continuant de regarder défiler la mer, et les maisons blanchies par le soleil se succédant telles les perles d'un collier.

— Vous venez d'où ? demanda-t-il.

— D'où sont mes parents, c'est ça ? Leurs parents ?

Il savait qu'il s'agirait d'une combinaison inédite.

— Oui. Est-ce vraiment une question bizarre ?

— Non, non. Ils viennent de partout, en réalité. Ici, le Liban. Il y a du sang arabe, mais ma grand-mère était suisse. J'ai aussi un arrière-grand-père qui était grec. Il y a également du hollandais, et évidemment j'ai beaucoup de famille en Angleterre. Je porte tout en moi.

— J'aimerais en avoir autant.

— C'est sûrement le cas.

— Je ne connais pas assez de choses sur mes ancêtres.

— Vous pourriez faire des recherches, Alan.

— Je sais, je sais. Je voudrais savoir d'où je viens, de tous les côtés. Je vais me renseigner.

Elle sourit.

— Il est probablement temps.

Puis, se rendant compte qu'elle paraissait peut-être le sermonner, elle ajouta :

— Enfin, vous avez le temps, je veux dire.

Alan était tout sauf offensé. Il approuva complètement sa remarque.

— Que croyez-vous que nos enfants penseront de cela ? demanda-t-il.

— Comment ça ? Vous et moi ? Parce que nous incarnons un choc des cultures ?

— Oui, en quelque sorte.

— Oh, s'il vous plaît. Un rien nous sépare.

— C'est ce que je pense, oui.

— C'est la réalité.

Elle le regarda sévèrement.

— Je ne nous laisserai pas jouer à ce jeu. C'est assommant. Laissons ça aux étudiants.

Un portail en acier barrait l'allée. Le chauffeur l'ouvrit grâce à un bouton quelque part dans le pare-soleil. Apparut alors une modeste maison de plain-pied, crème et blanc, avec des fenêtres en arcades, des portes roses et des rideaux.

Une fois à l'intérieur, le chauffeur resta dans le vestibule tandis que Zahra emmenait Alan à l'arrière, dans une pièce face à la mer. Elle leur servit du jus de fruits et s'assit près de lui dans le canapé. La mer dehors était d'un bleu intense, parsemée de minuscules crêtes blanches. À l'opposé, une peinture de ce qui ressemblait aux Alpes suisses était accrochée au mur.

— Étrange dans une maison de bord de mer, remarqua Alan.

— Tout le monde veut être ailleurs, dit-elle.

Ils fixèrent le tableau.

— C'est horrible, n'est-ce pas ? Mon frère achète des tableaux partout où il va. Dans n'importe quelle villégiature. Il a affreusement mauvais goût.

— Vous avez déjà vu la neige ?

Zahra leva les yeux au plafond et éclata de rire.

— Quoi ? Alan, vous êtes désarmant. Vous si intelligent sur certaines choses, et si ignorant sur tant d'autres.

— Comment je suis censé savoir si vous avez vu la neige ?

— Vous savez que j'ai fait mes études en Suisse. Ils ont de la neige là-bas.

— Ça dépend où.

— J'ai skié une douzaine de fois.

Il ne savait pas quoi dire.

— Oh, Alan.

— OK, vous avez vu la neige. Désolé.

Elle le regarda, ferma les yeux, et lui pardonna.

Elle vida le reste de son jus de fruits en riant encore dans son verre.

— Il est temps d'aller nager.

— Comment ça, nager ?

— Nous allons nager. Vous emprunterez un maillot à mon frère.

Il s'enferma dans la salle de bains pour enfiler un short bleu et, lorsqu'il fut prêt, il se posta devant la porte vitrée menant à une petite plage de sable blanc et à ce qui ressemblait à une voie d'accès à l'eau. Comme une piste en béton sous-marine partant de la terrasse et descendant jusqu'à la mer. C'était aussi rectiligne et net qu'une rampe de mise à l'eau de bateau.

Il sentit un contact dans son dos.

— Vous êtes prêt ?

C'était juste ses doigts mais il perdit tous ses moyens.
— Oui. Allons-y, fit-il, se détestant lui-même.

Il n'osa pas se retourner. Il aurait le temps, il la verrait bien assez tôt en maillot de bain. Elle resta derrière lui, les doigts effleurant son dos, et il choisit de ne pas bouger. Elle remarqua qu'il fixait la curieuse rampe en béton.
— Mon oncle aime nager avec son masque et son tuba, donc il se l'est construite pour lui. C'est cruel et complaisant, mais ça marche. Et les poissons sont toujours là.
Son oncle avait en fait dragué le fond pour pouvoir facilement entrer dans l'eau sans avoir à passer sur les coraux.
— Allez-y, dit-elle en lui tendant un masque. Je vous suis. Il faut que j'envoie le chauffeur faire une course.

Il ouvrit la porte, sortit et avança jusqu'à la mer. L'eau était plus fraîche que dans la ville naissante du roi Abdallah. Après la rampe, le fond était rocailleux et s'enfonçait rapidement.

Tout en entrant dans l'eau, Alan enfila le masque. Il posa le visage à la surface ; l'eau était limpide et le corail abondant. Une flopée de poissons orange vif s'éloignait. Alan continua d'avancer en suivant la ligne de coraux. Elle était glorieusement vivante, sans intervention humaine elle était pourtant florissante. Alan ne tarda pas à voir un énorme poisson-clown qui nageait en cercles, un poisson-globe qui musardait avec ses nageoires minuscules. Un banc de poissons-chirurgiens, un poisson-perroquet rouille. Une loche saumonée nomade avec son air éternellement contrarié.

Il remonta à la surface pour respirer. Il y avait trop à voir, trop de couleurs, de formes insensées. Il se tourna vers la maison pour voir si Zahra était dans les parages, mais il n'y avait personne. Ne voulant pas paraître angoissé, il regarda à nouveau vers le large, puis plongea profondément en suivant les coraux. Il vit un poisson plus gros, un de ceux qui nagent librement entre les bas-fonds et les profondeurs. Plus loin, le dénivelé tombait à pic. L'eau était d'un bleu d'encre, le fond invisible. Une forme passa devant son masque. C'était brillant, aveuglant, énorme. Il battit des pieds et regagna la surface pour voir de quoi il s'agissait.

La forme remonta également. C'était Zahra.

— Alan !

Son cœur explosa dans sa poitrine.

— Je voulais vous faire peur, mais pas à ce point-là.

Il toussait.

— Je suis désolée.

Il put enfin parler.

— Ça va. Je n'aurais pas dû avoir peur.

Il la regarda. Sa tête, ses cheveux attachés, la ligne de sa mâchoire — beaucoup plus délicate qu'il ne l'avait imaginé. Elle était magnifique mouillée, ses cheveux noirs brillaient, ses yeux étincelaient.

Mais tout le reste était sous l'eau.

— Il faut que je replonge, dit-elle. Les voisins.

Elle désigna d'un signe de tête les maisons entourant la crique.

— Mais je dois vous prévenir, je suis habillée comme vous. Si quelqu'un nous voit, il pensera que nous sommes deux hommes. Juste deux dos nus, avec des shorts de bain masculins. Vous comprenez ?

Il crut comprendre, mais en fait non. Pas avant d'avoir remis son masque et d'être reparti sous l'eau. Là, il saisit. Elle ne portait pas de haut. Mais un short d'homme à rayures bleues. Il retint son souffle. Mon Dieu. Il la suivit tout en observant ses longues jambes musclées, ses longs doigts traînants. Le soleil léchait son corps qui scintillait çà et là.

Elle se tourna vers lui, avec un grand sourire sous son masque comme pour dire : Je vous surprends ? Elle savait à quel point elle était parfaite, à quel point elle lui plaisait. Puis elle fit volte-face, concentrée sur ce qui les entourait, et pointa un doigt vers les milliers de poissons et d'anémones aux couleurs improbables et aux tentacules mouvants.

Il mourait d'être aussi proche d'elle, de l'avoir à portée de main. Il avait envie de se frotter contre elle par accident, de tourner et rouler avec elle dans l'eau, de hurler dans sa bouche. Il décida de continuer de la suivre en ignorant les poissons et le corail pour pouvoir voir ses seins qui se balançaient, luisants, sous elle.

Elle essaya de le faire nager près d'elle, mais il restait à l'arrière, préférant limiter ce qu'elle voyait de lui. Ils longèrent la côte et il tenta sa chance en lui attrapant la cheville comme s'il voulait attirer son attention pour lui montrer un énorme poisson-clown. Elle s'approcha, attrapa son bras, et serra. Enfin il avait une réponse. Il en était sûr à présent. Mais quoi faire ? L'excitation était trop grande sous l'eau, sous ce ciel. Les ombres dessinaient un treillage ondoyant sur sa chair lumineuse. Il n'avait jamais rien vu d'aussi beau que ces hanches qui montaient et descendaient, ces jambes qui remuaient, ce torse dénudé qui ondulait. Elle s'éloigna, puis marqua une pause. Le fond tombait tout à coup à pic vers des eaux d'un bleu nuit.

Elle regagna la surface et il suivit.
Elle ôta son masque.
— Prenez une inspiration, lança-t-elle.
Il s'exécuta. Et elle plongea, les mains tendues en avant.

Il s'enfonça avec elle. Elle poussait l'eau pour aller plus profond, trois, puis six mètres. Il la rejoignit et, là, elle s'empara de lui, et il sentit son corps contre le sien. Elle l'embrassa, leurs bouches fermées, puis il lui embrassa la poitrine, les mamelons. Il descendit sur le ventre, l'embrassa à nouveau, et remonta pour gober ses seins, l'un puis l'autre, tandis que ses doigts à elle fourrageaient dans ses cheveux. Puis elle s'éclipsa. Elle filait vers la surface et il la suivit.

Le temps qu'il reprenne sa respiration, elle était repartie, le dos vers le ciel, ajustant son masque. Il la suivit. Ils nagèrent tranquillement vers la maison en faisant comme s'ils étaient deux hommes, deux amis. En approchant de la rampe, elle se détourna vers lui et lui fit signe de rester dans l'eau. Il fit marche arrière et la regarda marcher sur le béton, jeter une serviette sur ses épaules et se précipiter à l'intérieur.

Il nagea dans un sens et dans l'autre, observant les fonds marins mais gardant un œil vers la maison. Enfin il vit une main émerger d'une des fenêtres, lui faisant signe de venir. Il remonta la rampe en courant et ouvrit la porte.
— Par ici, cria-t-elle.

Il suivit la voix qui émanait d'une autre pièce. Elle était là, habillée, assise en tailleur par terre, avec des coussins éparpillés autour d'elle. Elle portait un short et un débardeur, tous deux fluides et blancs. L'élan était passé, du moins pour lui, et il s'assit en face d'elle en souriant comme un idiot.

— Donc, fit-elle.

Elle prit sa main, glissant ses doigts dans les siens. Ils observèrent tous deux leurs mains croisées. Il ne pouvait rien construire là-dessus, il ne savait pas quoi faire. Il se surprit à fixer un bol de dattes.

— Vous en voulez une ? demanda-t-elle pour rire, un brin exaspérée.

— Oui, répondit-il sans savoir pourquoi.

Il saisit un fruit, et croqua dans la chair, accablé, comme d'habitude, par lui-même, par son inaptitude à agir comme il devrait le faire quand il le faut.

Lorsqu'il eut fini, et remis délicatement le noyau dans l'assiette, elle s'approcha de lui en s'appuyant sur le côté. Il fit de même, en miroir. Elle était si proche de lui, il pouvait sentir son souffle sur son visage, goûter presque le sel sur sa langue.

Il lui sourit. Sachant que le mouvement qu'elle venait d'avoir vers lui était une invitation à laquelle il n'avait pas répondu.

— Ça fait du bien, articula-t-il, incapable de trouver autre chose.

Elle sourit patiemment. Il s'efforça de se ressaisir. Il savait qu'il fallait qu'il l'embrasse. Ensuite, il allait devoir passer au-dessus d'elle. Il visualisa les étapes, où elle poserait son épaule, où il mettrait ses mains. Cela faisait si longtemps. Huit ans qu'il n'avait pas eu à prendre une décision pareille.

Il jeta un coup d'œil par la fenêtre, au ciel inondé de lumière, à la mer insondable, et leur immensité lui donna de la force. Un million d'êtres avaient péri dans ces eaux, plusieurs milliards vivaient sous ce soleil, et ce soleil, cette intense lumière blanche parmi des milliards d'autres ; à côté, ce qu'il vivait était sans importance, n'était pas si difficile. Personne ne regardait, personne en dehors de lui et de Zahra ne s'intéressait à ce qui se déroulait dans cette pièce — une telle force née de tant d'insignifiance ! —, donc il ferait mieux de faire ce dont il avait envie, c'est-à-dire l'embrasser.

Il avança le visage vers le sien, vers ces lèvres exubérantes. Il ferma les yeux, prenant le risque de la rater. Elle expira par les narines et la chaleur de son souffle balaya sa bouche. Ses lèvres touchèrent les siennes. Elles étaient si douces, trop douces. Elles n'étaient que moelleux — des coussins et des coussins empilés. Il dut presser plus fort pour prendre appui, pour entrer à l'intérieur. Elle les entrouvrit, elle lui ouvrit sa bouche. Elle avait le goût de la mer, profonde et fraîche.

Il prit son visage dans ses mains, ses cheveux étaient plus secs qu'il ne l'aurait cru. Ils n'étaient pas doux, non. Passant les doigts dans sa chevelure, il trouva son cou, glissa sa paume en coupe derrière son crâne pour la faire venir à lui. Elle soupira. À présent, elle avait la main posée sur sa taille à lui. Ces longs doigts, ces ongles. Il avait envie qu'ils l'étreignent, qu'ils le touchent, qu'ils le tirent.

Sa bouche descendit dans son cou, et avec sa langue il remonta de l'épaule à la mâchoire, puis il s'avança sur elle.

Cette odeur de chair chaude — c'était une récompense suffisante. Elle lui murmura son approbation à l'oreille, dans un souffle. Elle était extrêmement indulgente ou grâce à Dieu facile à satisfaire. Les appréhensions d'Alan s'envolèrent.

Sa main se tendit au-dessus d'elle. Il trouva un petit coussin qu'il plaça sous sa tête. L'espace d'un instant leurs regards se croisèrent à nouveau, souriants, timides, étonnés. Ces yeux, gros comme des planètes — il voulait qu'elle les ferme maintenant, qu'ils ne se posent pas sur lui, qu'elle ne change pas d'avis. Elle allait voir ses dents jaunes, ses plombages, ses trop nombreuses cicatrices, sa peau flétrie, le patchwork d'une vie de désordre et de négligence. Mais peut-être était-il plus que la somme de toutes ces parties de lui abîmées ? Elle l'avait vu à l'intérieur, n'est-ce pas ? Elle avait retiré des matières mortes de son corps, elle avait coupé, tiré, épongé, et malgré tout elle avait envie d'être là, avec lui.

Elle l'attira à nouveau à elle, et sa bouche à lui rencontra ses lèvres ouvertes. Ses mouvements se firent alors plus pressants. Ses ongles s'enfoncèrent dans sa nuque. Son autre main empoigna la chair dans son dos.

De l'autre côté de la pièce, il découvrit un miroir. Ils s'y reflétaient, et il vit ses bras autour d'elle. Il avait l'air fort, ses bras étaient bronzés, ses veines saillantes. Il n'était pas repoussant. *Je refuse de faire l'amour si je ne suis plus regardable*, avait dit Ruby. Elle présumait que tout s'arrêterait vers trente-cinq ans. Une douleur soudaine le traversa, un glaçant éclair de regret, tout ce qu'ils s'étaient infligé l'un à l'autre, l'erreur initiale de son existence, ce temps gâché à lui faire du mal, à se faire malmener par elle, les choses terribles qui annihilent le peu de vie que nous possédons. Il regarda Zahra, ses yeux sombres qui lui pardonnaient et qui s'allumèrent lorsqu'ils le virent sourire.

Il se pressa contre elle et s'entendit gémir.
— Merci, dit-elle.
Il lui rit à l'oreille et l'embrassa jusqu'à la clavicule.
— Vous hésitez ? demanda-t-elle.
— Non, non. Moi ?
— Rentrez à l'intérieur, souffla-t-elle.
Il essaya, mais se rendit compte qu'il n'était pas prêt.
— Je vous veux tellement, fit-il.
— Tant mieux, répondit-elle.
Mais ils se mirent à s'excuser à tour de rôle pour leurs divers ratés, pour les parties de leur corps qui ne voulaient pas coopérer, ou seulement par intermittence. Lorsqu'il fut prêt, elle ne l'était plus, et cela le fit débander. Néanmoins, ils se caressèrent désespérément, maladroitement, avec des rendements toujours décroissants. À un moment, tentant de passer derrière elle, il lui cogna la tête avec le coude.
— Aïe.
Il s'effondra et fixa le plafond.
— Je suis désolé, Zahra.
Elle se rassit, les mains sur les cuisses.
— Vous êtes préoccupé ?
Il ne s'était pas du tout senti préoccupé. En vérité, il l'avait tellement voulue, il avait eu tellement envie de sa chair, de sa bouche, de son souffle, de sa voix, qu'il n'avait eu aucune autre pensée.
— Peut-être, répondit-il.
Il n'avait pas d'autre choix que de mentir. Il lui parla de ce qui pesait sur son esprit : la maison qui ne se vendait pas,

l'odeur de décrépitude qui y régnait, l'homme qui s'était noyé dans le lac, l'argent qu'il devait à tant de gens, l'argent dont il avait besoin pour sa fille, sa magnifique fille qui n'aurait pas ce qu'elle méritait sauf si un miracle se produisait là-bas, dans le désert.

— On n'a pas besoin de faire l'amour aujourd'hui, dit-elle, mais cela sonna comme : On n'a pas besoin de le faire, point.

— Merde, fit-il. Merde merde merde merde merde merde.

— Ça va aller.

— Merde merde merde.

— Chut, coupa-t-elle, et ils s'allongèrent l'un contre l'autre, aussi éreintés que des boxeurs, tout en contemplant le soleil qui tombait dans la mer.

XXXIII

Avec le crépuscule, les murs blancs de la maison devinrent bleus, les rideaux rose-violet. La mer dehors était agitée et sombre.

Alan et Zahra étaient assis dans la cuisine à boire du vin blanc. Il avait fini les dattes.

— Je dois aller à Paris pour quelques semaines, déclara-t-elle.

Alan s'y attendait.

— Combien de temps allez-vous rester en Arabie saoudite ?

Il l'ignorait.

Ils vidèrent une bouteille et en ouvrirent une autre. Ils aimaient tellement le monde, mais étaient si déçus par lui à bien des égards, que boire une autre bouteille assis à une table de cuisine était la façon la plus évidente pour eux de lui faire honneur.

Zahra lui servit un autre verre.

Alan eut l'impression qu'elle attendait qu'il s'en aille. Mais il était venu avec son chauffeur, donc il ne pouvait partir avant qu'elle ne le renvoie à son hôtel.

— Je peux vous raconter une histoire ? demanda-t-il.
— Bien sûr.
— J'ai une histoire pour votre fils. Comment s'appelle-t-il déjà ?
— Mustafa.
— Mustafa, c'est ça. C'est un joli nom.
Alan était saoul et il voulait que Zahra le sache.
— C'est une histoire qui lui plaira, à Mustafa.
— Tant mieux. Il faut que je prenne des notes ?
— Non, pas besoin. Vous vous souviendrez de l'essentiel.
— J'essaierai.
— OK. Mon père et moi sommes allés camper trois ou quatre fois.
— Ah, le camping encore.
— Il ne s'agit pas de ça. Écoutez-moi, s'il vous plaît.
— Je suis tout ouïe.

Il les resservit tous deux. Il voyait à peine dans la pénombre mais se sentait très fort.

— J'avais environ dix ans. Et, cette fois-là, il m'a emmené dans le New Hampshire. Dans un parc national. C'était des bois à perte de vue. Nous nous sommes garés, somme sortis de voiture et avons marché dans la forêt pendant un long moment. Au moins quatre heures. Nous n'avons pas vu âme qui vive pendant trois heures. Nous étions au milieu de nulle part. C'était tôt le matin. Nous nous étions mis en route au lever du jour. Nous avions des raquettes avec nous, et nous les avons utilisées quand il a commencé à y avoir trop de neige. C'était incroyablement épuisant de marcher. Nous faisions régulièrement des haltes pour boire et manger un morceau. Du bœuf séché et des noix, ce genre de trucs. Puis nous reprenions notre ascension. Aux environs de trois heures de l'après-midi, le soleil commençait déjà à baisser, nous nous sommes arrêtés. Il n'y avait aucun signe de civilisation nulle part. J'ai pensé que nous allions redescendre. Il commençait à faire froid et les températures allaient tomber à moins cinq ou moins dix. Et nous n'étions pas assez couverts pour rester dehors.

— Mais à quoi pensait-il ? Vous aviez des tentes ?

Zahra semblait atterrée.

— C'est ce que je lui ai demandé. *On a une tente ?* Je pensais qu'il avait un plan. Mais il a fait comme s'il venait de prendre la mesure de la situation. Comme s'il venait de réaliser que nous n'aurions pas le temps de rentrer avant la nuit, et que nous gèlerions sur place. Sans parler des loups et des ours.

— Des loups et des ours ? répéta-t-elle.

Son regard était dubitatif.

— Croyez-moi.

— J'imagine que je n'ai pas le choix.

— Alors il m'a dit : *Qu'est-ce qu'il faut qu'on fasse ?* Là j'ai compris qu'il s'agissait d'une espèce de test. Il y avait quelque chose dans ses yeux qui m'évaluait. Donc j'ai repensé aux trucs de scouts que je savais et j'ai fait : *Il faut construire un abri.* C'était précisément ce qu'il avait en tête. Il a ouvert son sac et a sorti une hache et de la corde. Il avait prévu qu'on construise un abri en ficelant du bois comme un radeau.

— Oh non.

— Il a demandé : *Tu penses qu'on a combien de temps ?*, sous-entendu avant que le soleil ne se couche et qu'on commence à geler. *Environ deux heures*, j'ai dit. Il a répondu : *Je crois que tu as raison. On ferait mieux de se magner.*

— C'est un dur-à-cuire, glissa Zahra.

— Il aime bien jouer les fiers-à-bras comme ça. Donc on s'est mis au travail. On s'est relayés pour couper du bois et l'attacher. On a fait deux palettes d'une vingtaine de bûches de bouleau chacune. Après ça, on a déblayé la neige sur un carré de cinq par cinq, et on les a posées là en triangle, ça faisait un assez beau A. Et on a arraché des branches de sapin pour les étaler par terre.

— Ça a l'air confortable.

— Ça l'était oui, assez. Ensuite on a construit un mur de neige autour de notre abri. D'un mètre de haut, tout autour. Pour nous protéger du vent. On a mis de la neige sur le toit aussi, une trentaine de centimètres, pour l'isolation.

— Il n'y avait pas de fuite ?

— Pas à moins cinq ou moins dix. C'était le meilleur isolant qu'on pouvait avoir.

— Vous aviez des sacs de couchage ?

— Non.

— Ce type est fou.

— Peut-être. Ensuite il a demandé : *Fiston, qu'est-ce qu'il nous faut maintenant ?* J'avais la réponse. Il nous fallait du fil et une aiguille, ou du scotch. Donc je le lui ai dit et il a sorti de son sac un rouleau de scotch.

— Pour quoi faire ?

— Pour fabriquer un sac de couchage avec nos vêtements.

— Vous plaisantez.

— Non, pas du tout. On a coupé nos vestes, et on les a scotchées ensemble pour faire un grand sac de couchage. Ensuite on a dormi là-dedans en caleçon long et maillot à manches longues.

— Dans le même sac de couchage ?

— Oui. Et je dois dire qu'une fois bien installés on avait très chaud.

— Vous n'aviez pas de feu ?

— Non, pas de feu. On se tenait chaud l'un contre l'autre, c'est tout.

— Et le lendemain matin ?

— On a scotché nos vestes dans l'autre sens et on est rentrés à la maison.

— Donc vous vous êtes sauvés en construisant quelque chose de vos mains. Je vois. Mais il aurait pu aussi vous tuer.

— Peut-être, concéda Alan, et il rit.

— J'ai le droit de rire aussi alors ? fit Zahra.

— Oui.

— Ah bon. Parce que je trouve tout ça, dit-elle — et elle embrassa d'un geste la pièce autour d'elle, englobant la maison, la mer dehors, le royaume tout entier, le monde et le ciel —, très, très triste.

XXXIV

Le roi se rendit finalement à KAEC, onze jours plus tard. Sa visite fut annoncée pour neuf heures ce jour-là et son cortège de voitures arriva juste après midi. Il parcourut les routes désertes de la ville pendant une vingtaine de minutes, resta un quart d'heure dans le centre d'accueil puis, avec sa suite, il gagna la tente.

Alan et les jeunes gens étaient prêts. Le roi s'assit dans un trône qui avait été apporté pour l'occasion ce jour-là, et ceux qui l'accompagnaient dans les canapés blancs. Brad, Rachel et Cayley entamèrent les festivités, et tout se déroula sans encombre. Brad, qui portait un costume élégant, salua chaleureusement l'assistance, expliqua la technologie, puis présenta un autre homme se trouvant à Londres, mais qui, ha ha, sortit à grandes enjambées des coulisses, vêtu d'une dishdasha et d'un ghutra. Il semblait être dans la tente, sur scène, en train de marcher et de parler à la fois en arabe et en anglais. Lui et Brad conversèrent pendant un moment, précisant que ce genre de technologie n'était qu'un aspect de toutes les capacités de Reliant, et qu'ils ne doutaient pas de remporter un vif succès à KAEC. Puis l'homme à Londres remercia tout le monde et disparut. Brad à son tour s'inclina, et descendit de l'estrade en articulant silencieusement à l'attention d'Alan et des filles comme s'il évaluait sa propre performance : *génial !*

Le roi Abdallah applaudit mollement, sans dire un mot. Il n'y eut aucune question supplémentaire. Ni lui ni personne de son entourage n'adressa la parole aux membres de Reliant, bien qu'Alan se fût positionné près de la porte au cas où quelqu'un aurait souhaité discuter du projet. Mais nul ne vint à lui. Il ne trouva pas l'occasion de mentionner le neveu ; quatre rangées d'hommes lui barraient l'accès à Sa Majesté, et tous disparurent en quelques minutes, avec le reste de la suite.

Alan les regarda s'éloigner sur la route, et très vite ils s'engouffrèrent dans le parking sous la boîte noire. À l'extérieur du bâtiment, Alan distingua trois minibus blancs soigneusement alignés. Il n'y avait jamais eu autant de véhicules garés devant depuis qu'Alan était là. Il décida donc de s'approcher. Sur le côté de chaque véhicule, il y avait des inscriptions, la première en arabe, la deuxième en anglais, mais Alan ne parvenait pas à lire.

Il attendit à l'extérieur, en s'efforçant de ne pas attirer l'attention, pendant près de deux heures, jusqu'à ce que le roi sorte du bâtiment avec ses hommes et un contingent de Chinois en costume. Ils se serrèrent tous la main, souriant chaleureusement. Le roi regagna la boîte noire, et quelques minutes plus tard son cortège émergea du parking et quitta la ville. Les hommes d'affaires chinois se dirigèrent vers leurs minibus et se mirent en route également, laissant derrière eux un mur de poussière qui mit des heures à se dissiper.

Après leur départ, Alan se précipita dans la boîte noire et trouva Maha derrière son bureau.

— Bonjour, Alan, lança-t-elle.

— Ces hommes étaient là pour quoi ? demanda-t-il.

Argent. Conte de fées. Autoconservation. Reconnaissance.

— Pour présenter leur projet au roi, répondit-elle. Comme vous.

— Vous voulez dire qu'ils sont dans la technologie de l'information et de la communication ?

— Je crois.

— Et ils étaient là ? À l'intérieur ?

Maha sourit.

— Où voulez-vous qu'ils aillent ?

— Et comment savaient-ils que le roi viendrait aujourd'hui ? fit-il.

Maha regarda Alan un long moment.

— J'imagine qu'ils ont eu de la chance.

Cet après-midi-là, les jeunes gens de Reliant démontèrent et rangèrent le matériel, puis le chargèrent dans la navette et grimpèrent à bord à leur tour. Ils ne voyaient aucune raison de rester, et ils quittèrent l'Arabie saoudite le lendemain.

Alan resta. Il retourna à la tente les trois jours suivants, dans l'espoir de voir Karim al-Ahmad. M. al-Ahmad était très occupé après la journée de présentation, lui indiqua Maha.

Finalement, un jour, alors qu'Alan était assis seul dans la tente sur une chaise en plastique blanc, quelqu'un frappa à la porte. Alan alla ouvrir. C'était Karim al-Ahmad, qui l'informa à regret qu'une autre société avait obtenu le contrat. Ils étaient en mesure, précisa-t-il, de mettre en place le réseau de communications de la ville nouvelle beaucoup plus vite et à moitié prix.

— C'est une firme chinoise ? demanda Alan.

— Une firme chinoise ? Je ne sais pas exactement, répondit al-Ahmad.

— Vous ne savez pas *exactement* ?

Al-Ahmad feignit d'essayer de se souvenir.

— En fait oui, ils sont peut-être bien chinois. Oui, je crois qu'ils le sont. Cela fait-il une différence pour vous, Alan ?

— Non, fit Alan.

Cela ne faisait absolument aucune différence.

— A-t-il aimé l'hologramme au moins ? poursuivit-il.

— Qui ?

— Le roi.

— Oh, oui, oui, dit al-Ahmad, la voix imprégnée de quelque chose ressemblant à de la compassion. Il a trouvé ça très, très *bien*.

Alan regarda à travers le plastique de la fenêtre. L'eau bleue, le soleil couchant.

— Vous pensez que je pourrais rester ?

— Rester à KAEC ?

— Oui. Reliant a d'autres services à proposer. Et, sinon, je travaille pour d'autres sociétés qui pourraient aider à faire sortir cette ville de terre.

Al-Ahmad resta silencieux un moment, le doigt sur les lèvres.

— Eh bien, je vais y réfléchir quelques jours, Alan. J'aimerais beaucoup pouvoir vous aider.

— Vous aimeriez ?

— Naturellement, pourquoi pas ?

Alan voyait tant de raisons contraires. Mais il devait croire à la bonne volonté. Il devait espérer l'amnésie.

— Je vais peut-être rester alors, dit-il.

On ne le renvoyait pas chez lui, en fin de compte. Il ne pouvait pas rentrer de toute façon, pas les mains vides comme cela. Donc il resterait. Il le fallait. Sinon qui serait là quand le roi reviendrait ?

REMERCIEMENTS

Toujours, et surtout, VV.

Un grand merci à l'équipe de McSweeney's pour le travail qu'elle a fourni à tous les niveaux de ce livre. Merci à Adam Krefman, Laura Howard, Chris Ying, Brian McMullen, Sunra Thompson, Chelsea Hogue, Andi Mudd, Juliet Litman, Sam Riley, Meagan Day, Russell Quinn, Rachel Khong, Malcolm Pullinger, Brent Hoff, Sheila Heti, Ross Simonini, Heidi Julavits, Alyson Sinclair, Scott Cohen, Eli Horowitz, Walter Green et Chris Monks. Em-J Staples et Daniel Gumbiner m'ont énormément aidé, en particulier en ce qui concerne mes recherches tous azimuts, et à tenir jusqu'à la dernière ligne droite. Leur enthousiasme m'a soutenu jusqu'au bout. Je remercie aussi les éditeurs de McSweeney's, Ethan Nosowsky, Jordan Bass, Andrew Leland et Michelle Quint, qui ont lu ce livre à de nombreuses reprises, et dont le travail éditorial fut brillant et d'une précision chirurgicale.

Ce roman est né d'une conversation que j'ai eue en 2008 avec mon beau-frère, Scott Neumann, qui s'est rendu dans la ville économique du roi Abdallah cette année-là pour le compte d'une multinationale. Même si cette histoire n'a que peu de ressemblance avec l'expérience de Scott à KAEC, ses impressions, dont il m'a fait part avec une extrême générosité, m'ont beaucoup aidé. Vanessa et Inger, merci aussi à vous, pour votre amitié et votre sens de la famille.

Je voudrais par ailleurs remercier de nombreux amis en Arabie saoudite, en commençant par Mamdouh Al-Harthy, guide et ami, expert et philosophe roi. Je ne lui revaudrai jamais assez l'hospitalité avec laquelle il m'a accueilli. Mes remerciements vont aussi à Hasan Hatrash, poète, provocateur et ami, et à Faiza Ambah, journaliste et scénariste courageuse. Elle a lu les versions initiales et finales de ce livre, et ses commentaires ont été fondamentaux, sans parler de ses encouragements.

Pour leurs lectures cruciales du livre sous différentes formes, je remercie profondément Noor Elashi, Wajahat Ali, Lawrence Weschler, Nick Hornby, Tish Scola, Alia Malek, Roddy Doyle, Brett O'Hara, Stephen Elliott, Brian Gray, ainsi que mes frères Bill and Toph. Les éditeurs romanciers phénoménaux que sont Peter Ferry, Tom Barbash et Peter Orner ont aussi fait des lectures héroïques et répétées.

Pour leur amitié et leur expertise en matière de ventes, d'industrie manufacturière et de consulting, un grand merci à Paul Vida, Thomas O'Mara, Eric Vratimos, Grant Hyland, Scott Neumann, Paul Scola et Peter Wisner.

Pour leur conseil et leur soutien depuis de nombreuses années maintenant, de profonds remerciements à Andrew Wylie, Sally Willcox, Debby Klein, Lindsay Williams, Jenny Jackson, Kimberly Jaime, Luke Ingram, Sarah Chalfant, Oscar van Gelderen, Simon Prosser, Helge Machow, Kerstin Gleba, Christine Jordis, Aurélien Masson et les nombreux autres éditeurs et traducteurs qui ont permis à des livres comme celui-ci de rencontrer de nouveaux lecteurs.

Je remercie l'équipe tout entière de Thomson-Shore, imprimerie située à Dexter dans le Michigan : Kevin Spall, Angie Fugate, Josh Mosher, Heather Shultes, Kandy Tobias, Sue Lube, Jenny Taylor, Mike Shubel, Rich McDonald, Andrea Koerte, Rick Goss, Christina Ballard, Frankie Hall, Bill Stiffler, Mike Warren, Anthony Roberts, Tim King, Tonya Hollister, Deb Rowley, John Bennett, Paul Werstein, Jennifer Love, Alonda Young, Sandy Dean, Matt Marsh, Renee Gray, Adnan Abul-Huda, Sue Schray, Jenny Black, Debbie Duible,

Steve Landers, Connie Adams, Pat Murphy, Rob Myers, Al Phillips, John Harrell, John Kepler, Darleen Van Loon, Shannon Oliver, Diane Therrian, Mary McCormick, Dave Mingus, Sandy Castle, Sherry Jones, Steve Mullins, Bill Dulisch, Ryan Yoakam, Doris Zink, Ed Stewart, Robert Parker, Terri Barlow, Thoe Tantipitham, Cody Dulish, Dave Meacham et Vanessa Van De Car.

Note : ce livre relate une partie de l'histoire de Schwinn, un véritable fabricant de bicyclettes américain qui a été implanté pendant de nombreuses années à Chicago. Même si les dates et l'historique de l'entreprise sont fidèles à la réalité, il s'agit ici d'un roman, et un homme nommé Alan Clay n'a en vérité jamais travaillé pour Schwinn ; son expérience professionnelle au sein de cette société est donc fictionnelle. Pour lire un ouvrage formidablement bien écrit et bien documenté sur Schwinn, reportez-vous à *No Hands : The Rise and Fall of the Schwinn Bicycle Company, An American Institution*, de Judith Crown et Glenn Coleman, publié en 1996 par Henry Holt. Ce livre excellent a énormément apporté à mon roman.

À PROPOS DE L'AUTEUR

Dave Eggers est l'auteur de six autres ouvrages, dont *Zeitoun*, lauréat de l'American Book Award et du Dayton Literary Peace Prize. *Le grand quoi* était finaliste pour le National Book Critics Circle Award en 2006, et a gagné en France le prix Médicis. Ce livre, qui relate l'existence de Valentino Achak Deng, survivant de la guerre civile au Soudan, a donné naissance à la Valentino Achak Deng Foundation, qui a permis la création d'une école secondaire au Soudan du Sud, dirigée par M. Deng. Eggers est fondateur et éditeur de McSweeney's, une maison d'édition indépendante située à San Francisco, qui publie deux revues : une trimestrielle du même nom et une mensuelle, *The Believer*, un DVD trimestriel de courts-métrages et de documentaires, *Wholphin*, ainsi qu'une collection d'histoires orales, « Voice of Witness ». En 2002, avec Nínive Calegari il a cofondé 826 Valencia, un centre d'écriture et d'éducation à but non lucratif pour la jeunesse du Mission District de San Francisco. Des centres 826 similaires ont depuis vu le jour à Chicago, Los Angeles, New York, Ann Arbor, Seattle, Boston et Washington, DC. Natif de Chicago, Eggers vit désormais dans le nord de la Californie avec sa femme et leurs deux enfants.

www.mcsweeneys.net
www.voiceofwitness.org

www.826national.org
www.scholarmatch.org
www.valentinoachakdeng.org
www.zeitounfoundation.org

Composition : Nord Compo.
Achevé d'imprimer
sur Roto-Page
par l'Imprimerie Floch
à Mayenne, le 18 septembre 2014.
Dépôt légal : septembre 2014.
Numéro d'imprimeur : 87387.

ISBN 978-2-07-014294-1 / Imprimé en France.

256182